O HOMEM PROIBIDO

Sob o pseudônimo de Suzana Flag

O HOMEM PROIBIDO

Rio de Janeiro, 2024

Copyright © 2024 por Espólio Nelson Falcão Rodrigues.

Todos os direitos desta publicação são reservados à Casa dos Livros Editora LTDA. Nenhuma parte desta obra pode ser apropriada e estocada em sistema de banco de dados ou processo similar, em qualquer forma ou meio, seja eletrônico, de fotocópia, gravação etc., sem a permissão dos detentores do copyright.

Publisher: *Samuel Coto*
Editora-executiva: *Alice Mello*
Editora: *Paula Carvalho*
Assistentes editoriais: *Camila Gonçalves e Lui Navarro*
Estagiária editorial: *Lívia Senatori*
Revisão: *Tânia Lopes e Daniela Georgeto*
Projeto gráfico de capa: *Giovanna Cianelli*
Diagramação: *Abreu's System*

Dados Internacionais de Catalogação na Publicação (CIP)
(Câmara Brasileira do Livro, SP, Brasil)

Suzana Flag
O homem proibido / Nelson Rodrigues ; sob o pseudônimo de Suzana Flag. – Rio de Janeiro : HarperCollins Brasil, 2024.

ISBN 978-65-6005-130-0

1. Ficção brasileira I. Título.

23-181472   CDD-B869.3

Índices para catálogo sistemático:

1. Ficção : Literatura brasileira   B869.3

Cibele Maria Dias – Bibliotecária – CRB-8/9427

Os pontos de vista desta obra são de responsabilidade de seu autor, não refletindo necessariamente a posição da HarperCollins Brasil, da HarperCollins Publishers ou de sua equipe editorial.

Rua da Quitanda, 86, sala 601A — Centro
Rio de Janeiro, RJ — cep 20091-005
Tel.: (21) 3175-1030
www.harpercollins.com.br

Sumário

Nota da editora — 7

Qual é a do Nelson?,
por Cecilia Thumim Boal — 9

O homem proibido — 13

Lições do abismo,
por Henrique Buarque de Gusmão — 331

Nota da editora

"(...) Pode-se antecipar que *O homem proibido* representa, de fato, a sua obra máxima e jamais a romancista [Suzana Flag] foi tão fundo na alma feminina. Leitura de profunda emoção para a mulher, cujos anseios e dúvidas ela dramatiza, não exclui o interesse masculino."

É assim que a apresentação do jornal *Última Hora* descreve o romance que, cronologicamente, foi o último escrito por Nelson Rodrigues como Suzana Flag. Os 79 capítulos originalmente publicados entre 31 de julho e 3 de novembro de 1951 permaneceram inéditos até 1981, quando foram editados e publicados na íntegra como livro. O romance escrito em terceira pessoa apresenta inicialmente um triângulo amoroso, entre duas primas que se amam muito e um homem proibido. Mas a trama se revela em um impedimento amoroso, já que os próprios personagens fazem de tudo para não ficarem juntos.

O interessante é que, observando os jornais de 1951, utilizados como base para a comparação dos textos desta edição, é possível entender que o melodrama e, obviamente, o machismo não eram características particulares aos romances de folhetim. Nas notas da cidade vê-se que, para a população geral, os sentimentos eram vividos intensamente; os crimes eram espetacularizados; tudo era apresentado de uma forma profunda e dramática, até mesmo sensacionalista; e tudo parecia ser registrado para que conversas sobre moral fossem feitas. Por isso, nada do que Suzana Flag coloca no texto — desilusões amorosas; fatalismo; conflitos familiares; violência contra a mulher; redenção de quem um dia fez o mal — parece distante do cotidiano. Tudo isso, na verdade, torna o texto, que é cheio de reviravoltas e suspense, bastante atual.

Vale dizer ainda que, além do formato livro, a obra contou com uma adaptação televisiva dirigida por Teixeira Filho em 1982. Entretanto, a novela teve seu capítulo de estreia censurado; e precisou passar por algumas revisões, uma vez que seu conteúdo foi taxado como pouco adequado para os costumes da época. Mesmo com as mudanças nos diálogos e na trama, a censura se tornou uma espécie de publicidade para a novela, que conseguiu atrair um público novo.

Para esta edição, optamos por utilizar notas explicativas de palavras e expressões que podem ter caído em desuso. Procuramos manter a pontuação original, bem como recuperamos dos folhetins frases e palavras que podem ter se perdido ou sido trocadas entre as edições da obra. Dessa maneira, a escolha foi por uma transcrição fiel, ainda que modernizada, ao que foi proposto em 1951. Importante dizer que não foi possível comparar o texto de cerca de seis capítulos, uma vez que os jornais não estão disponíveis para consulta. Mas esse fato não altera a qualidade da edição nem o entendimento do texto.

Boa leitura!

Qual é a do Nelson?

Cecilia Thumin Boal

Nelson Rodrigues ou Suzana Flag? Quem tem medo de ser mulher? Tem algo mais intrigante que um homem usar como pseudônimo um nome de mulher? Ainda mais nos anos 1940? Suzana Flag, ou Suzana *Bandeira*. Qual é a bandeira desta Suzana? Muitas, muitas perguntas.

Mas, antes de tentar respondê-las, vou me apresentar. Me chamo Cecilia Thumim Boal, fui integrante do Teatro de Arena, como atriz e diretora de algumas peças. Não sou uma especialista em Nelson Rodrigues nem uma estudiosa de literatura brasileira. Também não pretendo me tornar uma. Por isso me surpreendeu o convite da editora HarperCollins para escrever o prefácio desta publicação. Em um primeiro momento, pensei em recusar usando esse argumento. Porém, algo me intrigou e provocou o meu interesse. E resolvi aceitar.

Conheci Nelson Rodrigues através de Augusto Boal, meu marido e um grande dramaturgo brasileiro. Aliás, Nelson foi uma das primeiras pessoas das quais Boal me falou quando nos conhecemos em Buenos Aires, em 1966. Naquela época, entendi a importância do jornalista na vida de Boal, que se referia a Nelson como tendo sido uma espécie de pai artístico, já que ele lia e comentava as peças de teatro escritas pelo jovem dramaturgo de vinte anos. Também foi Rodrigues que apresentou Boal a outras pessoas do teatro, como Abdias Nascimento. E foi ele quem sugeriu o nome de Boal ao crítico teatral Sábato Magaldi, o que resultou na ida a São Paulo para assumir o teatro de Arena junto com José Renato.

Assim conheci Nelson Rodrigues e conheci também Suzana Flag. Boal achava muita graça nesse outro lado de Nelson. Mas é um lado que ele nunca procurou explicar, acho que estava mais interessado no Nelson dramaturgo.

De minha parte, gosto de questionar: o que leva um homem, um dramaturgo, a escrever esses textos recheados de dramas passionais, além de ajudar a pagar as contas no final do mês? Os folhetins de Suzana Flag, para a época, foram um enorme sucesso e, recheados, como são, de clichês de homens e mulheres rasgados pelo ciúme e o desejo, tiveram seu apelo. Um desfile de personagens femininos dos mais convencionais aos mais surpreendentes circularam pelas páginas dos jornais, neste caso do *Última Hora*. E, certamente, foram devoradas com avidez por mocinhas e senhoras dos anos 1940. (Quem seria, na verdade, o público de Nelson?)

No texto de *O homem proibido* esses protótipos femininos nos são apresentados desde as primeiras páginas: Joyce, a órfã menina-noiva do vestido branco; Sônia, a prima, ocupando o lugar da mãezinha devotada e perfeita; e as suas respectivas mães desnaturadas: d. Senhorinha, mãe de Joyce, mulher cheia de segredos (pode uma mãe ter segredos?), que cometera suicídio ninguém sabe se em consequência de alguma paixão proibida ou de uma angústia particular; e d. Flávia, irmã de d. Senhorinha, que declara ter horror de crianças (pode uma mãe ter horror de criança?).

Lembremos que nos anos 1940 o machismo nem chegava a ser uma questão. Era uma forma de ser homem, de afirmar uma identidade. Tudo isso apesar (e talvez como consequência) do vigor mostrado pelos movimentos feministas.

Porém, mesmo com o machismo certo, acreditamos que Nelson certamente gostava das mulheres e até se identificava com elas. Tomava partido. Mas era viável para um homem daquela época se manifestar abertamente? Certamente não. Usando o disfarce de Suzana

Flag, afirmar que as mulheres tinham desejo e que gostavam de sexo se tornava possível. Ainda que fosse um escândalo para aquela sociedade hipócrita e dissimulada.

Suzana e Nelson afirmam que o sexo não é uma prerrogativa dos homens, é também um direito das mulheres. Seria um exagero definir Nelson Rodrigues como um feminista? Essa pergunta tem pertinência?

Em todo caso, penso que Nelson não tenta simplificar o que é complexo. O estilo do folhetim não é realista, podemos até dizer que é cafona, como um catálogo de frases feitas, recheado de lugares-comuns. Ao mesmo tempo, é cheio de encanto e magia, criando um universo completamente irreal. Joyce calça chinelinhos de arminho. Sônia e Paulo parecem viver uma felicidade sem defeito. Subitamente, uma fatalidade se abate sobre todos eles, provocando uma tragédia que muda irremediavelmente o destino dos protagonistas.

Suspense, culpa, remorso, traição: todos esses elementos do mais puro melodrama despertam a vontade de continuar lendo, continuar sonhando com esses amores extraordinários tão diferentes e alheios ao cotidiano das mulheres (e dos homens, por que não?) que compravam o jornal.

Não vou me alongar mais, deixo a palavra com Suzana *Bandeira*. Vamos penetrar no universo do melodrama, do folhetim, e conhecer esse tesouro de amor, delícia e sofrimento.

E descobrir, com ela, porque *O homem proibido* é um homem proibido.

Cecilia Thumim Boal
Psicanalista
Presidente do Instituto Augusto Boal

1

ELA, QUE PARECIA muito alegre, calou-se, de repente. Teve um estremecimento, uma espécie de vertigem. Por coincidência, estavam no meio de uma música, uma valsa inatual e linda. O par, um cadete forte, quase belo, fez a pergunta:
— Sentindo alguma coisa?
Joyce tentou um sorriso:
— Uma coisa esquisita.
Ela própria não saberia explicar. Era uma sensação não sabia se de frio ou de febre; e, ao mesmo tempo, uma tristeza súbita, quase uma vontade de chorar. O cadete, no seu uniforme impecável, soprou, otimista:
— Não é nada.
Passavam por uma varanda. Vinha do jardim uma aragem fina, mas que parecia gelada e mortal. Desta vez o arrepio de Joyce foi mais intenso. Crispou-se, num breve lamento interior: "Meu pri-

meiro baile!". Era seu primeiro baile, sim. Preparara-se para ele, mandara fazer um vestido especial, branco, rodado, com lantejoulas prateadas. E quando aparecera no salão, com seu tipo muito frágil e leve, os olhos encantados e os cabelos soltos, de um castanho macio — parecia, a um só tempo, menina e noiva. Sônia a acompanhava, um pouco atrás, com sua graça discreta que poucos notavam. A festa ia começar. Foi neste momento que a dona da casa teve uma inspiração nostálgica: pediu que a orquestra tocasse um danúbio[1] qualquer, bem do princípio do século. E houve um frêmito em cada alma, quando a valsa rompeu, evocativa e delirante. Imediatamente, o cadete surgiu, tirou Joyce para dançar. Sônia, com seu encanto quase imperceptível, foi conversar com umas senhoras que passavam e a levaram. No meio do salão, numa das voltas da dança, o cadete fazia espanto:

— É esse o seu nome?
— Claro.

Para o rapaz, o nome de Joyce parecia de um romance. Pensou, de uma maneira confusa e deliciosa, que ela poderia ser uma dessas mulheres que trazem em si o destino de amar. Foi então que Joyce teve o seu primeiro arrepio e aquela espécie de vertigem. Interromper, seria chamar a atenção. Teve vergonha, conteve-se. Mas com os olhos, procurou Sônia. Sempre que sofria ou se julgava ameaçada na sua felicidade — precisava ter Sônia a seu lado, sentir a sua presença física. Não a viu, porém. E foi como se a ausência da outra a tornasse mais solitária e desamparada.

O par queria agora seu endereço, seu telefone, e insinuava um encontro. Sentia-se feliz de levar, nos braços potentes, a fragilidade ideal de Joyce. Bruscamente, a menina decidiu-se:

— Com licença, mas é que não estou me sentindo bem e...

Deixou-o atônito, no meio da sala. Houve quem pensasse, em torno, que o rapaz cometera algum ultraje e sofrera o revide da dama. Joyce ia passando por entre os convidados, enquanto a valsa

---

[1] Valsa.

continuava, trivial e ardente. Subitamente, teve uma das sensações mais estranhas de sua vida: foi como se cada coisa — as pessoas, os móveis, o lustre —, como se tudo perdesse a sua realidade. A própria música já parecia um espectro de valsa. Pensou se não estaria possuída de um encanto vago e maléfico. Estacou, afinal. E teria talvez caído se atrás de si não ouvisse:

— Joyce...

Oh, graças, graças! Era Sônia que, enfim, deixara as senhoras conhecidas e viera buscar a afilhada. Sempre fora assim — não podiam estar separadas e a simples ausência de horas era um tormento. Joyce balbuciou:

— Vamos, Sônia.

Repetiu, numa angústia de todo o ser:

— Vamos!

Sônia não fez perguntas. Disse apenas:

— Um instante.

Muito ativa, foi apanhar o casaco das duas e chamar o chofer. Poderia ter feito um comentário, mas não. Sempre que se tratava de Joyce, Sônia agia por intuições. Era como se tivesse o dom de adivinhar cada sentimento, cada sensação da menina. Previa a lágrima, o riso e até um simples e hipotético resfriado. Poderia dizer, sem exagero: "Conheço cada lágrima dessa menina". Pois não fazia nada mais senão debruçar-se sobre a alma de Joyce: e nada mais límpido e sem mistério para o seu olhar. Bastou-lhe ver a atitude da afilhada, os olhos assustados e a mão crispada — para compreender tudo. Ao mesmo tempo, guardou para si a observação: "Tem febre". Os olhos de Joyce eram mais bonitos quando febris. Veio buscá-la, sem demonstrar nenhuma angústia. O automóvel da família subira a rampa, encostara junto à porta central do palacete:

— Vamos, minha filha.

O automóvel partiu. Houve uma ondulação da carroceria; depois, foi a marcha normal, a velocidade macia e imperceptível. Sônia tomou entre as suas as mãos de Joyce. Uma estrela clara, no céu, parecia acompanhar o carro.

Joyce tentou mentir:

— Já passou.

E a outra:

— Descanse, assim, no meu ombro.

Estavam unidas e quietas dentro do carro. Joyce, num abandono de todo o ser, sentindo que a febre ia, sem rumor, subindo até os cabelos. Esse fogo interior parecia se irradiar, crestando as próprias imagens do caminho. Na sua angústia, desejou que o automóvel perdesse a direção e a velocidade e se fosse aniquilar no fundo de um abismo. Sônia não dizia uma palavra, mas levava um sentimento de agonia e de morte.

Através dos anos, bastava que Joyce acusasse uma dor, uma febre sem importância, uma coriza banal. Ela, então, caía num petrificado desespero, sem lágrimas e sem gritos. Mas essa calma intensa, essa apaixonada serenidade, era pior que a crise mais violenta. Prostrava-se à cabeceira da doente. Imaginava a morte da menina. Queria afastar o pensamento, mas a obsessão resistia. Era como se visse, objetivamente, o diáfano[2] perfil de Joyce entre quatro chamas fiéis e mudas.

Essa ternura começara havia muito tempo, bem no princípio de suas vidas. E o estranho é que havia entre elas apenas um frágil parentesco: eram primas e nada mais. Joyce fora morar na casa de Sônia aos três anos e quando a outra mal completara dez. Havia, portanto, de uma para outra, sete anos de diferença. Sônia lembrava-se de tudo, com prodigiosa lucidez evocativa.

Treze anos antes, em plena madrugada, acordou com um barulho. Alguém batia à porta.

Todos acordaram. E logo as salas, os quartos, os corredores se encheram de vozes, de passos, de gritos. Invocou-se o nome de santos. E um choro obstinado de criança, rompendo por sobre o tumulto, e

---

[2] Muito magro.

tão doce e magoado, que Sônia se ergueu, numa fascinação, deslizou pelo corredor e veio espiar, do meio da escada. D. Flávia, mãe de Sônia, parecia chorar todas as lágrimas:
— Mas como é que ela foi fazer isso?
E interpelava, a todos:
— Como?

D. Senhorinha, mãe de Joyce, acabara de fazer que loucura, meu Deus! Era uma linda senhora, que lia muito e perdia horas diante dos espelhos. O que espantava, e até irritava, era a profunda falta de lógica nessa tragédia, que nenhum íntimo, nenhum parente, nenhum vizinho jamais pressentira. Uma senhora que parecia feliz, que ria muito, satisfeita e enamorada da própria imagem, gostando de perfumar as mãos e os braços! Até que no dia da tragédia, mostrava-se muito alegre, de uma alegria talvez anormal, como se uma secreta embriaguez a inspirasse. Cantara e correra os dedos no velho piano. Depois, reincidindo na própria vaidade, perfumara as mãos e os braços, cantarolando uma modinha de sua infância. Ainda teve um último olhar para a própria imagem refletida no espelho. Trancara-se, então, no banheiro, bebendo não sei que veneno. Quando arrombaram a porta, já deixara de viver. E, muito tempo depois, havia quem a invocasse como um exemplo de morta bonita. Houve as naturais conjecturas. Algumas pessoas admitiam, como única explicação possível, que d. Senhorinha tivesse um sentimento qualquer secreto e impuro. Era também a intuição não confessada de Sônia. Parecia-lhe que a mãe de Joyce se matara por amor — por um desses amores que as mulheres levam consigo como uma dália oculta.

Outro mistério foi a atitude do pai da menina. Fez quarto[3] à esposa sem uma lágrima. Só abriu a boca, uma única vez, em todo o velório. E foi para dizer, como se estivesse interpelando alguém, talvez a própria morta:
— Ninguém se mata sem motivo.

---
[3] Velou.

Uma vizinha, muito religiosa, que ajudara a vestir o corpo, ponderou, entredentes, que "a uma morta se perdoa". Depois do enterro, o pai de Joyce desaparecera, e de uma maneira completa, definitiva. Não deixou nenhum vestígio de si e nem ao menos uma carícia esquecida para a filha. Fora há muitos anos, sua ausência tinha qualquer coisa de inapelável, como a morte. O certo é que a menina fora levada para a casa dos tios, d. Flávia e dr. Dário, pais de Sônia. Na véspera, d. Senhorinha telefonara a d. Flávia e dissera, com alegre frivolidade:

— Olha, Flávia. Se me acontecer alguma coisa, já sabe: você me toma conta de Joyce, ouviu?

Ao falar assim, já estava resolvida a morrer. Quando d. Flávia viu a menina de três anos, sentadinha na cadeira, os olhos muito abertos — pôs as mãos na cabeça. Esqueceu-se de ter pena de d. Senhorinha, esqueceu-se mesmo que d. Senhorinha estava morta — bateu com o pé no chão, de puro desespero:

— Mas Senhorinha não tem juízo!

Chorou, numa crise:

— Isso não se faz! Eu já nem sei mais tomar conta de criança!

Então, a pequena Sônia, que descera sem ser pressentida, disse, no meio da escada:

— Eu tomo conta, mamãe, deixa que eu tomo conta.

2

Desde então, Sônia viveu para Joyce. Deixou de ser a menina incontentável, que se aborrecia depressa dos próprios brinquedos e das outras meninas. Tomou-se de amores e de ciúmes pela garotinha. De ciúmes também, porque não deixava ninguém se aproximar. Se aparecia alguém, e queria carregar a pequena, Sônia reagia, em pânico:

— Deixa que eu mesma seguro!

E, com efeito, Joyce parecia estranhar qualquer outro colo ou qualquer outro carinho. Por vezes, d. Flávia ensaiava um protesto: "Tem dó, Sônia! Assim também é demais!". Mas ela não transigia. E, apesar dos dez anos, acabou adquirindo uma autoridade macia, mas indiscutível. Quando Joyce teve a coqueluche, Sônia passou noites em claro, numa vigília de estrela. Inútil mandá-la dormir. Ela não iria, nunca. Acabavam deixando, impressionados com essa fidelidade de uma criança por outra criança.

Com vacinas e outros recursos, a coqueluche de Joyce foi branda. Mas deu, ainda assim, para assustar. A tosse parecia tornar a pequena de uma fragilidade ainda mais intensa. Enfim, veio a convalescença. Sônia, porém, aos onze anos, não parecia mais uma criança. Seu olhar, de uma doçura ardente, fazia pensar na alma amorosa e triste. Muito tempo depois, via em sonho legiões de crianças tossindo. Toda sua vida infantil mudara. Não foi vista mais na rua, nas casas da vizinhança. Se alguma coleguinha vinha chamá-la, alguém respondia: "Agora não pode!". Nem agora, nem nunca. Estaria sempre com Joyce, ralando-se, consumindo-se de amores e cuidados — fiel como uma chama. E como ninguém de fora as via, podia-se admitir, com alguma imaginação, que as duas crianças estivessem encerradas num claustro de bonecas.

O tempo passava sem que nada perturbasse essa ternura. Dr. Dário vivia sob a obsessão dos seus negócios com imóveis, ao passo que d. Flávia quase não parava em casa. Boa senhora, não há dúvida, mas de hábitos frívolos e ocupações estéreis. Tinha uma intolerância secreta contra a infância em geral; um choro de criança a punha neurastênica.[4] Deu graças a Deus vendo que Sônia tomava conta de Joyce "direitinho".

Elas cresceram de maneira imperceptível. Foi o dr. Dário quem, uma noite, ao entrar em casa, deu com Joyce no *hall*:

— Mas essa menina está quase uma moça!

---

[4] Irritação ou raiva.

Quase uma moça, sim. Aos doze anos, o andar, o riso, os olhos de Joyce faziam pressentir a mulher que não tardaria muito. Já chamava atenção e havia flertes em perspectiva. Meninos de colégio, adolescentes, queriam acompanhá-la. Quando ela viajava no bonde, eles vinham no estribo, fazendo algazarra. Com uma inquietude, que era mais um pressentimento, Sônia fazia suas recomendações:

— Não dê confiança, Joyce!

E ela mais do que depressa:

— Claro!

Sônia, às vezes, exagerava:

— São moleques!

Até que, um dia, dr. Valdir,[5] médico da família, fez a alegre advertência:

— Essa menina vai dar muita dor de cabeça!

Todos riram. Todos, menos uma pessoa: Sônia. Na verdade, Sônia tinha medo de tudo e de todos. Certas coisas em Joyce a assustavam, embora pensasse, num esforço de autossugestão: "Isso é bobagem minha!". Seria mesmo bobagem? Por exemplo: a vaidade de Joyce, o sentimento cada vez mais doce e mais ardente da própria beleza. Aos dez, onze anos, já cuidava dos pés, que eram realmente bonitos e macios, e com que deleite e minúcia! Sônia advertia:

— Você é vaidosa demais. Tudo deve ter um limite.

Joyce ria, adorável na sua petulância:

— Eu sou mulher, Sônia!

Não era propriamente a vaidade que preocupava Sônia. Era outra coisa: a semelhança cada vez mais perceptível entre Joyce e d. Senhorinha. Semelhança de feições e de tudo o mais. Na vida de cada dia, Joyce repetia os modos maternos, o riso, o olhar. E não passava por um espelho sem que parasse, atraída, fascinada pela própria imagem. Certa vez, Sônia entrou no quarto, de repente. E estacou, na porta: diante do espelho, Joyce perfumava as mãos e os braços, e muitas vezes. Sônia não se conteve, perguntou:

---

[5] Nos primeiros textos do folhetim o nome do personagem era Almir, é provável que a mudança para Valdir tenha ocorrido porque o personagem não era tão recorrente.

— Quem foi que lhe ensinou isso?
Espanto da menina:
— Ninguém, ora essa!
Sônia teve que disfarçar:
— Você é um caso sério.

Sem sentir e sem saber, Joyce estava parodiando, a cada instante, a que morrera. Para Sônia, que era muito sensível e imaginativa, esta semelhança impressionava como um vaticínio.[6] Se a menina tinha a figura e a imagem de d. Senhorinha, talvez tivesse também o mesmo destino. Finalmente, aos catorze anos, Joyce fez a interpelação que a outra esperava e temia:

— Mamãe morreu de quê?

Sônia empalideceu. Seu ímpeto foi mentir. Teria realmente mentido, se Joyce não se antecipasse, triste e altiva:

— Eu sei.

Sabia, na verdade. Alguém, talvez um criado, ou um vizinho antigo, contara tudo. E foi uma revelação para Joyce, como se o martírio transfigurasse d. Senhorinha e a embelezasse. Como Sônia, imaginou que sua mãe tivesse levado consigo um amor impossível e docemente infinito. Não falou mais em d. Senhorinha, mas a memória de seu infortúnio existia nela como uma flor secreta e adorável. Que dizer de Sônia, senão que a vida passava sem a roçar? Criava em torno de si uma sombra voluntária, esquecia e abandonava os próprios encantos. Não tivera ainda um flerte, não olhava mesmo para ninguém, incapaz de dividir uma ternura que só devia pertencer à menina. Quando foram ao primeiro baile de Joyce, Sônia tinha 23 anos e a outra, 16. E foi então que, para uma e para outra, começou, verdadeiramente, o seu destino de mulher. A vida sempre lhes fora deliciosa e macia. Súbito, a fatalidade entrou nas suas existências de uma maneira tão doce e insidiosa que elas mal a pressentiram. Mal poderiam imaginar que, horas depois, alta madrugada, iam conhecer dr. Paulo. Quando ele apareceu, Joyce se consumia em febre e Sônia estava quase louca. Nem uma nem outra perceberam que ele era um desses homens que inspiram nas mulheres os sonhos mortais.

---

[6] Ato de predizer ou adivinhar o futuro.

3

Quando o automóvel chegou em casa, Joyce desfaleceu. Por um segundo, uma fração de segundo, todas as suspeitas se atropelaram no espírito de Sônia, inclusive de morte:

— Joyce! Joyce! — foi seu apelo.

E como a menina não respondesse, imersa na febre, ela gritou, fora de si. Imediatamente as janelas da casa iluminaram-se. D. Flávia, que já estava recolhida, precipitou-se pela escada. Dr. Dário surgiu, na varanda, de roupão.

O jardim encheu-se de exclamações:

— Que foi?

— Virgem!

— Nossa Mãe!

O chofer, moço ainda, carregava a menina. Apesar de todos os sobressaltos do momento, o fato de levar nos braços o doce peso de Joyce era, para ele, quase uma delícia mortal. Desprendia-se dela, não sabia se dos braços, dos cabelos, ou do vestido branco, que parecia nupcial, um perfume brando e inesquecível. Aquele homem teve um impulso, que logo se aniquilou no fundo de seu ser, de fugir dentro da noite, levando a adolescente em febre. O braço pendido, os cabelos soltos, Joyce parecia chamar Sônia de dentro de seu delírio. Cercada e perseguida pelas perguntas, Sônia explicou sumariamente:

— Foi Joyce que sentiu uma coisa!

E, no fundo de si mesma, o que a atormentava era a crueldade do fato. Joyce não merecia que fosse despedaçada a alegria do seu primeiro baile. Alguém gritava:

— Doutor Valdir!

Outras vozes repetiram:

— Chamem doutor Valdir!

Partiu uma criadinha. Joyce era estendida na cama. Sônia, branca demais, gostou de sentir o hálito quente de Joyce, pois febre era ainda vida. Postou-se à sua cabeceira. Estava numa dor extática e enxuta, num desespero lúcido, que aterrou a família. Em vão queria chorar. Naquele momento daria tudo por uma lágrima. Enquanto se esperava o médico, ela cada vez mais desesperada e cada vez mais serena dizia a si mesma: "Joyce não pode morrer!". E a voz interior repetia: "Não pode morrer!". Imaginou um mundo sem Joyce, um mundo sem o riso, o olhar e o frêmito de Joyce. Pensou em espelhos que não refletissem mais a sua imagem e o seu gesto. Então, prometeu a si mesma que, se Joyce morresse, ela morreria também.

Dr. Dário gritou, possesso:

— E esse médico que não vem?

Vinha, sim. Ouviam-se passos na escada. Alguém subia e só podia ser o médico. Embora velho e sofrendo do coração, dr. Valdir galgava a escada com um ímpeto, uma agilidade de mocinho. E quando, enfim, surgiu na porta aberta de par em par, dr. Dário conteve uma praga. Não era dr. Valdir, mas um rapaz inteiramente desconhecido. A criadinha, que vinha um pouco atrás, explicava, esbaforida:

— O sobrinho do doutor Valdir!

Ninguém fez um gesto e o recém-chegado estava, agora, examinando o pulso de Joyce. Sônia fez a pergunta do seu desespero:

— Ela vai morrer, doutor?

D. Flávia antecipou-se ao médico:

— Credo, Sônia!

Ele nada respondeu, contando, decerto, as pulsações. E, pela primeira vez, olhou para Sônia. Um olhar neutro. Viu, na sua frente, alguém que não lhe pareceu nem feia nem bonita, e que, na verdade, não lhe produziu a mínima impressão. Sônia, na sombra, quieta, contida, esperou a palavra que ele não disse. Olhava-o sempre, não tirava os olhos dele, saturava-se dos seus traços, de suas feições. Viu quando o médico se inclinou de novo sobre a doente. E Sônia, que não o perdia de vista, teve, então, o sentimento de sua beleza física. Percebeu, e ainda que de uma maneira confusa e penosa, que aquele homem era belo e harmonioso como um jovem deus. O fato de ter notado isso deu-lhe um descontentamento cruel de si mesma, um agudo remorso. Pois, diante da agonia de Joyce, não tinha o direito de achar ninguém bonito ou feio; e só devia pensar no martírio da menina. Curvou a cabeça e fechou os olhos, como se fugisse de uma visão. Mas o rosto daquele homem boiava no fundo do seu ser, nítido e belo.

Ouviu quando o médico falou, pela primeira vez:

— Tem muita gente aqui!

Dr. Dário secundou, empurrando os criados, a própria mulher:

— Vamos embora! Vamos embora!

As coisas iam acontecendo, na sucessão prevista. Todos saíram, menos Sônia. Na porta, o chofer da família ainda teve um olhar, último e intenso, para as coisas do quarto. Ele sentiu, de uma maneira confusa e dolorosa, que o ar, os móveis, as dálias do jarro, o espelho e as sandálias pequeninas — tudo ali estava saturado da graça adolescente de Joyce, do seu perfume e do seu riso abandonado. Talvez naquele momento o encanto terreno da menina estivesse se desprendendo do corpo muito quieto. O chofer deixou o quarto, foi descendo a escada, mas já decidira: deixaria o emprego e para sempre. Enfim, o médico em pessoa fechou a porta. Sônia o olhava ainda, prestava uma involuntária atenção a tudo o que ele fazia, e como o achava cada vez mais bonito, irritava-se contra si mesma e contra o objeto de sua admiração. Súbito, teve uma sensação que não conhecia ainda: de solidão tão profunda como se não existissem no mundo senão três pessoas: ela mesma, aquele homem e Joyce.

O médico fez um exame minucioso, diante do silêncio de Sônia. Por fim, ela não resistiu. Precisava ouvir o som da própria voz:

— É grave, doutor?

Breve hesitação:

— Ainda não sei.

E não sabia realmente. Mas o impressionava a debilidade de Joyce. A vida era, nessa menina, um sopro, qualquer coisa de muito tênue, que poderia extinguir-se de um momento para outro. E como o médico era jovem e bom, tinha fé em si mesmo, prometeu salvá-la.

Disse para Sônia, que afinal conseguia chorar:

— Passarei a noite aqui.

Sem que soubesse bem por quê, e por entre lágrimas, ela teve um sentimento breve e agudo de felicidade. Ainda exclamou, rompendo em soluços:

— Doutor, essa menina é tudo para mim!

4

Foi toda uma noite de apaixonada vigília. O fio de vida que havia em Joyce era cada vez mais tênue; poderia partir-se a cada momento. A casa toda imersa em silêncio: falava-se em sussurro; as pessoas deslizavam, sem rumor, como sombras passando por entre sombras; e, no jarro, as dálias eram mais tristes. Dr. Dário e d. Flávia esconderam-se na sala; e d. Flávia, que tinha horror do próprio sofrimento e do alheio, desejaria ir para longe, muito longe, para um lugar onde não existisse nenhuma moça em agonia e febre. E quando a aragem do jardim soprava mais forte, tornando mais vivo o frêmito das cortinas, ela se virava em sobressalto, olhava em torno, como se pudesse estar, ali, o espectro macio de d. Senhorinha, na impaciência de arrebatar a filha.

Dr. Dário acabou perdendo a cabeça. Foi mesmo grosseiro com a mulher:

— Perca essa mania de alma!

E como d. Flávia se crispasse ainda, atormentada pelos seus receios e presságios, foi categórico, definitivo:

— Alma não existe!

No quarto, continuavam as três criaturas: Sônia, o médico (que se chamava dr. Paulo) e Joyce. O quarto mergulhara em penumbra; apenas aceso o abajur gracioso da mesinha. Sônia movia-se ajudando o médico, com uma sensação de irrealidade profunda. Jamais na sua vida pudera pressentir esta noite mágica: ela e aquele desconhecido, lado a lado, subitamente unidos, numa vigília triste como um martírio. Entre os dois, apenas o delírio que arrebatava Joyce.

Enquanto preparava a injeção, e regulava o líquido ao nível dos dois centímetros, ele fez a pergunta:

— São irmãs?

— Primas — retificou Sônia.

Ele teve um breve espanto:

— Só?

Sônia explicou, então, que a criara, desde os três anos, e que talvez não gostasse tanto se ela fosse uma filha verdadeira. Ele aplicou a injeção, de um golpe só e firme. Sônia segurava a menina com medo de um movimento que pudesse partir a agulha. Mas Joyce estava tão fechada na ardente solidão de sua febre que não teve um frêmito. Novamente, o medo rompeu no coração de Sônia. Pareceu-lhe que a alma de Joyce, tão doce e tão leve, poderia escapar, desprender-se, com a maior e a mais ágil facilidade. Sobressaltou-se, de repente, porque Joyce parecia falar. Curvou-se, rápida, para captar a palavra breve.

Dr. Paulo foi lacônico:

— Delírio.

Joyce repetia um nome, apenas um nome, que o hálito de febre crestava. Quis erguer meio corpo, apoiando-se nos cotovelos. Dr. Paulo, rápido, dominou-a. E Sônia estremecia, porque estava chamando, do fundo do seu delírio, d. Senhorinha. Esse apoio a uma doce morta soava, ali, como um presságio. Era como se estivesse acontecendo o pressentimento secreto de d. Flávia, e d. Senhorinha velasse a agonia da filha. No delírio, Joyce via d. Senhorinha, sua imagem tênue e múltipla, rostos sucessivos e sempre belos. Gestos dessa mãe adorável ondulavam diante dos seus olhos escancarados e febris. Via-a perfumando os braços e as mãos diante do espelho; escutava o som do seu riso.

E houve um momento em que Joyce quis levantar-se. Sônia a conteve, abraçaram-se as duas, e a menina, com as lágrimas ardentes queimando-lhe o rosto, só dizia:

— O riso de mamãe!

Repetia, apontando para um canto do quarto em que devia estar o espectro que ninguém mais via:

— O riso!

Por fim, aquietou-se. Estava agora aninhada nos braços de Sônia, os lábios entreabertos, no sorriso de sacrifício. Durante alguns momentos, houve um silêncio no quarto. E estavam tão solidárias e unidas, fisicamente unidas, que a febre de Joyce já se transmitia a Sônia e a queimava.

De repente, a pergunta:

— É noiva?

Era o médico. Sônia o olhou, sem compreender:

— Como?

Ele venceu breve hesitação:

— Perguntei se era noiva.

Respondeu, sem desfitá-lo:

— Não. Não sou.

Quase, quase ia perguntando "Por quê?". Calou-se, porém, a tempo. Com um lencinho, e muito de leve, enxugou uma última lágrima de Joyce. No fundo, estava impressionada. Parecia-lhe bem imprópria a pergunta do médico num lugar que era quase uma câmara ardente. Procurava desviar a vista, ignorá-lo, mas sabia, tinha a sensação viva do seu olhar. "Ele me olha, ele me olha, ele me olha", era o que repetia para si mesma. Sentiu que ele se levantava. Fazia a volta do leito e estava a seu lado:

— Acho que agora posso ir...

Sobressalto de Sônia:

— Não!

Ele sentiu nos olhos de Sônia e nas suas mãos crispadas um medo tão grande do desamparo, que se comoveu. Curvou-se sobre ela:

— Não quer, então, que eu vá?

Pela primeira vez, ela o viu de perto e teve o sentimento de sua graça intensa e viril, de suas feições finas e perfeitas, e do voluptuoso desenho dos lábios. Emanava dele, dos seus gestos, de sua simples presença, uma sedução nova e talvez irresistível. Desviou a vista como se olhá-lo fosse um tormento desconhecido. Falou depressa, e suas palavras saíam surdas e pouco nítidas:

— Eu queria que o senhor ficasse sempre...

Espanto:

— Sempre!

Emendou, numa súbita vergonha:

— Quer dizer, enquanto houver perigo...

Desprendeu-se de Joyce, com infinito cuidado. Ergueu-se, então, e fez o apelo desesperado e infantil:

— Eu, sozinha, morreria de medo!

Então, ele ficou. Felizmente, para Sônia e para toda a família, porque, quase ao amanhecer, Sônia, que adormecera, acordou, numa angústia mortal. Sonhara que Joyce lhe dizia: "Eu morri, Sônia, eu morri!". Lentamente, virou o rosto na direção da menina. Viu seu perfil imóvel e diáfano, as mãos abandonadas e sem vida. Gritou com todas as forças. Dr. Dário subiu as escadas, de três em três degraus. D. Flávia, embaixo, na sala, em crises sucessivas, era acudida pelas criadas. O grito de Sônia fora ouvido inclusive pelos vizinhos. Um desconhecido que ia passando, na ocasião, estacou, com um sentimento de morte. Na casa do lado, houve quem chorasse, na certeza de que Joyce já não pertencia a este mundo.

Entretanto, dr. Dário estacava na porta do quarto. O médico segurava Sônia pelos braços e a sacudia com violência. E como a moça estava fora de si e num desespero próximo da loucura, ele gritava:

— Não morreu!

E insistia:

— Olhe! Veja! Está viva!

Dr. Dário pousava a mão no peito de Joyce. Sentiu, então, uma espécie de deslumbramento: o coração da menina batia, sim, de uma maneira muito doce, por assim dizer imperceptível. Naquele momento, ocorreu ao dr. Dário uma imagem trivial e, ao mesmo tempo, pungente: o coração de Joyce pareceu-lhe pequenino e meigo, como o de um pássaro. Nunca, como naquele instante, ele compreendera a lancinante fragilidade da menina. Dir-se-ia que, assim delicada e sensível, ela não poderia ter senão um destino efêmero. Sônia convencia-se, afinal, de que a outra vivia, e um sentimento de vergonha e de felicidade a dominou.

Parecia desculpar-se:

— Foi um sonho, um sonho que eu tive.

E toda a sua tensão nervosa se dissolveu, em lágrimas livres e fartas. Dr. Dário foi enérgico:

— Chorando por quê? — e argumentava: — Não houve nada, ora essa!

Mas dr. Paulo interveio:

— Ela deve chorar, precisa chorar!

O PERIGO NÃO passara, nem passaria nunca. E só então toda a família, os próprios criados e vizinhos perceberam a evidência de muitos anos: Joyce não tinha saúde. Poderia viver talvez anos, envelhecer com sua obstinada graça de menina. E podia acontecer que um sopro mais intenso da vida a arrebatasse. Dr. Paulo, sem tirar os olhos de Sônia, advertia:

— É preciso cuidado. Todo o cuidado é pouco.

Enquanto ele dizia isso e fazia uma série de recomendações, d. Flávia observava — apesar da angústia do momento — que ele parecia dirigir-se, sempre e fatalmente, a Sônia, como se não existissem ali outras pessoas, inclusive os pais da moça. D. Flávia, que se presumia muito perspicaz, perguntava a si mesma: "Será que…?". E não completou o pensamento porque, justamente naquele instante, dr. Paulo estendia-lhe a mão. Era de manhã e ele passara a noite em claro. Ao se despedir de Sônia, porém, fez a promessa:

— Eu volto.

E Sônia, com súbito fervor:

— Nós o esperamos.

Quando, finalmente, se viu a sós com a filha, d. Flávia não se conteve:

— Viu como ele te olhava?

O marido, que ouviu o comentário, zangou-se:

— Oh, minha mulher! Você parece que não tem juízo!

— Mas eu disse alguma coisa demais, meu Deus do céu?

Sônia interrompeu a cena:

— Mudemos de assunto, mamãe. Vamos pensar em Joyce, que é melhor...

A doente estava num sono mais tranquilo e mais perfeito. Dr. Dário teve que insistir:

— Sônia, você precisa dormir, minha filha. Por que é que não aproveita agora?

Sônia deitou-se, ali mesmo, num divã, que a criadinha aproximou da cama. De vez em quando, olhava na direção de Joyce. Por vezes, ocorria-lhe a hipótese de que a vida poderia extinguir-se em Joyce de repente, e numa agonia tão breve que ninguém pressentisse. E era este o terror de Sônia. Por isso imaginava, às vezes, para si, uma vigília que não terminasse nunca. Repetia: "Não quero dormir!".

Acabou vencida pelo cansaço, pelo sofrimento. O sono insinuou-se docemente e sua cabeça tombou. Quase imediatamente começou a sonhar. Mas o rosto que primeiro surgiu, dentro do sonho, foi, não o de Joyce, mas o do médico. Ela via, sim, dr. Paulo emergindo da sombra. Primeiro, o perfil nítido e perfeito; depois, as duas faces, e uma expressão amorosa e triste que a comoveu. No sonho, ela não se cansava de olhá-la, num encantamento de todo o seu ser.

Quando acordou, e ainda com farrapos de sonho diante dos olhos, experimentou um sentimento misto de vergonha e de remorso: durante o tempo em que dormira jamais o nome, a graça, o destino de Joyce roçara o seu sono. Mas sentou-se imediatamente, porque ouvia vozes, inclusive a de Joyce, macia, quase imperceptível.

Depois de muitas horas de febre quase mortal, Joyce tinha um momento de lucidez. Olhou em torno, com um sentimento de espanto. Parecia não reconhecer as fisionomias que a cercavam, como se todos, ali, inclusive os pais de criação, fossem espectros. Fixou, por fim, o olhar em alguém que jamais vira. Não sabia então, e nem podia saber, que era dr. Paulo. Mas essa figura desconhecida, e que a olhava com uma curiosidade muito viva, pareceu-lhe ainda mais irreal que as outras. Fechou os olhos, como se a ofuscasse um ardente sonho, e um pequeno apelo nasceu no seu atormentado ser:

— Sônia...

Sônia acudiu imediatamente:

— Estou aqui.

E repetia, muito doce e já com vontade de chorar:

— Aqui, Joyce.

Bastou que a menina sentisse a proximidade de Sônia e logo se aquietou no leito, teve um abandono mais completo e seus olhos perderam a expressão de medo. Dr. Paulo aproximou-se, e fez a pergunta alegre:

— Como vai a minha doente?

Sônia, rápido, explicou:

— É o médico, Joyce, doutor Paulo.

Fechou os olhos e pareceu dizer para si mesma, como se experimentasse a possível doçura daquele nome:

— Paulo.

Estavam presentes dr. Dário, d. Flávia, uma senhora da vizinhança e a criadinha. Todos viram que Joyce, sempre com ar de espanto e sem tirar os olhos do médico, parecia estranhamente dócil diante dele. Dr. Paulo dizia: "Você vai fazer isto, vai fazer aquilo...". Ela respondia a tudo, e numa humildade de criança:

— Sim.

E quando chegou a hora de dar injeção, Joyce, que tinha horror da agulhada, entregou o braço com uma passividade, um abandono tão perfeito, que o próprio dr. Paulo admirou-se e brincou:

— Menina corajosa!

5

Dr. Paulo ainda teve que voltar muitas vezes àquela casa. A verdade é que Sônia, nervosa demais, não podia ver um pequeno aumento de temperatura, ou uma tosse breve, ou ainda uma palidez mais intensa, sem cair em pânico. E Joyce estava, de fato, muito pálida e muito branca; os pulsos finos e transparentes. Sobretudo, uma coisa impressionava: eram seus olhos vivos, de martírio. O vestido do primeiro baile, com as lantejoulas prateadas, estava abandonado num canto, nupcial e lindo.

E qualquer coisa — um arrepio que Joyce sentisse — fazia Sônia gritar:

— Chamem doutor Paulo!

Ou:

— Telefonem para dr. Paulo!

Às vezes, ela própria telefonava. Dizia então:

— Joyce não está se sentindo bem... E eu queria, doutor, que o senhor desse um pulinho até aqui.

Só se sentia tranquila quando ele estava presente. Emanava dele, dos seus gestos, de suas palavras, de toda a sua personalidade, um sentimento de força, de plenitude, de confiança. A própria Joyce, na sua graça leve de convalescente, parecia reviver quando dr. Paulo aparecia. Todos os seus temores de menina mimada e nervosíssima se fundiam num abandono completo. E acontecia também uma coisa interessante: desde criança, fora sempre rebelde a qualquer espécie de tratamento. Não suportava injeção; e mesmo o remédio de boca inspirava, nela, uma indocilidade selvagem, que assustava a família. Com dr. Paulo, ela se revelava subitamente outra. Por exemplo: ele receitara um remédio de um gosto atroz. Sônia o advertira:

— Ih, doutor! Joyce não toma isso!

Ele teimou:

— Toma, sim!

E Sônia suspirando:

— Joyce é um caso sério para remédio!

O próprio dr. Paulo, porém, apanhou o frasco, a respectiva colher e entrou no quarto. Sentou-se à cabeceira, destapou o frasco, encheu a colher e, ao mesmo tempo, perguntou:

— Você vai tomar isso direitinho, não vai? A menina arregalou os olhos, em pânico:

— Logo esse remédio?

E ele:

— Sou eu quem está pedindo.

— Mas é tão ruim, dr. Paulo!

Como ela resistisse, o médico fez a ameaça:

— Eu me zango com você!

Pronto! Bastou que ele dissesse isso, que fizesse essa ameaça convencional e que jamais cumpriria, para que a menina respondesse, desconsolada e terna:

— Está certo, doutor.

E bebeu o remédio, de uma vez só, com tanta determinação e coragem que foi uma admiração em torno. D. Flávia comentou, exagerando:

— O senhor faz milagres, doutor!

O médico conquistara toda a família. Dr. Valdir aparecera uma única vez. Mas fez questão de frisar, para evitar dúvidas possíveis, que estava ali como amigo e não como médico. Considerava Joyce muito bem entregue nas mãos do sobrinho, que ele adorava. Enrolando o cigarro de palha, que era seu vício eterno, ele exaltou o rapaz, com uma ternura alegre e comovida:

— Esse menino vai longe! — e afirmou, numa sinceridade maior:
— Tem mais competência do que eu!

Criara o sobrinho, educara-o, e a alegria de sua velhice era vê-lo triunfar. E, a rigor, só uma qualidade do rapaz lhe parecia um pouco inconveniente para a profissão: era, talvez, bonito demais. Dr. Valdir conhecia senhoras que inventavam doenças para se tratar com o sobrinho, e telefonavam para dr. Paulo:

— Doutor, eu não estou me sentindo bem!

E ele:

— Alguma novidade?

— É uma dor, que estou sentindo...

— Sei, sei!

— Até que, hoje, eu queria passar aí no consultório numa hora em que o senhor não estivesse muito ocupado...

No fim, dr. Valdir desejaria que Paulo fosse menos belo ou mesmo que não fosse nada belo nem inspirasse admirações como a de certa cliente que fizera parar o velho, no meio da rua: "Seu sobrinho, doutor, é bonito como um santo!". Dissimulando suas apreensões, dr. Valdir vivia proclamando:

— Meu sobrinho é de toda a confiança. Incapaz, absolutamente incapaz, de faltar com respeito a quem quer que seja!

A CONVALESCENÇA DE Joyce foi muito longa e muito doce. Na memória de todos, naquela casa, a doença deixara uma lembrança penosa, que era preciso afastar ou destruir. De qualquer maneira, fora uma frustração da morte. E a visita de dr. Paulo, todas as tardes, tornou-se um hábito. Dr. Dário, quando chegava, fazia a pergunta, já obrigatória:

— Doutor Paulo veio hoje?

Alguém respondia:

— Veio...

Conversava muito com as duas primas, brincava; e os três, no quarto de Joyce, riam alto, o que inspirou, certa vez, um comentário de d. Flávia:

— Parecem crianças!

Há muitos dias que d. Flávia, sem dizer nada a ninguém, vinha fazendo suas observações. Aparecia no quarto, de passagem, cumprimentava, dizia uma ou duas frases frívolas, e desaparecia. E, finalmente, achou que era tempo de fazer algumas considerações para o governo de Sônia. Foi até um dia em que dr. Paulo se demorara mais do que de costume e tanto que dr. Dário ainda o encontrou em casa. Mal o rapaz saiu, d. Flávia chamou Sônia:

— Vem cá um instante, minha filha.

Levou-a para a sala de costura, depois de avisar:

— Preciso ter uma conversinha com você.

Tanto mistério impressionou Sônia:

— O que é que há, mamãe?

E d. Flávia:

— Minha filha, descobri uma coisa.

— O quê, mamãe?

— Descobri que dr. Paulo gosta de você.

6

Houve uma pausa entre as duas. Mas a frase de d. Flávia ainda vivia dentro de Sônia: "Doutor Paulo gosta de ti, minha filha!". Ela, que sempre achara graça nos exageros maternos, empalidecia agora. Fez um comentário, para esconder a própria emoção:

— Ora, mamãe!

E acrescentou:

— Tinha graça!

Seu coração, porém, batia mais depressa. E a verdade não admitida é que a hipótese a enchia de uma doçura inesperada e ardente. Resistiu, porém, com um secreto sofrimento: "Gostar de mim — por quê, ora essa?". Via-o muito belo, talvez belo demais para um mortal. Ouvindo d. Flávia, que falava sem parar, na excitação da descoberta, ela teve o sentimento de que o médico não seria como os outros. Havia nele uma duplicidade atroz e irresistível: era, a um só tempo, humano e divino. Pensava, então, que homens assim não seriam jamais de uma única mulher. A toda hora e em toda parte, estariam no sonho das outras.

Encarou com d. Flávia:

— É imaginação sua, mamãe!

Mas d. Flávia estava muito interessada no romance que pressentia e que desejava:

— Então eu não vejo? Ou você pensa, por acaso, que eu sou cega?

— Mas vê o quê?

— Ora, minha filha! Veja como ele te olha! Não tira os olhos de ti!

— Oh, mamãe! Ele me olha como todo mundo. Como olha, por exemplo, Joyce!

Espanto de d. Flávia:

— Joyce?

— Claro!

— Mas, minha filha, Joyce é uma criança. Fez 16 anos outro dia. Você, Sônia, é outra coisa. Você é mulher feita. Tem 23 anos.

— Idade não interessa, mamãe!

— Como não interessa, meu Deus do céu! Interessa, sim! E depois, Sônia, você sabe que eu gosto muito de Joyce. Não faço diferença entre vocês duas. Trato Joyce como se fosse minha filha, mas...

E d. Flávia, pela primeira vez, revelou certos sentimentos, que recalcava, que a envenenavam secretamente. Baixou a voz:

A verdade precisa ser dita. Entre você e Joyce não há a mínima comparação. Joyce pode ser bonitinha, eu não nego. Mas você, Sônia, é linda. Um homem não pode duvidar entre as duas.

Sônia ainda quis protestar:

— Mamãe, esse assunto não vale a pena!

— Vale, sim senhora! — D. Flávia foi irredutível. — Como não vale, se é a felicidade de minha filha que está em jogo? Sônia, toma nota, minha filha: doutor Paulo pode gostar de Joyce, mas como se gosta de uma menina, de uma criança. De você ele gosta como homem.

Animava-se, cada vez mais sugestionada, convencida pela hipótese que ela mesma criara e cultivava:

— Então, não tenho visto? Ah, minha filha! Posso ser tudo, menos boba!

Esta conversa, porém, estava fazendo grande mal a Sônia. Quis cortar, de vez, todas as ilusões de d. Flávia:

— Mamãe, a senhora sabe que eu não penso nessas coisas!

— Bobagem, minha filha, bobagem!
— Talvez seja, mas já lhe disse, não sei quantas vezes — falou sério, quase zangada —, que não quero me casar.
— Parece criança!
Foi doce, mas inflexível:
— Mudemos de assunto, sim, mamãe?

A<small>TÉ ENTÃO</small>, S<small>ÔNIA</small> espantara parentes, conhecidos e vizinhos. Ninguém compreendia a sua renúncia cotidiana a todos os hábitos e prazeres de sua condição de mulher nova e linda. Havia nesta vida quieta e solitária qualquer coisa de claustro, e um parente velho fizera, há tempos, uma blague:
— Você assim acaba entrando para um convento!
Essa possibilidade, considerada em tom de brincadeira, não a assustava, porém. A rigor, só um laço a prendia ao mundo: Joyce. Quando lhe perguntavam por que não fazia como as outras, a resposta automática e sincera era sempre:
— E Joyce?
Parecia-lhe inconcebível que pudesse excluir-se da vida da menina. Joyce um dia se casaria, é certo. Mas continuariam unidas, como a própria Joyce estabelecera, com antecedência de anos:
— Vamos morar juntas, quando eu me casar!
Alguém lembrou:
— E se Sônia casar primeiro?
Joyce não se perturbou:
— Aí, eu moro com Sônia!
Mas a própria Joyce, com involuntário egoísmo, parecia admitir que Sônia não se casasse nunca. Assim passaram-se os anos. Sônia via os amores de outras, os flertes de amigas, as núpcias de vizinhas e parentes. Só ela parecia se colocar acima dos romances, efêmeros ou eternos. Sua graça de mulher era discreta, macia, quase imperceptível.
Ainda assim, não faltavam partidos. E quando alguém se declarava, ela desfazia as ilusões com um tato, uma suavidade, um encan-

to que tornavam mais vivo o interesse do pretendente. E uma coisa sempre a perturbara: que certas mulheres morressem pelo amor de um homem. Nessas ocasiões pensava em d. Senhorinha, tão linda e tão infeliz; tinha medo do dia em que Joyce amasse pela primeira vez, e para sempre. Agora que conhecia dr. Paulo, experimentava um arrepio de carne e de alma. Dizia a si mesma: "Apenas um homem bonito e nada mais". Só não compreendia a própria angústia nem os presságios do seu coração. Explicou, descontente de si mesma: "Ando muito nervosa".

Depois de ouvir d. Flávia, sentou-se diante do espelho. Viu, com uma atenção nova e grave, a imagem refletida. Sentiu-se de uma graça delicada e ardente; e imaginou que um homem pudesse sonhar com o seu amor.

Frente ao espelho, olhando-se como se o fizesse pela primeira vez, disse, a meia voz:

— Paulo...

Mas teve um estremecimento de todo o ser, porque sentiu alguém atrás de si. Virou-se rapidamente e conteve um grito.

7

Era Joyce. Entrara no quarto sem que a outra percebesse. E a vira tão entretida diante do espelho, tão atenta e enamorada da própria imagem, que resolveu surpreendê-la. Aproximou-se sem rumor, quase não pisando o chão, parando um pouco atrás de Sônia. Ainda assim, esta não sentiu a sua presença. E isso era tão raro em Sônia, tão raro essa atitude de meditação como se sonhasse com alguém — que Joyce espantou-se. Deixou-se ficar, quieta e muda, curiosa de ver quanto tempo duraria a abstração da prima. Só algum tempo depois é que Sônia, como se despertasse, subitamente virou-se, no limiar do grito. Joyce veio sentar-se ao seu lado, rindo:

— Assustou-se?
Disfarçou sua perturbação:
— Nem tanto.
Mas Sônia assustara-se, de fato. E o pior era o medo de que a outra tivesse escutado o nome de Paulo. Tranquilizou-se, porém, porque sentiu Joyce muito natural, sem o menor vestígio de malícia. Sônia a olhou com uma atenção nova e intensa, como se visse, pela primeira vez, a mulher que despertava na menina. Sem desfitar Joyce, fazia uma espécie de julgamento de sua graça leve de convalescente. E o seu encanto mais doce e mais irresistível era, justamente, essa mistura de menina e mulher. Joyce falou de vários assuntos da casa e, de repente, quase sem transição, fez a pergunta:
— Deve ser muito bom gostar de alguém; não é, Sônia?
A princípio, Sônia não entendeu:
— Como?
E a outra:
— Quer dizer, deve ser bom ter um namorado.
— Ah, isso eu não sei, minha filha. Depende.
Pausa de Joyce. Ficou olhando para um ponto vago e, de repente, de olhos baixos, como se quisesse evitar a sagacidade de Sônia:
— Você já gostou de alguém?
— Eu?
— Já?
— Claro que não. Você não conhece a minha vida?
Joyce, porém, insistiu:
— Nunca?
— Nunca. Mas... por que essa pergunta?
Joyce estava sentada, ergueu-se. Foi até a janela, olhou o jardim. No mais íntimo de Sônia, nascia um medo, uma suspeita que, entretanto, ela não queria aceitar. Joyce voltava e já, então, era mais perceptível a sua tristeza:
— Não sei, Sônia — sentou-se, de novo, ao lado da prima —, mas, às vezes, fico pensando: você tem 23 anos.
— E que mais?

— Será possível que, até hoje, você não tivesse visto ou encontrado alguém que, enfim, despertasse em você um interesse, uma simpatia?

— Temperamento — foi a explicação cortante.

— Mas Sônia!...

E, súbito, Joyce calou-se. Como Sônia julgasse perceber nos seus olhos uma promessa de lágrimas, tomou entre as suas as mãos da pequena:

— Está me escondendo alguma coisa, Joyce?

A menina, mais que depressa, enxugou as lágrimas, com as costas da mão. Tentou sorrir:

— Nada. Não estou escondendo nada, não.

— Jura?

— Ora, Sônia!

E quase imediatamente deixou escapar a revelação.

— Eu queria gostar de alguém. Seria tão bom que eu gostasse de alguém...

NESSE DIA, DR. Paulo veio mais cedo e parecia ter pressa.

Depois de cumprimentar as duas primas, foi advertindo:

— Hoje não posso me demorar.

Dizia isso olhando o relógio de pulso. A exclamação nasceu, em Joyce, irreprimível:

— Que pena!

Foi uma espécie de lamento, e tão espontâneo, que surpreendeu o dr. Paulo. Brincou com a menina:

— Pena por quê? Eu sei que você não gosta de mim!

— Oh, doutor!

Sônia, ao lado, não dizia nada. Estava grave e triste. O médico queria saber:

— Gosta de mim?

Ela ficou muito séria para dizer:

— O senhor me salvou a vida!

— Não salvei não senhora. O que eu fiz qualquer um faria e melhor.

— Duvido!

Ele, porém, precisava sair e explicou, sumariamente, olhando mais uma vez o relógio:

— Tenho que ir embora. Uma cliente me espera.

Sônia, que estava sentada, levantou-se. Joyce não conteve a pergunta:

— Uma cliente?

Confirmou, estendendo a mão:

— Sim.

E Joyce:

— Bonita?

— Joyce! — repreendeu Sônia.

A menina insistia, com uma irritação que procurava disfarçar:

— O senhor não respondeu, doutor!

Ele ria, entre surpreso e divertido:

— Mais ou menos.

— Então é por isso — continuou Joyce —, é por isso que o senhor está com tanta pressa. Natural, muito natural!

Diante do espanto de Sônia e do médico, fez ironia:

— Não lhe reprovo o gosto. Acho que o senhor deve ir, e até correndo. Por que não vai, doutor?

Sônia ainda quis remediar:

— Não repare, doutor! Joyce é assim mesmo. Tão criança!

Dr. Paulo riu:

— A cliente que me espera pode ser bonita. Mas você, Joyce, é mais. Muito mais.

Sônia levou-o até a porta. Era uma tarde linda. Havia uma estrela no céu, justamente a primeira, solitária e ardente. Os dois estavam na varanda e foi então que ele disse:

— Agora não preciso vir mais.

— Por quê, doutor?

— Porque Joyce já está boa. Minha presença é inútil.

Sônia teve uma breve hesitação:

— E se eu, doutor...

Ele esperou, com um olhar que subitamente a emocionou como uma carícia material. Por um momento, Sônia duvidou de si mesma e teve medo do próprio impulso. Acabou dizendo:

— E se eu lhe pedisse que o senhor viesse, não como médico, porém como amigo.

A clara estrela brilhou mais no céu. Dr. Paulo baixou a voz:

— Eu queria ser mais que amigo.

8

Depois que dr. Paulo saiu, ela ficou algum tempo na varanda, esquecida do mundo e de si mesma. Todo o seu ser, porém, estava ressoante daquelas palavras: "Quero ser mais do que amigo...". Crispou-se dentro da tarde, com uma sensação de frio e de medo. Procurava descobrir o sentido da frase que, entretanto, era evidente. Disse, baixinho:

— Meu Deus, meu Deus!

Embora não tivesse nada de que se acusar, a verdade é que estava descontente de si mesma. Sentou-se numa cadeira de vime, na varanda; e, pelo seu espírito, passavam as imagens do passado. Ao dizer a Joyce que jamais gostara de alguém, fora de uma sinceridade absoluta. Conhecera homens feios, bonitos ou simplesmente simpáticos, mas nenhum merecera a sua ternura de mulher. Por fim, ela própria já estava se julgando incapaz de um flerte ou de um outro sentimento que não fosse o ardente zelo, o carinho cada vez mais perfeito e mais absorvente que Joyce lhe inspirava. E, de repente... Fechou os olhos, para pensar melhor na primeira vez em que vira dr. Paulo. Estava, na ocasião, num estado de espírito vizinho da loucura. E o que a possuía era a ideia de que Joyce pudesse morrer nos seus braços. Apesar disso, apesar do seu desespero — perturbara-se diante do médico e do encanto viril e perfeito que se irradiava dele e de cada um dos seus gestos. Sobretudo, percebera a luz dos seus olhos, que era uma carícia viva. Por que — era o que perguntava a si mesma — por que se emocionara tanto diante dessa figura de homem, se convivera antes com outros rapazes bonitos e não se impressionara jamais? Só na varanda, diante da noite que escorria do alto, ela se sentia confusa e espantada diante de um sentimento novo, que pressentia na própria vida.

Acabou entrando, ao ouvir chamando:

— Sônia! Sônia!

Era Joyce. A menina estava no meio da escada:

— Onde é que você se meteu, Sônia?

E exagerou:

— Há meia hora que estou chamando, puxa!

— Mas o que é que houve, meu Deus do céu?

Então, Joyce contou:

— Imagina você, Sônia, que Marília acaba de me telefonar...

Marília era uma amiga das duas, coleguinha de colégio. Costumava telefonar ou para Sônia ou para Joyce e ficavam meia hora, quarenta minutos no aparelho, numa conversa interminável. Esta vez, depois de saber as novidades de Joyce, contou uma:

— Sabe quem eu vi ontem?

— Quem?

— Teu médico.

Sobressalto de Joyce:

— Doutor Paulo?

— Pois é.

E Marília acrescentou o detalhe:

— Estava com uma *big* loura!

— É, é?

Marília, que usava muita gíria, na sua linguagem petulante e meio irresponsável, completou o elogio da desconhecida:

— Espetacular, minha filha!

Depois dessa revelação, a conversa perdeu todo o interesse para Joyce. Disse mais uma meia dúzia de palavras, e acabou interrompendo a amiga que enveredava por outros assuntos:

— Está bem. Mamãe está me chamando e…

Sônia ouviu tudo e só não compreendeu o porquê da irritação da menina. Quando Joyce acabou, perguntou:

— E então?

— Ora, Sônia!

— Mas afinal…

Joyce interrompeu, desabrida:

— Os homens são assim mesmo!

— Assim como?

— Volúveis!

— Não entendo, Joyce!

E não entendia mesmo. Via a prima fremente, numa indignação sem propósito, que a surpreendia e começava a assustar. Agora Joyce dizia, amarga:

— Eu pensava que doutor Paulo fosse diferente, mas é a mesma coisa. Todos são iguais.

A CONVERSA INTERROMPEU-SE aí, porque vinha chegando dr. Dário, com dois amigos para jantar. Só de noite, quando as duas se recolheram, é que Sônia fez a pergunta, contida:

— Mas, afinal, Joyce, você fez hoje um barulho que eu, francamente, não entendi.

— Bobagem minha.

Sônia pensou que era melhor não insistir. Estava, porém, preocupada. Só quando as duas se deitaram e o quarto mergulhou em sombra, Joyce perguntou:

— Sou bonita, Sônia?

Foi uma coisa tão inesperada que Sônia ergueu meio corpo na cama:

— Por quê?

— Mas sou?
— Que pergunta, Joyce! Claro que é. Então não é?
A outra ficou calada alguns instantes, até que tornou, suspirando:
— Acho que você diz isso, porque, enfim, gosta de mim.
— Não, senhora. Absolutamente. Digo porque é.
Novo suspiro de Joyce:
— Ah, se fosse verdade!

Na sombra, Sônia estava espantada e inquieta. Evidente que a pergunta de Joyce, feita àquela hora e naquele tom, não podia ser normal. Já deitada, de olhos abertos no escuro, Sônia perguntava a si mesma: "Que será que ela tem?". Uma coisa parecia fora de dúvida: Joyce mudara. De uns dias para cá, andava distraída, e por vezes seu olhar se velava e Sônia pressentia uma lágrima contida. Ou, então, ria sem motivo. Qualquer coisa a comovia. Uma estrela mais viva, uma tarde mais bonita ou um perfume mais intenso pareciam embelezá-la. D. Flávia, que, apesar de superficial e dispersiva, tinha suas intuições, já interrogara Sônia: "Mas o que é que há com Joyce?". E a própria d. Flávia esclarecera: "É a idade".

De repente, veio da sombra a voz de Joyce:
— Posso te fazer uma pergunta, Sônia?
— Mas evidente!
Pausa, e por fim:
— Que é que você acha do doutor Paulo?
— Claro que tenho a melhor impressão.
— E a loura?
— Mas que loura?
— Ora, que loura! A tal, com quem ele foi visto, ora essa!
— Bem. Nós não temos nada com isso.
Joyce sentou-se na cama:
— Você pode não ter nada. Mas eu tenho, ouviu? Eu tenho porque...
Sua voz se partiu num soluço:
— ...acho que gosto do doutor Paulo, Sônia!

9

Durante alguns momentos Sônia deixou-se ficar em silêncio. Acabou passando para o leito de Joyce, porque a menina chorava perdidamente. Eram as lágrimas cativas que, enfim, se libertavam. A violência desse desespero alarmou Sônia, tanto mais que Joyce ainda estava frágil, muito frágil, da doença recente. Sônia apertou-a contra si, afagou-a, sentindo que ainda era a menina, e não a mulher, que se espantava com o nascimento do amor.

E ia dizendo, por entre beijos curtos e rápidos:

— Mas por que isso, Joyce?

Repetia diante do pranto interminável:

— Não há motivo, meu anjo. O menor motivo.

Ficaram assim, unidas e fiéis, como se fossem irmãs, como se fossem gêmeas, diante da ameaça que pressentiam. Muito sensível e, por vezes, quase vidente, Sônia percebia que a alma e o destino de Joyce estavam em perigo. Uma intuição secreta lhe dizia que só ela, entre tudo e todos, podia salvá-la.

Com os lábios quase encostados ao ouvido da outra, ia argumentando:

— Nada mais natural que você goste de alguém, Joyce. Você pensa o quê? Que é a primeira mulher que se interessa por um homem?

Joyce já não chorava:

— Não é isso, Sônia.

— É, então, o quê?

A menina hesitou, antes de continuar:

— Se fosse outro, mas o doutor Paulo, logo o doutor Paulo!...

— Que é que tem? Afinal, o doutor Paulo é livre e...

Joyce interrompeu:

— Sônia, você é capaz de me responder uma coisa?

— Claro!

— Mas com toda a sinceridade?

—- Evidente!

Já o quarto não estava tão escuro. Vinha, pelos vidros, um esplendor de lua. Joyce via o contorno do perfil de Sônia. Vacilou, antes de fazer a pergunta que guardava, há dias, no fundo do seu coração. Baixou a voz:

— Sônia, você ficou triste por saber que eu gosto do doutor Paulo?
— Eu?
— Responda. Ficou?
— Por que essa pergunta?
— Por quê?

Nova hesitação de Joyce. Teve medo de prosseguir, mas já se adiantara demais. Sônia animava, mais doce do que nunca:

— Diga, meu anjo, pode dizer. Você sabe que, entre nós, não pode, não deve haver segredo. Eu quero conhecer, faço questão, tudo o que você pensa e sente.

Veio, afinal, a pergunta:

— Você não gosta do doutor Paulo? Ou gosta?
— Mas Joyce!
— Responda!
— Que ideia!
— Isso não é resposta.

Sônia fez um esforço sobre si mesma. Estava muito natural e segura de si quando falou.

— Claro que não gosto, isto é...
— O quê?
— Bem, gosto, mas como amiguinho. Ele, enfim, muito atencioso, tratou de você. Só tenho motivos para ser grata.

Uma última dúvida persiste em Joyce:

— Jura?
— Ora essa!

Mas a outra foi intransigente:

— Não, não! Você tem que jurar, dar sua palavra de honra, senão não acredito. Jura?

Suspiro de Sônia:

— Pois, então, juro.

Joyce, comovida, tomou entre as suas as mãos da outra:

— Que peso você tirou de cima de mim. Eu estava certa, Sônia; era capaz de jurar, que você gostava do doutor Paulo.

— Tinha graça!

Joyce estava com o rosto encostado no de Sônia. Nunca a ternura que as unia fora tão intensa e tão perfeita. Joyce dizia, com a doçura da mulher que está descobrindo em si o primeiro amor:

— Seria horrível, Sônia, se nós duas gostássemos do mesmo homem. Não é?

A outra admitiu:

— Seria, sim.

— Felizmente, você não gosta do doutor Paulo!

— Felizmente...

No dia seguinte, à tarde, Joyce estava diante do espelho, pintando os lábios, quando Sônia apareceu na porta do quarto. Fez adeusinho com os dedos:

— *Bye, bye!*

Joyce virou-se na banqueta:

— Vai sair?

— Vou dar um pulinho na cidade.

— Mas está quase na hora do doutor Paulo chegar, Sônia!

— Você não está aí para receber? Você, mamãe?

Antes que a outra pudesse dizer qualquer coisa, Sônia repetiu o gesto de dedos e desceu. Joyce ainda ficou diante do espelho algum tempo, com o lápis do batom entre dois dedos, esquecida do tempo. Qualquer coisa na atitude de Sônia a preocupava. Por fim, procurou desviar o pensamento e continuou, com muito cuidado, o retoque dos lábios. Enquanto isso, Sônia atravessava a rua. E mal chegou do outro lado, escutou uma freada violenta de automóvel: "Quase me pegou", foi seu raciocínio.

Virou-se, instintivamente. E, logo, ouviu o seu nome:

— Sônia!

O sangue todo subiu-lhe ao rosto:

— Doutor Paulo!

Ele, sempre no automóvel, perguntou:

— Vai sair?

— Parece — foi a resposta.

— Quer que eu a leve?

Ela reagiu:

— Não, não! Não precisa se incomodar!

— Incômodo nenhum, ora essa! Faço questão!

Abria a porta do carro:

— Entre.

Como ela hesitasse, numa confusão doida, doutor Paulo ainda brincou:

— Ou você tem medo de mim?

Foi isso talvez que a decidiu. Ou, então, o medo de parecer indelicada. Pensou, confusamente: "Afinal, não tem nada demais…". Só quando se viu no interior do carro é que se lembrou: Joyce! Estava à espera do dr. Paulo, enfeitara-se para ele, perfumara as mãos e os braços, escolhera um vestido que parecia tornar mais vivo o seu encanto de menina e de mulher. O automóvel arrancava. dr. Paulo, muito alegre no volante, dizia:

— Vou lhe contar um segredo!

Ela crispou-se no fundo do carro. Arrependeu-se de estar ali, acusou-se de leviandade e, ao mesmo tempo, tinha uma sensação de sonho.

N<small>A VERDADE</small>, o grande sentimento de Sônia era o medo. Fizera a volta para sentar-se, na frente, ao lado do dr. Paulo. E quando ele, depois de arrancar, disse que tinha um segredo, ia contar um segredo, o desejo de Sônia, desesperado e inútil, foi de que ele não dissesse nada e que só existisse entre os dois, durante toda a viagem, o silêncio, nada mais que o silêncio. O sentimento da moça era o de que tudo que ele dissesse, qualquer palavra, significaria um perigo, uma ameaça. E o pior é que, nesta ameaça e neste perigo, ela incluía Joyce, como se a ausência da menina não bastasse para protegê-la.

Ao mesmo tempo, havia, no fundo de si mesma, uma expectativa do prometido segredo, quase a vontade de ouvi-lo. E, súbito, ele disse o que estava guardando:

— Você hoje está linda.

Baixara a voz e não desviara a vista da direção. Ela arrepiou-se, no seu lugar; e, durante alguns momentos, ouviu as batidas do próprio coração. A palavra, porém, viva na sua alma e nos seus ouvidos, doce e repetida: "Linda, linda…". Uma voz interior estava dizendo: "Ele me chamou linda, ele me acha linda". Teve a impressão de que se pudesse olhar a própria imagem no espelho se acharia também mais bonita e de um encanto mais ardente e inesquecível, como se um galanteio daquele homem a transfigurasse.

Ainda perguntou:

— É esse o segredo?

Confirmou que sim. Ela continuava de perfil. Sabia que se o olhasse o acharia muito belo. Viajaram em silêncio algum tempo. Ele talvez pensando nessa pequena e frágil mulher a seu lado e ela com a obsessão de um nome — Joyce. Experimentou uma angústia tão grande, que acabou dizendo:

— Vou saltar ali.

Indicava algum lugar qualquer. Na verdade, saíra sem destino, numa espécie de fuga. Quisera estar longe de casa quando ele chegasse. E agora precisava deixá-lo, pois aquela simples e trivial viagem de automóvel parecia-lhe uma corrida para um abismo inevitável e definitivo. Então, dr. Paulo começou a falar. Ela sentiu que a voz desse homem a acariciava e que cada palavra sua trazia uma doçura persuasiva, quase irresistível. O que ele queria, em suma, era dar mais uma volta. E explicou:

— É a primeira vez.

Sônia não entendeu:

— Como?

— É a primeira vez em que estamos sozinhos. Sempre houve outras pessoas entre nós.

No seu desespero, ela mentiu:

— Mas estou com pressa!

E como ele, sem responder, aumentasse a velocidade, Sônia fez a pergunta que a atormentava:

— E Joyce?

Pareceu espantado, como se ouvisse pela primeira vez aquele nome:

— Joyce?

Sônia acrescentou, rápido:

— Ela o espera.

Dr. Paulo não respondeu. Ela, que o olhou, nesse instante, julgou perceber seu descontentamento. Dir-se-ia que a simples invocação de Joyce viera perturbar a solidão que ele queria criar com Sônia. E, na verdade, dr. Paulo desejaria que nenhum nome de mulher surgisse entre eles.

Sônia continuou, com secreto sofrimento:

— Joyce gosta muito do senhor.

— E você?

— Não falemos de mim.

Estavam numa estrada asfaltada e sem fim. Sônia olhou em torno sem reconhecer o lugar. Era um ermo absoluto. Dr. Paulo acabava de parar o carro.

— Você sabe que só uma pessoa me interessa: você

Pediu, já com lágrimas nos olhos:

— Não posso, compreendeu? Mesmo que eu quisesse, não poderia!

— Mas por quê?

E ela, torcendo e destorcendo as mãos:

— Eu devo ser sagrada aos seus olhos. E não me faça perguntas que eu não poderia responder.

Dr. Paulo não entendia:

— Sagrada aos meus olhos?

Sônia falara com tal desespero, e com uma vontade tão implacável, que ele experimentou um sofrimento agudo, como se a tivesse perdido para sempre. Uma suspeita cruzou seu espírito: "Gostará de outro?". Fez a pergunta em voz alta:

— Existe alguém na sua vida?

Ia responder que não, mas recuou, em tempo. Baixou a cabeça:

— Existe.

Dr. Paulo não fez mais comentário. Ligou o motor e partiu. Viajaram em silêncio. Quando chegaram à cidade, ela, que ia numa tristeza de todo o ser, disse apenas:

— Eu desço aqui.

Antes de se despedir, fez o apelo:

— Joyce o espera. Vá vê-la.

Ele não respondeu, como se estivesse ressentido. Repetia para si mesmo: "Gosta de outro, gosta de outro…". Aquele silêncio a fazia sofrer, também. Insistiu:

— Sou eu que lhe estou pedindo.

É CLARO QUE Sônia não foi imediatamente para casa. Ficou andando pela cidade e fazendo hora. Parava diante das vitrines, mas, na verdade, olhava sem enxergar. Não via nada ou, por outro, só tinha olhos para a imagem do dr. Paulo. Reconheceu, num misto de sofrimento e ternura, que começara para ela uma vida nova, a partir do momento em que o vira pela primeira vez. Pensou: "Ele é o primeiro amor de Joyce". E, no fundo do seu ser, admitia outra verdade: "É também meu primeiro amor". Teria vontade de repetir esse nome: "Paulo, Paulo". Duas horas mais tarde — e depois de ter percorrido, sem nada ver, dezenas de vitrines — é que foi para casa. Ao abrir o portão, teve um último medo, o medo de que, por qualquer motivo, Paulo ainda estivesse lá.

Joyce a esperava. Estava muito serena, serena até demais, mas foi justamente essa calma intensa que impressionou Sônia. "Sofre", foi o que pensou, ao beijá-la na face. Joyce deixou-se beijar e, por sua vez, beijou. Mas não disse uma única palavra. Na sua atitude, as mãos em abandono, os olhos fixos, dava uma sensação de desamparo, de tristeza, que gelou Sônia. Perguntou, dissimulando a própria angústia, e mexendo nas flores do jarro:

— Alguma novidade?

A outra respondeu, sem mudar de atitude, quase sem descerrar os lábios:

— Nada.

Sônia deixou passar um segundo, dois. Por fim, fez a pergunta:

— Doutor Paulo veio?

— Não.

Então, Sônia compreendeu tudo. Durante três horas, Joyce ficara esperando. Cada automóvel que passava na rua era um estremecimento de corpo e de alma, um frêmito de toda a sua vida, um choque para seu coração que dr. Dário achava leve e pequeno como o de um pássaro. Nessa expectativa sem fim, olhara-se muitas vezes ao espelho. Queria sentir-se bonita, muito feminina no vestido, gracioso e leve. Ela própria teve o sentimento perturbador da própria beleza. Mas... e ele? Queria, com todas as forças de sua alma, que ele a achasse doce e inesquecível. Mas o tempo passara em vão. As flores do jarro, colhidas por ela mesma, já pareciam menos frescas. Olhou bem nos olhos de Sônia e disse, palavra por palavra:

— Ele gostaria talvez de mim, Sônia. Mas você está entre nós dois.

10

Sônia empalideceu:

— Quer dizer que você acha, então, que eu...

Sem desespero e até muito serena — serena demais —, Joyce confirmou:

— Eu sei o que estou dizendo, Sônia.

— Mas, Joyce!...

A outra, porém, mostrou-se irredutível. Ergueu-se, muito séria, os olhos mais vivos do que nunca e uma expressão de cansaço e desencanto que impressionou Sônia. Quando falou de novo, estava de costas. Parecia ter medo que Sônia surpreendesse, nos seus olhos, na sua boca, o sofrimento que desejava esconder:

— Se você não existisse, talvez ele viesse, um dia, a gostar de mim. Mas entre nós duas, é claro, claríssimo, que ele prefere você.

Sônia tentou o protesto:

— Quem foi que lhe disse?...

E a outra, virando-se, face a face com Sônia, numa espécie de desafio:

— Eu! Eu lhe digo!

Encararam-se em silêncio. Joyce novamente doce e triste, pousando sua mão no braço de Sônia:

— Nem adianta teimar com o destino. Eu só quero...

Baixou a voz. Sônia teve a impressão de que Joyce estava com vontade de chorar:

— Só quero — continuou — que vocês dois sejam muito felizes. Desejo isso, pode crer, do fundo do coração.

QUANDO JOYCE SAIU, Sônia experimentou um sentimento agudo de remorso. Arrependeu-se de não ter protestado com muito maior veemência e, enfim, convencido Joyce de que não gostava de Paulo. Mas em vez disso... Deixara a menina falar, saturar-se da própria tristeza, chegar à renúncia. Imaginou que, naquele momento, Joyce estivesse chorando, no quarto, todas as suas lágrimas de menina, todas as suas lágrimas de mulher. "Preciso vê-la, vou falar com ela, jurar que não tenho por Paulo senão um interesse banal de amiga..." Deu dois, três, quatro passos, na direção da porta. Uma dúvida, porém, nascia no seu espírito: "Eu renuncio. E depois?...". Teria coragem de manter o sacrifício? E se, um dia, fraquejasse? Outras mulheres, talvez milhões, conheceram a humilhação e a delícia da queda, através dos tempos. Voltou atrás. A voz interior repetia: "E Joyce?". Sentou-se e mergulhou na sua meditação. Tinha medo de Joyce, da fragilidade de Joyce. O nome e a imagem de d. Senhorinha estavam dentro dela. Um grande amor a arrebatara. Considerou a hipótese:

— Vamos que Joyce...

Imaginou que talvez Joyce não resistisse a um desgosto profundo. Sua alma era amorosa e triste e havia nela, na sua natureza delicada e ardente, uma grande espera do amor. E Sônia teria continuado nas suas reflexões se d. Flávia não tivesse entrado na sala. Sentou-se ao lado da filha:

— Joyce parece muito bem disposta hoje, Sônia.

A moça admirou-se:

— A senhora acha?

E d. Flávia:

— Está no telefone, com Marília, rindo muito, fazendo projetos de bailes, de passeios.

Sônia ia fazer um comentário, mas calou-se. Em todo caso, o riso não parecia a reação mais lógica da menina. Rir como, se a vida a experimentava tão cedo e se já havia uma tristeza muito funda no seu coração de adolescente? Ficou tão preocupada que interrompeu d. Flávia:

— Vou lá dentro um instantinho.

Foi encontrar Joyce no telefone, realmente, e muito alegre, numa espécie de embriaguez, de euforia sem motivo que, por isso mesmo, assustava. Quando Sônia apareceu, Joyce estava no fim:

— Até loguinho, Marília.

E desligou o telefone. Sônia foi direto ao assunto:

— Quer saber de uma coisa, Joyce?

Mas a outra cortou:

— Hoje, eu vou a uma festa com Marília.

Sônia quis retificar:

— Vamos.

— Não, Sônia. Vou sozinha com Marília.

— Por quê, ora essa?

— Claro, evidente. Agora você precisa estar livre. Deus me livre de prejudicar seu romance.

— Ora, Joyce! Parece criança!

A outra, porém, não transigiu:

— Eu sei o que faço.

— Mas você está assumindo uma atitude que francamente... E que romance é esse? Você acha que eu ou você podemos decidir pelo doutor Paulo?

— Vou sozinha. Já decidi que vou sozinha. Ou, então, ficarei em casa.

Sônia usou todos os argumentos possíveis e imagináveis, inclusive o das lágrimas. No seu desespero, chegou a chorar. E, sobretudo, o que a espantava era a atitude de Joyce. Durante toda a longa convivência das duas, Joyce sempre demonstrara uma docilidade extrema. Submetia-se, com inteiro abandono, à doce autoridade da prima mais velha. E eis que agora parecia rebelar-se pela primeira vez. O olhar, a boca crispada, tudo na sua atitude exprimia uma vontade, não de menina, mas de adulto. Dir-se-ia que era uma outra Joyce. Sônia acabou ficando fora de si:

— Você me culpa de alguma coisa?

— Não.

Insistiu:

— Se ele não veio, se não apareceu, o que é que eu tenho com isso?

— Nada.

— E então?

— Sônia, me faz um favor, Sônia! Vou me preparar para a festa. Daqui a pouco, Marília vem me buscar.

Último argumento de Sônia:

— Você parece, até, que tem raiva de mim!

— Não, não tenho! — respondeu Joyce, subitamente meiga. — Mas há uma coisa, Sônia, que eu quero que fique bem clara entre nós: você pode querer se sacrificar por mim, neste caso, mas eu não aceitaria nunca o seu sacrifício.

Repetiu, com uma expressão dura:

— Nunca!

E Joyce foi, realmente, com Marília, à festa. Sônia ficou em casa, esperando-a, numa atormentada vigília. A outra voltou, alta madrugada. Enquanto a menina se despia — saturada de música e de dança — uma ideia se fixava em Sônia: que o hipotético romance com dr. Paulo pudesse destruir a ternura que sempre existira entre elas. Quando Joyce foi enfiando pela cabeça a finíssima camisola, Sônia ia dizendo, com um tom de decisão absoluta:

— A nossa amizade vale mais do que tudo, Joyce. Mais do que qualquer homem, do que qualquer amor.

Joyce, rígida, esperou o resto. Sônia continuou, grave e triste:

— Mesmo que doutor Paulo gostasse de mim, no que não acredito...

Fez uma pausa. Estavam agora face a face. E Sônia:

— Eu nunca, ouviu?, nunca poderei casar-me com um homem, sabendo que você ama este homem. Compreendeu bem?

As duas tiveram o mesmo impulso. Abraçaram-se, chorando, e nunca fora mais ardente e perfeita a doçura de suas lágrimas. Sônia dizia:

— Aconteça o que acontecer, nunca deixaremos de ser amigas. Prefiro mil vezes, digo isso com todo o coração, não me casar, para acompanhar você sempre. Cuidarei dos seus filhos, tomarei conta de sua casa...

Joyce pensou, então, que só a morte as podia separar. Mas o que nem uma nem outra pressentiram é que, no dia seguinte, dr. Paulo...

11

Sônia passou quase toda a noite em claro, pensando na própria vida e na de Joyce. Dava graças a Deus de ter evitado, a tempo, o perigo que ameaçara a amizade mais doce de sua vida. Quase ao amanhecer, finalmente, conseguiu fechar os olhos. Joyce, menos resistente, já estava, há muito, adormecida. E foi, para Sônia, um sono só, profundo e sem sonhos. Quando acordou, eram quase 11 horas, despertou com o nome de Joyce. Olhou em torno. Joyce não estava. Levantara-se cedo, e andava, com certeza, pela casa. Um dos hábitos da menina era colher, ela mesma, as flores dos jarros. Tinha a obsessão das dálias: escolhia as mais frescas e mais belas. Quando uma criança entrava no jardim e ameaçava as flores, alguém advertia:

— Olha as dálias de Joyce!

Ela não se incomodaria com as rosas, que eram muitas e bonitas, no jardim muito bem tratado. Mas tinha muito amor e muitos ciúmes de suas dálias. Justamente quando Sônia acordou, Joyce estava no jardim, na seleção de flores. Cantarolava, num sentimento agudo de felicidade. Dizia a si mesma que o episódio do dr. Paulo fora um momento nas suas vidas — um momento de dúvida, de inquietação — que ela e Sônia precisavam esquecer. Por acaso, fazia um dia lindo, com um céu sem nuvens e de um azul muito intenso e muito puro. Dir-se-ia que havia na aragem da manhã o perfume de todas as flores. Neste momento, o telefone tocou, Joyce não ouviu. Estava numa das extremidades do jardim, cortando uma flor — justamente uma dália maravilhosa. Fazia isso com cuidado, amor, quase religião. Sônia, ainda no quarto, ouviu a campainha. Mas não teve o menor interesse em atender. A criadinha, que estava apanhando água mineral para d. Flávia, é que, por fim, correu. Veio o chamado:

— Dona Sônia!

Era, de fato, com Sônia. Alguém a chamava. A primeira ideia de Sônia foi pedir que ligassem depois. Mudou, porém, de opinião. "Deve ser Marília", foi a sua presunção. Pôs o quimono e veio atender. Até o momento de pegar o fone, não teve a menor, a mais vaga intuição. Caminhou para o telefone com a maior das inocências. E disse, alegremente — seu coração agora estava tranquilo:

— Alô!

E recebeu o impacto daquela voz:

— Sônia?

Era ele, o dr. Paulo! Toda a sua alegria da manhã desapareceu, toda a sua paz interior se fundiu. Instantaneamente. Julgava ouvir as batidas do próprio coração. Não pôde articular uma palavra, petrificada. Ele insistia:

— Alô! Sônia? Alô!

Teve que fazer um esforço sobre si mesma para admitir:

— Sônia.

Devia ser muito clara, leal e definitiva. Mas, à medida que ele falava, ela se sentia oca e impotente, vazia de vontade e de ação. Era como se aquela voz a acariciasse materialmente. Teve um lamento interior: "Por que ele não me deixa em paz? Por que não esquece que eu existo?". Ouvia-o dizer:

— Preciso muito falar com você.

Crispou-se:

— Comigo?

Ele dizia que sim. E Sônia, numa angústia cada vez maior, percebia que dr. Paulo marcava um encontro. Tentou reagir:

— Não sei se posso.

Dr. Paulo teimou:

— Pode, sim. Eu sei que pode. É um instante, um instante só.

E como ela, desorientada, não soubesse o que dizer, ele continuou, cada vez mais doce e persuasivo:

— Você se lembra daquele jardim?

— Qual?

— Um que tem, no meio, uma estátua...

— Lembro-me, sim.

Ainda na véspera, ao lado do dr. Paulo, no automóvel, haviam passado por esse jardim. Ela prestara atenção na estátua, de mármore, que representava uma alegoria ingênua da primavera. Era um jardim lindo, silencioso, de fim de rua, que parecia sugerir idílios secretos. De novo, a voz do dr. Paulo:

— Às 4 horas, está bem?

Ela, apavorada com a própria fragilidade, advertiu:

— Não posso me demorar.

— Compreendo. Então, até logo.

Sônia ainda quis dizer que aquela seria a primeira e última vez, mas ele já desligara. Mal colocou o fone no gancho, Joyce vinha chegando com suas dálias. Perguntou:

— Quem era, hein, Sônia?

A resposta veio, automática, irresistível, sem premeditação:

— Marília.

Mal acabara de falar, já se sentia trespassada por um sentimento de vergonha, remorso, humilhação.

Joyce passou pela mentira com inocência absoluta. Nenhuma suspeita turvou sua alma. Perguntou:

— Ela queria o quê?

— Nada de importância. Conversar apenas.

Joyce foi colocar as flores, depois de mostrar a Sônia:

— São lindas, não são?

Sônia confirmou, num sopro:

— Muito.

E só uma coisa Sônia não compreendia: é que Joyce não percebesse a mentira, não sentisse que ela estava escondendo alguma coisa. Aproveitou que a outra estava mudando as dálias, no jarro, para subir, com a alma mordida de vergonha. Lá em cima, trancou-se no quarto. Precisava estar só, precisava fugir de Joyce e do seu olhar. "Eu nunca fiz isso", era o que Sônia dizia e repetia a si mesma. Olhou-se no espelho. Teve, para a própria imagem, um olhar de incompreensão. Sentia-se outra. Até a doença de Joyce, sua vida fora límpida, sem mistério, sem equívocos. Agora, não. Agora tinha o que dissimular e a mentira já nascia no seu coração. Começou a se preparar, lentamente, descontente com a própria alma e com os fatos. Estava pintando a boca, quando teve a inspiração. Disse a meia voz:

— Eu posso faltar a esse encontro.

Foi uma ideia que a deslumbrou. Por que não pensara nisso antes? Tão simples, tão natural! Se não queria nada com dr. Paulo, bastaria isso, nada mais do que isso: ficar em casa, ao lado de Joyce, enquanto ele, no jardim, se consumia na impaciência de uma espera inútil. Mais tranquila, como se tivesse triunfado numa batalha consigo mesma, decidiu:

— Não irei.

Confirmou para si própria, com o olhar duro:

— Nem hoje, nem nunca.

Nunca! Repetiu a palavra como se a proferisse pela primeira vez e só então descobrisse o que ela exprimia de inapelável, de quase mortal. Todavia, quando, já pronta, desceu, teve um olhar para o relógio. Eram 11 horas e 45 minutos. Lembrou-se que ele dissera "quatro horas". Pensou: "Ele vai esperar muito tempo, até que…". Que faria depois que tivesse a certeza de que ela faltara?

O tempo ia passando. Sônia tocou piano; conversou com Joyce; fez um bordado que não tardou a abandonar; ouviu música na vitrola. De vez em quando, quisesse ou não quisesse, olhava para o relógio, tomando conta da marcha dos ponteiros. D. Flávia acabou notando:

— Que é que há com você, minha filha?

— Por quê?

— Está com um ar esquisito!

Mentiu:

— Estou com um pouco de dor de cabeça.

Quando o relógio bateu meia hora depois das três, Sônia subiu. Joyce fora fazer compras. Contra vontade, numa angústia que parecia crescer, de instante a instante — ficou alguns momentos retocando a pintura dos lábios. Sentia-se num estado único. Dir-se-ia que não tinha nada a ver com os próprios atos e que agia sob uma influência maléfica e irresistível. Escolheu o melhor vestido, um estampado leve, que a tornava uma doce imagem inesquecível. Olhou, ainda uma vez, o relógio:

— Quatro horas!

Apesar de tudo, estava disposta a não ir, jurou a si mesma que não iria. Mas foi. Ao caminhar para o encontro, teve a ideia de que um abismo a esperava.

12

Viu-o, à distância. Ele a esperava há cerca de quinze minutos. Com o pessimismo fácil dos amorosos, dizia para si mesmo, repetia: "Ela não virá". Quando, afinal, Sônia apareceu, e no momento em que ele não acreditava mais na sua vinda — teve uma dessas emoções que não se esquecem, uma sensação brusca, intensa, de felicidade. Não se moveu de onde estava. Deixou que ela se aproximasse, e a recebeu com um tal olhar de adoração que Sônia se comoveu também. Durante alguns momentos, não se falaram. Perturbada, ela pensou que, se não fosse Joyce, seria a mulher mais feliz.

Quis reagir contra a própria debilidade:

— Não vou me demorar.

Acrescentou, antes que ele protestasse:

— Tenho um compromisso.

Paulo prometeu, então, que não a reteria por muito tempo. Ouvindo-o, Sônia sentiu que a voz desse homem embelezava as palavras, tornando-as mais persuasivas e musicais. Novamente, ela teve o sentimento da própria fragilidade. A simples presença de Paulo tinha o poder de enfraquecê-la. Por vezes, sentia-se arrastada como se ele, sem querer, a magnetizasse. Estremeceu, quando Paulo começou a dizer que a amara desde o primeiro momento. Dir-se-ia que a esperava há muito tempo, que a esperara sempre. Conhecera outras mulheres. Sônia interrompeu:

— E a loura?

— Que loura?

Só então Sônia percebeu a inconveniência da própria pergunta. Mas aquilo escapara dos seus lábios, com irresistível espontaneidade. Quis disfarçar:

— Bobagem minha.

Mas não, não era bobagem. Desde que Marília o vira com a loura que Sônia pensava nessa desconhecida que convivia com o médico, que talvez o amasse. Perguntou a si mesma como seria ela. Imaginou que fosse muito linda e muito terna. E, com certeza, a loura não seria a única. Um homem tão belo, e de um olhar assim amoroso e triste, teria de inspirar o interesse, o sonho de muitas outras mulheres, inclusive de simples transeuntes. Ele, porém, caminhando ao lado de Sônia, dizia que sempre fora um homem solitário. Foi preciso que a visse para que reconhecesse, nela, com a revelação de um primeiro olhar, a mulher do seu destino, longamente esperada e longamente sonhada. E só pensava nela, dia e noite. Tudo parecia evocar essa mulher que fora encontrar na cabeceira de uma doente. Se olhava a primeira estrela da tarde ou a última estrela da noite — era nela que pensava.

Sônia, que o escutava com um sentimento de angústia e delícia, interrompeu, de repente:

— Por que eu, e não Joyce?

— Joyce?

Novamente, ela observou, nesse rosto muito belo, um traço de descontentamento. Paulo parecia não compreender que surgisse, sempre, entre eles, um outro nome de mulher. Sônia disse tudo:

— Joyce o ama.

E ele:

— Mas é uma criança!

Ela quis ir até o fim. Explicou que Joyce tinha 16 anos e que não podia haver, no mundo, um temperamento tão terno, tão amoroso. Contou que d. Senhorinha, mãe de Joyce, matara-se por um amor impossível. Joyce nascera com a mesma alma, e o mesmo fervor, o mesmo fanatismo. Os sentimentos, nessa menina, eram extremos e podiam ser mortais!

— Imagine uma desilusão que Joyce tenha num primeiro amor. Você já imaginou?

Ele, atônito com essa defesa desesperada da outra, disse:

— Mas eu não amo Joyce. Amo você. Joyce é uma menina, uma criança.

Ela ergueu para Paulo seu rosto desesperado:

— Não temos direito de destruir essa criança, essa menina.

— E nós?

Fez, de repente, a pergunta que ela esperava e temia:

— Você me ama?

— Eu?

Houve um silêncio. Surgira, no céu, sem que eles a pressentissem, a primeira estrela da tarde, muito doce e muito solitária. O impulso de Sônia foi mentir, negar. Mas essa mentira se aniquilou no fundo do seu ser. Diante desse rosto, tão próximo do seu, e desse olhar que a comovia até o mais profundo de sua alma, foi muito fraca, fraca demais.

Admitiu, numa voz que era um sopro:

— Amo.

Imediatamente, teve uma sensação de derrota, de queda, de capitulação. Compreendeu, naquele momento, que a vida pode ser muito mais que a vontade de uma mulher. E não podia deixar de repetir para si mesma que, se não fosse Joyce, seria a mais feliz entre todas as mulheres. Caminhando, tinham deixado o jardim. Estavam numa pequena rua escondida, cheia de árvores e de sombras. Por acaso, não se via ninguém, a não ser uma criança, mais adiante, sentada num portão. De qualquer maneira, sentiam-se sós, maravilhosamente sós. Enquanto no céu, muito alto, ardia a primeira estrela da tarde — ele a tomou nos braços. Ela não fez um gesto, não esboçou uma resistência. Fechou os olhos, já esquecida de tudo e de todos, vivendo para aquele instante. Pensou, numa alegria mortal: "Estou sendo beijada".

Nenhuma mulher foi jamais tão feliz.

MAIS TARDE, ENTROU em casa. Já a sensação de sonho, de felicidade absoluta, se extinguira em seu ser. O que restara — de um breve deslumbramento — era um desgosto profundo e o presságio de uma catástrofe próxima que sentia inevitável. Paulo conseguira de Sônia a promessa de outros encontros. Chegou mesmo a pedir que esses encontros fossem diários. Em vez de resistir, de negar, ela balbuciara apenas:

— Você me telefone.

E ele:

— Sempre.

Fraca demais diante daquele homem, pediu apenas segredo:

— Ninguém pode saber. — E frisava: — Ninguém!

Ele só faltou jurar:

— Ninguém saberá.

Esse mistério parecia tornar mais doce o romance que começava. Ela voltara para casa com aquela ideia fixa, que era seu tormento: "Imagine se Joyce sabe…". Ele afirmava que Joyce não saberia nunca. Nem a menina, nem ninguém. Eles haviam de conservar e proteger o segredo. Todavia, Sônia entrou em casa com uma sensação intolerável de culpa. Desejaria não encontrar ninguém no caminho do quarto, mas, por azar, d. Flávia vinha descendo. Pararam no meio da escada. D. Flávia fez a pergunta que não podia ser mais importuna:

— E doutor Paulo, Sônia?

Ela empalideceu:

— O que é que tem?

— Não apareceu mais.

— Não sei.

— Você precisa convidá-lo, minha filha, para jantar um dia conosco.

Desviou o rosto:

— Está certo.

Pôde, enfim, subir. Durante o breve diálogo com d. Flávia, seu medo absurdo fora de que sua mãe pudesse perceber sua angústia e até desconfiar de que fora beijada. Houve uma vez até em que d. Flávia parecera mais atenta e Sônia gelou, pensando: "Está notando alguma coisa na pintura dos meus lábios…". Fora, decerto, uma ilusão. Finalmente, no quarto, e depois de fechar a porta por dentro, correu, enfiou-se na cama e pôde, enfim, chorar. O que a aterrava era ter de mentir sempre, dia e noite. Chorava ainda quando bateram na porta. Afinal, teve que abrir e…

13

Era Joyce, que vinha chamá-la para o jantar. Era evidente que Sônia tinha chorado; uma última lágrima tornava seu olhar mais vivo e mais doce. Joyce, porém, pareceu não notar absolutamente nada. Muito natural, comunicativa e meiga, ainda foi ao espelho, pôs um pouco de ruge, avivou o batom e desceu de braços com Sônia. Esta, embora procurasse dissimular os próprios sentimentos, estava surpresa. E uma coisa a admirava: que Joyce não fizesse nenhuma pergunta, nenhum comentário. "Notou que eu chorei", pensava Sônia. Só quando chegaram na sala é que Joyce fez uma breve pergunta, embora com o tom mais despreocupado possível:

— Você é feliz, Sônia?

A resposta veio rápida, talvez rápida demais:

— Claro!

Só. A partir de então, Sônia teve uma vida dupla. Uma, secreta e deliciosa, ignorada de todos, que ela vivia com Paulo. E outra, a vida comum, de todos os dias, atormentada e sem encanto. Ninguém sabia que os dois se encontravam todas as tardes. O mistério que Sônia fazia questão de conservar, valorizava, mais e mais, a emoção de cada encontro. Ele vinha buscá-la, numa esquina e sempre a mesma. Sônia entrava no carro e partiam. Passavam uma hora, duas, juntos. E durante esse tempo, perdiam a noção das realidades do mundo. Não sentiam o tempo passar, arrebatados numa felicidade de novela. Aconteceu que, nesse período, houve uma série de dias lindos, claros, de um céu macio e inesquecível. O próprio ar era mais leve e perfumado, como se existissem, por toda parte, dálias invisíveis. Às vezes, ela se crispava; e perguntava olhando os olhos azuis do ser amado:

— Será que isso vai durar sempre?

E ele, beijando as mãos de Sônia:

— Sempre!

Pela primeira vez, Paulo acreditava na eternidade de um amor. Parecia-lhe que nada existe de mais belo, perfeito, do que um amor para toda a vida. Seus olhos só viviam para a imagem de Sônia. Dia e noite, fazia a evocação de sua imagem frágil e fina, da cintura delicada e ágil, e do olhar de sonho. Quando ela se desprendia dos seus braços, ele experimentava um sofrimento físico, uma sensação de mutilado. Ela também não se esqueceria, jamais, dos momentos que passavam juntos. Procurava não pensar em nada, não viver senão para o instante presente. Encerrava-se o seu êxtase como num claustro. Conseguira, até mesmo, não se recordar de Joyce. Mas, quando se despediam, a primeira imagem que nascia, no seu espírito, era a da prima. Então, sentia-se mordida pelo remorso. Toda a felicidade se dissolvia numa sensação de angústia mortal. E uma voz interior, obsessiva, dizia: "Vou destruir Joyce"... Mas bastava ver Paulo, conversar com ele, escutar a sua voz, sentir sua proximidade material para que, de novo, renascesse o encanto. Prometera a si mesma que jamais falaria da prima com o ser amado.

Um dia, porém, não se conteve:

— Imagine quando Joyce souber!

— Não saberá nunca!

Ela, obcecada, teimou:

— Tudo se sabe!

Por vezes, querendo tranquilizá-la, Paulo criava os mais lindos sonhos. Falava numa ilha oceânica e inteiramente deserta, onde pudessem viver, longe de tudo e de todos, diante de águas sempre azuis, um romance docemente infinito. Não haveria perigo de nenhuma indiscrição, de nenhuma maledicência. Estariam sós, para sempre sós, e o próprio nome de Joyce se extinguiria nas suas memórias. Ela objetava que uma ilha assim não existia, mas, à noite, no escuro e no silêncio do quarto, a ilha imaginária surgia na sua visão interior; e, de olhos escancarados, ela sonhava com uma solidão assim, ardente e perfeita. Uma tarde, finalmente, foi o próprio Paulo quem admitiu:

— Um dia, Joyce terá que saber!

— Deus me livre!

Ele, porém, insistiu, lógico, persuasivo:

— Quando eu me casar com você...

— Casar?

Desde que começaram aqueles encontros, Sônia vinha excluindo do seu pensamento a ideia matrimonial.

Não queria saber como aquilo acabaria, concentrando-se na felicidade de cada tarde. Todos os dias, era obrigada a arranjar uma desculpa para as suas escapadas. Acabou descobrindo um pretexto seguro e permanente: uma aula diária de corte. Matriculou-se, pagando a primeira mensalidade adiantada, mas é claro que não apareceu uma única vez. Sempre que chegava em casa, à noitinha, d. Flávia ou a própria Joyce perguntavam:

— Que tal a aula?

Dava uma resposta vaga:

— Assim, assim.

E uma coisa impressionava e atormentava Sônia: a inocência de Joyce. Dir-se-ia que ela estava cega. Não via nada e parecia não ter a mais vaga, a mais tênue suspeita. Nunca se mostrara tão doce, feliz e confiante. Conversavam muito, sobre todos os assuntos e pessoas. Todavia podia-se notar um claro, uma lacuna nas suas conversas: o nome, a pessoa, a figura de Paulo. Ele era um assunto que, instintivamente, evitavam. Dir-se-ia que para elas Paulo morrera ou, mais do que isso, que jamais existira. Por vezes, Sônia tinha a suspeita de que, embora não falando nele, Joyce não pensava noutra coisa. Mas a menina parecia tão natural, e tão límpido o seu olhar, tão espontânea a sua alegria — que Sônia pensava: "Esqueceu". E, com efeito, durante alguns dias, teve essa impressão e a cultivou. Mas uma noite, em casa, chegaram umas visitas. Falou-se de muitos assuntos, inclusive de amor. Cada qual deu sua opinião. Por fim, alguém perguntou:

— E você, Joyce?

Grave e triste, ela disse:

— Só se ama uma vez na vida.

Houve, em torno, um verdadeiro espanto. Todos julgaram sentir, por detrás dessas palavras, uma tristeza secreta e profunda. Sônia estremeceu, tanto mais que uma das visitas, com a curiosidade espicaçada, fez alegremente a pergunta:

— Você já amou?

A resposta foi estranha:

— Perguntem a Sônia.

Sônia disfarçou:

— Joyce, não se trata disso.

Finalmente, aconteceu o que Sônia tanto temia. As duas primas foram convidadas para uma festa que a família de Marília oferecia. Por coincidência, era o palacete em que Joyce fora a seu primeiro baile. Quando ela e Sônia desceram, na porta central da casa, evocaram a noite em que, no apogeu de uma valsa, Joyce desfalecera. E essa lembrança, muito viva, inspirou em ambas um sentimento de angústia. Dir-se-ia que era a vida se repetindo e que elas estavam recuando no tempo. Já a orquestra tocava enquanto entravam no salão. A primeira pessoa que viram foi dr. Paulo. Sônia sentiu que Joyce estacava. Ela própria estremeceu, e seu coração bateu mais depressa. Dentro de si havia o lamento: "Ele não me avisou nada!". Estiveram juntos, à tarde, e Paulo se despedira sem nenhuma referência à festa.

Joyce, num fio de voz, perguntava:

— Viu doutor Paulo?

Sônia nem descerrou os lábios:

— Sim.

Ele também as via. Aproximava-se, agora, por entre convidados que chegavam. Uma moça, que passava na ocasião, teve um olhar de surpresa e encanto para esse homem muito belo. Diante das duas primas, Paulo inclinava-se. Reiniciou-se a música e ele se dirigiu a Joyce:

— Vamos dançar?

Assim, começou para Joyce uma noite inesquecível.

14

A Sônia, ele disse apenas, inclinando-se:
— Como vai?
Numa perturbação de todo o seu ser, Sônia mal pôde articular a resposta banal:
— Bem.
Por um momento, teve o receio e, ao mesmo tempo, o desejo de que ele a tirasse para dançar.
Mas Paulo preferiu Joyce. Dirigiu-se à menina, que o olhava, atônita, como se ele fosse não uma pessoa viva e material, mas um espectro. Joyce quase não ouviu quando Paulo fez o convite:
— Vamos?
A menina não disse uma palavra. Com os olhos muito vivos, como se uma febre a transfigurasse, deixou-se levar. Sônia ficou onde estava, com uma dupla sensação, de alívio e desencanto. Compreendia que Paulo a tivesse preferido. Era preciso evitar a suspeita de Joyce. Todavia, não pôde deixar de sofrer. Procurou com os olhos os dois. Viu que a atitude de Joyce, nas muitas voltas de um *fox* trivial, era de chamar a atenção. A jovem não dissimulava o encanto daquele momento. Encontrar dr. Paulo ali, vê-lo depois de tantos dias, e dançar com ele — parecia-lhe quase um conto de fadas. E era justamente essa a sensação que se apoderava de sua alma e que a tornava mais sensível e mais linda. A cabeça abandonada, os lábios entreabertos, os olhos saturados de sonho — sentia-se uma personagem de conto de fadas. Só uma coisa a fazia sofrer, em meio de sua vertigem: a ideia de que aquilo teria um fim. Desejaria um *fox* infinito e um salão exclusivo para si e para Paulo, com uma orquestra que não parasse nunca. Ela estava tão imersa no seu encantamento que não viu um rapaz, um cadete, que, dançando com outra, não tirava os olhos de Joyce, como se a moça, na graça leve e frágil dos seus 16 anos, o magnetizasse. E mesmo que Joyce o percebesse, entre outros pares, não o reconheceria, decerto. Era o cadete que, na festa

anterior, fora o seu primeiro par e que guardara a lembrança da valsa inacabada.

Durante alguns momentos, não se falaram. Por fim, ele rompeu o silêncio. E sua voz foi um novo encanto. Só de ouvi-la ela teve um arrepio de mulher acariciada:

— Há quanto tempo, hein? — dizia ele.

Joyce teve um lamento gentil:

— O senhor desapareceu!

Ele deu uma desculpa convencional:

— Tenho andado muito ocupado.

Em silêncio, ela imaginou as suas ocupações de médico moço e bonito, pensou em clientes, louras ou morenas, que seriam capazes de inventar doenças para se consultar com ele. Mas o *fox* chegava a seu fim. Joyce sofreu, e sua esperança foi a de que houvesse um bis. Ele falou, então, baixo, com os lábios quase encostados na sua orelha, pequena e precisa:

— Preciso falar com você.

Estremeceu:

— Comigo?

E ele:

— Quer?

Balbuciou:

— Pois não. Claro.

Parara a música. Batiam palmas. E Joyce estava na expectativa do bis. Finalmente, a orquestra atacou, de novo. A felicidade de Joyce foi absoluta. De longe, Sônia não os perdia de vista. Achava que os dois formavam um par ideal. Confessou a si mesma, com uma tristeza muito grande: "Parecem namorados". Mais do que nunca, atormentou-a uma sensação de abandono, de desamparo. Duvidou do amor desse homem, belo demais para ser fiel. Ao mesmo tempo, imaginou que a felicidade de Joyce fosse infinita. Entretanto, Joyce perguntava ao dr. Paulo:

— Quer falar comigo... Agora?

Ele hesitou:

— Depois.

Joyce suspirou:

— Sabe que estou muito curiosa?

— Imagino.

Mais algumas voltas e Joyce, que realmente ardia em curiosidade, não se conteve:

— É assunto importante?

Nova hesitação:

— Talvez.

— Quanto mistério!

A verdade é que sua curiosidade já se tornava em tormento. Ela pensava em muitas possibilidades, algumas deslumbradoras. E se ele, por acaso... Tinha, porém, o medo de sonhar demais. De repente, lembrou-se de Sônia. E, ao mesmo tempo, pensou no pacto de renúncia que as ligava. Mas era tão doce a sua embriaguez que afastou de si qualquer pensamento que pudesse perturbar a delícia daqueles instantes. Perguntava a si mesma, numa espera de todo o seu ser, que assunto seria esse, misterioso e grave, que ele parecia adiar. Acabou insistindo:

— Não quer dizer?

Ele agravou a perplexidade da moça sugerindo:

— É uma história muito comprida.

Joyce não perguntou mais nada. Mas esse tom enigmático em que ele insistia, aumentava a sua perplexidade e delícia. Uma porção de hipóteses perturbadoras povoaram a sua imaginação de adolescente. E, de vez em quando, o nome de Sônia roçava pelo seu espírito. Ela, porém, não queria pensar em nada senão no sonho que estava vivendo. Continuava com a mesma sensação de conto de fadas. Tinha medo de falar, como se uma palavra pudesse romper a magia. Enfim, a orquestra silenciava e ela, com os olhos brilhantes, teve um lamento secreto: "Que pena!".

Paulo falava baixo:

— Vou ali falar um instantinho com Sônia.

Balbuciou:

— Sei.

Ele acrescentou:

— Depois, vamos para o jardim.

Sônia continuava no mesmo lugar. Desde que vira Joyce levada pelo dr. Paulo que se consumia em impaciência e tinha mesmo uma sensação de febre física. Era bastante feminina para imaginar o que a outra estava sentindo. Sabia, por outro lado, que, em amor, as recaídas não têm remédio e são fatais. Dentro dela, persistia o sentimento de abandono. Jamais, em sua vida, conhecera uma solidão tão grande e tão fria. Teve que admitir, com vergonha e remorso, que sentia ciúmes de Joyce. Se pudesse, fugiria dali, iria para bem longe, para um lugar onde pudesse sofrer em paz e chorar livremente. Viu quando a dança acabou. Paulo vinha ao seu encontro. Apesar de magoada, ela se transfigurou ao receber o olhar de adoração em que ele sempre a envolvia. Esperava por uma explicação. Mas Paulo foi rápido:

— Vou conversar no jardim com Joyce.

Ela ficou tão surpresa, que não acreditou nos próprios ouvidos:

— Como?

Repetiu:

— Vou conversar com Joyce e volto já. Depois eu explico.

Sônia não fez nenhuma observação. Mas disse para si mesma: "Ele não tem direito, o mínimo direito, de fazer isso comigo". Uma coisa, sobretudo, doía na sua carne e na sua alma: a falta de uma explicação. Viu-o afastar-se, de novo, em busca de Joyce, que se conservava distante.

No momento, porém, em que dr. Paulo fora falar com Sônia, Joyce ouviu que alguém perguntava, atrás de si:

— Não se lembra de mim?

Não reconheceu imediatamente. Foi preciso que a pessoa lembrasse:

— Não acabamos aquela valsa.

Só então a moça identificou o cadete do seu primeiro baile. Inclinava-se diante dela:

— Sei que seu nome é Joyce. Mas não tive nem tempo de dizer-lhe o meu: chamo-me Carlos. Dança comigo?

Ela falou, seca:

— Já estou comprometida.

E o tom foi tão cortante que o rapaz empalideceu. Neste momento, Paulo reapareceu e a levou. Iam para o jardim, onde os esperava a noite quieta e linda. Joyce sentia-se humana e divina.

15

Ela desceu para o jardim com as palavras de Paulo nos ouvidos: "Uma história comprida"... De qualquer maneira, Joyce imaginou que ele ia falar coisas muito doces e muito secretas, e se prolongaria por um tempo que ela não desejava prever. Do alto, vinha o frêmito das estrelas e, no jardim, a aragem da noite parecia tornar mais intenso o perfume das flores. Joyce veio caminhando, ao lado do médico, através da alameda que terminava numa fonte. Aceitava tudo o que estava acontecendo, mas com uma sensação perturbadora e deliciosa de irrealidade. Nos dias anteriores, procurara esquecer dr. Paulo, não pensar nele, no seu nome, no seu rosto, no feitio de sua boca e no seu olhar. Por mais que fizesse, porém, a verdade é que havia, no seu ser, um sofrimento surdo. E bastava ouvir alguém falar em Paulo — mesmo que fosse outro Paulo — para que se crispasse e empalidecesse. Dissera a si mesma — tantas vezes! — que renunciara, para sempre, a esse amor impossível. Acreditara nessa renúncia. Mas, ao chegar no baile e ao vê-lo, tivera, imediatamente, a consciência de sua fragilidade, a certeza de que lhe faltariam forças. Durante a dança, sentira-se feliz, de uma felicidade sem igual, que era um tormento. Estava tão fechada na sua alegria que não tinha olhos para o sofrimento de Sônia. Agora sentavam-se num banco de pedra do jardim. Esperou que ele falasse. Mas já não tinha dúvidas. Tudo a fazia prever uma declaração de amor. Estava certa de que essa declaração viria e se preparava para ouvi-la.

Ele fez a pergunta inesperada:

— Você não desconfiou nunca?

— Desconfiar de quê?

E ele, fixando-a bem nos olhos:

— Dos meus sentimentos?

O coração de Joyce disparou. Ela sentia-se no limiar da felicidade que pressentira desde que entrara na festa. Quis falar e não pôde. Com os lábios entreabertos, esperou o resto. Ele falava, agora, da própria vida. Dizia que, até que ela caíra doente, não conhecera nenhum sentimento profundo. Ela interrompeu, ávida de conhecer a vida do dr. Paulo:

— E nunca amou?

Disse, com apaixonada sinceridade:

— Nunca!

Durante alguns momentos, ela não disse nada, extática, maravilhada. Essa revelação tornou maior e mais perfeita a sua felicidade. Dr. Paulo baixou a voz:

— E agora tudo depende de você.

— De mim?

— De você. Se você disser "não", será o fim, compreendeu?

Neste momento, ela pensou, e pela primeira vez, em Sônia. Quando a prima soubesse…! Mas, ao mesmo tempo, procurou afastar de si o pensamento de Sônia. Agarrou-se a essa felicidade que já não esperava mais e que a surpreendia, na mais bela noite de sua vida. Ele parecia esperar a sua resposta.

Joyce, então, ergueu seu rosto. Jamais houve no mundo uma mulher tão doce. Disse, sem desfitá-lo:

— A minha resposta é "sim".

Houve um silêncio. Ele parecia muito comovido:

— Eu bem sabia. Eu tinha certeza! Sônia é que duvidava…

— Sônia?

— Sim, Sônia. Ela tinha medo de você.

— Medo de mim? Por quê?

Joyce não compreendera ainda. Todavia, teve a sensação física do abismo. Uma voz interior repetia aquele nome: "Sônia! Sônia". Balbuciou:

— Não entendo.

Ele não percebia nada; estava cego diante do sofrimento que ia causar:

— Sônia tinha medo que você não aprovasse o nosso sentimento. Eu, porém, não tinha dúvida nenhuma. Eu acreditava em você.

— Sei, sei...

Ele prosseguia, cada vez mais animado:

— Hoje, finalmente, sabendo que vocês vinham aqui, eu resolvi falar com você. Explicar tudo. Sônia não sabe e é capaz de estar assustadíssima.

Só agora ela compreendia tudo. De repente, recebia o golpe em pleno peito. Dizia para si mesma: "É então Sônia. Sônia, e não eu. Sônia...". E, ao mesmo tempo, procurava resistir: "Não é possível". Dr. Paulo queria ir buscar Sônia; ela, porém, o deteve; fez a pergunta:

— Você ama Sônia?

— Amo!

Ela insistiu, com uma ironia que ele não percebeu:

— Tem certeza?

— Mas claro!

Joyce foi mais longe.

— Quer dizer, então, que o "sim" que você pediu foi para... Sônia?

— Foi.

Ela fez um esforço para sorrir:

— Engraçado. Imagine que... Mas não faz mal. O "sim" já está dado.

Qualquer coisa no tom, no ar da menina, impressionou Paulo. Uma breve suspeita roçou seu espírito. Mas a alegria é absorvente e egoísta. Ele acabou reagindo contra si mesmo e se concentrando na própria felicidade. Ainda disse para a moça:

— Espera aqui um instantinho, Joyce.

Ela o deixou ir, sem esboçar um gesto, sem proferir uma palavra. Estava no meio do jardim, imóvel, petrificada. A felicidade de poucos momentos atrás — ardente, perfeita, absoluta — fundira-se num sofrimento atroz. Admirou-se de si mesma: "Meu Deus, não sei como se pode sofrer tanto!". Seu impulso foi correr muito, correr sempre, exaurir num violento esforço físico toda a sua angústia. E, ao mesmo tempo, teve vontade de rir — de rir como uma louca dentro da noite. Toda a situação fora de uma ironia tremenda: ela certa de que recebia uma declaração de amor, enquanto ele só pensava na outra. "Não ficarei aqui", foi o que disse para si mesma. Ouviu passos na areia e se crispou toda, na expectativa de Sônia e de Paulo. Mas era outra pessoa, alguém que ela custou a identificar. Acabou reconhecendo Carlos. Ele estava distante dela. Sugeria:

— Vamos dançar?

Ele a vinha seguindo, à distância. Vira quando ela e o médico desceram para o jardim. Joyce era para Carlos quase uma desconhecida. Todavia, ele sofreu, teve um ciúme inesperado e excessivo vendo-a na companhia de um homem bonito, que parecia encantá-la. Assim que Paulo afastou-se, achou que era chegada a sua vez. E repetia:

— Vamos?

Joyce ia negar, com violência, mas emudeceu. Acabara de ver, no princípio da alameda, Paulo e Sônia. Mudou de opinião:

— Vamos, sim, vamos!

Veio na frente, como se fugisse. Carlos a acompanhava, com um sentimento muito vivo de felicidade. Sônia ainda chamou:

— Joyce!

Ela, porém, continuou andando. Sônia e Paulo pararam. Poucos minutos depois, Joyce dançava com Carlos. Uma vez, duas, três, muitas vezes. Numa das vezes, Sônia a viu passar e fez, em segredo, um comentário para Paulo:

— Joyce tem ódio de mim.

16

Dir-se-ia que Joyce estava fugindo de Sônia. Por várias vezes Sônia tentou falar com a menina. Mas a outra deslizava por entre os convidados, infiltrava-se pelos grupos, arranjava meios inesperados de escapar. Carlos a acompanhava; tornara-se seu par constante; e havia, nele, nos seus gestos, nas suas palavras, em toda a sua atitude diante de Joyce, uma humildade de adoração. Sônia não pôde ter mais dúvidas: Joyce a evitava. Daí o seu lamento:

— Joyce tem ódio de mim!

Paulo protestou:

— Não diga uma coisa dessas!

Ela, numa tristeza de todo o ser, insistiu:

— Eu sei o que estou dizendo. Eu conheço Joyce. Ela não quer falar comigo, ela foge de mim.

— Impressão.

Sônia, porém, não atendia a argumento de espécie nenhuma. Continuava com a ideia fixa que era o seu tormento:

— É a primeira vez que isso acontece.

Paulo contara, sumariamente, a conversa que tivera com Joyce. Para ele, a menina não tinha nenhuma objeção e, até, ficara feliz com a notícia. Sônia, porém, não se deixara iludir. Era bastante mulher para compreender o desespero da outra. E tinha medo de que a revelação de Paulo significasse na vida de Joyce um golpe irreparável, desses que marcam uma mulher para sempre. Seu primeiro cuidado foi o de procurar a prima. Joyce, porém, fugia. Ao lado do cadete, que era um rapaz quase belo, emendava as danças, como se quisesse extinguir no fundo de si mesma, pelo cansaço físico, o seu desespero. Carlos, já impressionado, sentindo que havia qualquer coisa de falso, de artificial, na alegria da moça, chegou a sugerir:

— Quer dar uma volta no jardim?

Ela foi sumária:

— Não.

O rapaz sentiu que não devia falar muito. Ter Joyce consigo, levar nos seus braços o doce peso do seu corpo, parecia-lhe a felicidade com que sonhara apaixonadamente. Desde a festa anterior que pensava nela, e ficava horas imaginando como seria leve e delicada a sua alma e deliciosa a sua ternura. Nos breves momentos de uma dança mutilada — julgara perceber, em Joyce, a mulher que nasceu com o destino de amar. Encontrá-la de novo foi o seu desejo obstinado. Ele também era jovem: completara, fazia pouco, 19 anos: queria, para si, um amor docemente infinito. Ao rever a menina, esta noite — ele que a procurara em outras festas e outros bailes — foi uma emoção que o transfigurou. Não viu mais nenhuma outra imagem de mulher. O salão tinha muitos espelhos; e ele pensava que se olhasse neles só veria uma imagem refletida e multiplicada: a de Joyce. Ela dançava com ele e só com ele. Mas Carlos percebia que ela estava alheia, encerrada num sonho ou talvez num sofrimento. Tinha os olhos abertos e inexpressivos. Por vezes, ele experimentava a sensação de que seu par era uma sonâmbula. Podia ter feito perguntas, mas não quis. O que havia nele, mais do que qualquer outro sentimento, era o medo de perdê-la. "Preciso saber onde ela mora" era o que dizia a si mesmo. Nunca desejou tanto um endereço. E, ao mesmo tempo, pareceu-lhe imprudente uma pergunta nesse sentido. Joyce poderia não gostar. Carlos estava perturbado como nunca. Gostaria de ler, através dos olhos encantados de Joyce, os seus sentimentos.

De repente, Sônia perdeu Joyce de vista. Ela, que estava dançando com Paulo, assustou-se:

— Não estou vendo Joyce.

Paulo não deu importância ao fato:

— Deve estar na outra sala.

E, com efeito, dançava-se em toda a casa. A festa se ampliara do salão principal para as outras salas e, até, para a varanda. Sônia, porém, acreditava muito nas próprias intuições. Sensível e imaginativa, começou a admitir uma série de hipóteses desagradáveis, inclusive que Joyce tivesse fugido. Ao mesmo tempo, ponderou para si mesma o absurdo dessa hipótese: "Fugir para onde? E por quê?". Devia andar por ali, em alguma parte da casa, quem sabe no *buffet*. Pouco a pouco, porém, o desespero se apoderava do seu coração. Joyce não aparecia em lugar nenhum.

Paulo, mais controlado, procurou acalmá-la:

— Ela tem que estar em algum lugar.

Sônia, passando por entre os convidados, suspirou:

— Deus queira.

Perguntou a Marília, que ia passando, na ocasião:

— Viu Joyce?

— Vi sim. Ainda agorinha. Ia com um rapaz…

— Um cadete?

— Isso mesmo. Se não me engano, foi para o jardim.

Mas também não estava no jardim. Então o pânico de Sônia foi absoluto. E renasceu, no mais profundo de si mesma, a sensação de culpa. Encarou Paulo; sua doçura fundira-se em hostilidade:

— Eu sabia, eu tinha a certeza!

— Mas que foi que houve?

Tomou entre as suas as mãos de Sônia. Disse:

— Não houve nada.

E ela:

— Você não devia ter falado, Paulo! Joyce não podia saber! Nunca, ouviu? Nunca!

— Raciocine, Sônia! Você não vê o absurdo, meu anjo? Joyce não teria o direito de sacrificar nem a mim nem a você! Nossa felicidade vale mais do que os caprichos de uma criança!

Sônia sentiu nas palavras de Paulo um descontentamento cruel, que a fez sofrer ainda mais. Protestou:

— Você está sendo injusto!

— Estou dizendo a verdade!

Ela, porém, insistiu, numa tristeza de todo o seu ser:

— Joyce é sensível demais. Com razão ou sem razão, eu não quero nem posso destruir esta menina. É como se fosse minha filha ou, ainda, mais do que isso. Estou errada?

Fez a pergunta entre lágrimas:

— Você acha que poderíamos ser felizes se, digamos, se Joyce morresse por nossa causa?...

— Claro que...

— Responda!

Ele quis evitar a resposta direta:

— Ninguém vai morrer, Sônia! Você não é nenhuma criança nem vai acreditar que Joyce...

Interrompeu com veemência:

— Pois aí é que está: acredito, e digo isso do fundo da alma, acredito que Joyce se matará se...

Não completou a frase, soluçando. Estavam no jardim; ele a tomou nos braços; beijou seu rosto, suas lágrimas. Mas Sônia se desprendeu com violência. Não queria ter nenhum sentimento de felicidade, enquanto não encontrasse Joyce. Já agora não conseguia controlar mais a imaginação. Sempre sentira, ainda que de uma forma obscura, que a menina tinha a fragilidade física das mulheres que vão morrer cedo. O encanto pungente dos olhos, a suavidade da voz, os pulsos quase transparentes, o cansaço muito fácil — tudo fazia pressentir alguém nascida para o sacrifício. E como se isso não bastasse para atormentar Sônia, o nome de d. Senhorinha e o sentimento de sua juventude interrompida a cobriam de presságios. Continuou procurando Joyce por toda a casa, e sempre em vão. Seu desespero já estava dando na vista. E o próprio Paulo, que a princípio não pudera evitar uma certa irritação, agora se contagiava daquele terror.

Sônia mal ouvia suas palavras banais:

— A qualquer momento ela aparece! Deve andar por aí.

Quando, enfim, se convenceu de que a moça não estava na casa, ela teve a explosão:

— Nunca mais falarei com você, nunca mais!

17

Depois de dizer que não queria vê-lo "nunca mais", Sônia virou-lhe as costas. Paulo ficou, alguns momentos, desorientado, incapaz de um gesto e de uma palavra. Não era a primeira vez que Sônia lhe fugia e no momento em que parecia mais submissa ao seu amor. Mas, desta vez, falara com uma certeza apaixonada, um desejo fanático de cumprir a promessa e, ao mesmo tempo, com um ressentimento que o gelou. Viu-a correr, como se fugisse. E, na realidade, ela fugia do homem que envenenava a sua vida e que era belo demais para a felicidade de uma mulher. O vestido de baile, porém, muito longo, quase nupcial, tornou difícil a sua escapada, através das alamedas do jardim. Paulo não teve dificuldades em alcançá-la. Justamente Sônia acabava de tropeçar e teria caído, decerto, se ele não a segurasse. Por um momento, não houve uma palavra entre os dois. Olharam-se, apenas, e espreitavam-se, ofegantes.

Ela, que um pouco antes jurara não olhar mais esse homem, esquecia, desprezava o próprio juramento, dava-se toda à contemplação desse rosto muito belo e tão próximo do seu.

— Vamos, Sônia! — era ele quem dizia. — Eu levo você.

A moça repetiu, num sopro de voz:

— Vamos...

Deixou-se levar, com súbita docilidade, num abandono de mulher que cansou de lutar contra um destino mais forte. Não sabia para onde a levavam. Desejava apenas um pouco de paz e gostou de se sentir vazia de vontade, sem uma ideia, sem um sentimento. Ele perguntava:

— Onde está o carro?

Sônia deu uma indicação qualquer. Procuravam, ainda, o automóvel, quando passou alguém por eles que Sônia não identificou, mas que Paulo reconheceu. Era o cadete que dançara tantas vezes com Joyce, que fora mesmo o par constante da menina. O rapaz não os viu. Paulo não se lembrou de interrogá-lo sobre o destino de Joyce. Ou, por outra, quando se lembrou, já Carlos desaparecera. Enfim, viam o carro, entre outros. Sônia começou a sofrer, de novo, torturada pela ideia de que não podia voltar sem Joyce. Que diriam em casa? Que contas prestaria de sua responsabilidade? Por outro lado, um pensamento a conquistava, pouco a pouco: "E se Joyce, no seu desgosto, com a loucura dos seus 16 anos, tivesse se atirado na frente de um automóvel em disparada?". Não pensou em outra forma de suicídio, senão a do atropelamento voluntário. A representação da cena foi tão intensa no seu espírito que estacou. Foi então que ela e Paulo ouviram chamar:

— Sônia!

Correram ambos. Alguém acenava para eles de dentro do carro. E a voz que os chamara, eles a reconheceriam entre todas as vozes do céu e da terra. Era Joyce. Abria a porta do carro e quando Sônia, fora de si, entrou, houve no interior do automóvel uma cena cuja violência Joyce parecia não entender e que fez o próprio chofer virar-se no assento da frente. Sônia abandonava-se ao devaneio, exclamando entre lágrimas:

— Que susto você me deu, Joyce!

Joyce não compreendia. Admirava-se:

— Susto por quê, ora essa?

— Você não avisou, Joyce! Desapareceu sem avisar! Pensei tanta coisa, meu Deus!

— Que bobagem, Sônia!

E Sônia, ainda chorando:

— Nunca mais faça isso! Nunca mais!

— Eu mandei Carlos chamar vocês, avisar que eu estava no automóvel. Vocês não viram Carlos?

Foi a própria Joyce, mais calma que Sônia, quem mandou o chofer seguir. Paulo as acompanhou. Sem dizer uma palavra, observava a crise de Sônia e a atitude de Joyce. A viagem para a casa das meninas ia durar mais ou menos trinta minutos. Paulo resolveu aproveitar esse espaço de tempo para definir a situação. Esperou que Sônia ficasse mais tranquila e ele próprio puxou o assunto:

— Você lembra, Joyce, da conversa que tivemos no jardim?

Joyce pareceu vacilar por uma fração de segundo. Todavia, respondeu:

— Como não?

Sônia quis adiar o assunto:

— Paulo, por favor, Paulo!

Mas ele foi irredutível:

— Você me desculpa, Sônia, mas faço questão. E Joyce há de compreender. Certas coisas devem ser esclarecidas de uma vez por todas, para evitar maiores aborrecimentos.

Virou-se para Joyce:

— Você não acha, Joyce?

— Mas evidente, Paulo!

Sônia, entre os dois, se crispava no assento. E o que a impressionava mais era a suavidade de Joyce, sua aparente docilidade, sua calma absoluta. Sônia teve medo de que essa serenidade fosse uma máscara, uma maneira de esconder um desencanto atroz. E Paulo prosseguia:

— Eu disse a Sônia, Joyce, que você ficou muito feliz quando soube que eu e ela...

Joyce interrompeu com um:

— Claro!

Ele, porém, não estava satisfeito:

— Portanto, você aprova, não aprova?

Um breve silêncio, enquanto a pergunta ficava no ar. Por fim, Sônia, que fechara os olhos, ouviu a voz de Joyce:

— Só acho engraçado uma coisa.

— O quê?

Joyce teve um sorriso na sombra:

— Paulo me pede licença como se eu fosse mãe ou tutora de Sônia. Afinal, eu sou o quê de Sônia? Apenas uma prima muito mais moça. Sônia é livre, dona de si mesma, do seu nariz. Eu acho que não tenho que dar opinião. Vocês querem, não querem?

Foi Paulo quem, perturbado, respondeu:

— Queremos.

— Se querem, pronto, acabou-se.

Sônia não se mexia no seu lugar. Toda aquela conversa, com subentendidos que Paulo nem sempre captava, foi um tormento para ela. Tinha em si um inferno. E o medo renascia no seu coração, ao mesmo tempo que se apoderava de todo o seu ser a certeza de que, com Paulo ou sem Paulo, sua felicidade estava perdida, para sempre perdida. Um pouco surpreso com a atitude de Joyce, Paulo insistiu:

— Não é tanto assim, Joyce. Eu sei que eu e Sônia somos livres, maiores, perfeitamente responsáveis. Não há dúvida. Sônia, porém, e eu também fazemos questão que você aprove nosso casamento.

Ela estremeceu:

— Casamento?

Fora ilusão de Sônia, ou a verdade é que mudara o tom de Joyce ao repetir a palavra "casamento"? Paulo respondia:

— Digo casamento porque este é o fim natural de um caso como o nosso.

— Bem — começou Joyce —, se vocês fazem questão de saber o que eu sinto e penso, eu quero que saibam que, enfim, Sônia não podia ser mais feliz. Se há um homem, Paulo, digno de Sônia, esse homem é você. Eu tenho certeza de que vocês serão felicíssimos.

Houve entre os três, naquele momento, uma emoção muito grande. Sônia cerrava os lábios, para não explodir em soluços. Apertou a mão de Joyce, incapaz de dizer uma palavra. Foi Paulo quem, afinal, rompeu o silêncio, com um cumprimento banal e comovido:

— Você é um anjo, Joyce.

Acabavam de chegar. Saltaram e Paulo as acompanhou até a varanda. Lá, Joyce virou-se para Sônia:

— Eu queria dar uma palavra rápida a Paulo.

Surpresa, Sônia despediu-se e entrou. Os dois ficaram sozinhos. Sem que ele desconfiasse de nada, ela ergueu-se na ponta dos pés e deu-lhe um beijo rápido na boca. Paulo não fez um gesto, atônito. Joyce, porém, já entrara, fechando a porta atrás de si. Paulo veio caminhando, sozinho e atormentado na noite muito linda e quieta.

18

Quando Joyce entrou, Sônia já ia subindo. Estava com o pé no primeiro degrau e parou, sentindo que a porta se abria. Sônia não compreendera o pedido de Joyce. Que teria a prima para dizer que ela, Sônia, não pudesse ouvir? Era, evidentemente, um segredo. E Sônia teve um sofrimento breve e agudo porque não via nenhum motivo para um mistério entre Joyce e Paulo. Vendo a moça entrar, estacou, no princípio da escada, sem compreender. Estava cada vez mais espantada. Joyce se demorara tão pouco que não podia ter completado nem mesmo uma frase. Tivera tempo, quando muito, para dizer uma única palavra. E Sônia perguntava a si mesma, enquanto esperava Joyce: que palavra seria essa que Joyce só pôde dizer sem testemunhas? Nem por um segundo passou pelo espírito de Sônia a suspeita de que a palavra que tanto a atormentava não chegara a ser dita. Esperou Joyce e a olhava na expectativa de uma explicação. Subiram juntas e a única coisa que Joyce disse, num suspiro, foi apenas isto:

— Estou cansada.

Sônia, porém, esperava alguma coisa mais. E como estava tardando a palavra que desejava, não se conteve. Diante do espelho, tirando as pulseiras, fez a pergunta, que mal disfarçava a sua impaciência:

— Afinal, que foi que houve?

Joyce, sentada na cama, descia as meias. Pareceu não entender:

— Que houve como?

Sônia hesitou por uma fração de segundo. Incerta se devia ir além na sua curiosidade. Mas não resistiu:

— O que é que você tinha para dizer a Paulo?

Joyce já estava sem meias. Estendia os pés, frescos e nus, e não teve pressa em responder. Calçou as chinelinhas de arminho, ergueu-se e veio sentar-se perto de Sônia. Esta ainda esperava e já não conseguia dissimular sua tristeza. Estava realmente angustiada, embora sem motivo concreto. Então, Joyce começou, muito doce, fitando-a bem nos olhos:

— Ih! Como você é curiosa, Sônia!
— Natural, você não acha?
Os olhos de Joyce tornaram-se subitamente tristes:
— Não foi nada de mais. Coisa sem importância.
— Você demorou tão pouco!
E era isso, na verdade, que atribulava Sônia. A hipótese de um diálogo não era possível. Que acontecera, então? Todavia, o segredo — por mais insignificante que fosse — fazia-lhe mal. Foi então que Joyce, subitamente comovida, tomou entre as suas as mãos de Sônia:
— Você gosta muito de mim, Sônia?
— Ora, Joyce!
— Mas gosta?
— Claro!
— Muito?
— Você sabe, não sabe?
Joyce deixara para o fim a pergunta mais importante:
— E se algum dia eu praticasse um crime...
— Quanta bobagem!
Joyce continuou:
— ...você me perdoaria?
— Em primeiro lugar, você não praticaria nunca um crime...
— Perdoaria? — teimou Joyce.
E Sônia:
— Nem tenha dúvida, Joyce.
— Mesmo que fosse um crime contra você?
— Evidente!
As duas se olhavam, apenas. Por alguns momentos, Joyce lutou consigo mesma; estava no limiar da confissão. Não teve coragem, porém, para erguer o rosto e dizer: "Eu beijei o homem que você ama!". Sônia, vendo-a comovida, quis brincar:
— Que tanto mistério é esse?
Joyce tentou sorrir de dentro de sua tristeza:
— Olha, Sônia, eu quero dizer que desejo, de todo coração, que você seja esposa de Paulo. O que eu senti por ele foi entusiasmo e não teve a mínima importância. Paulo é seu e de ninguém mais.

Passaram quase toda a noite em claro. Sônia, subitamente feliz, porque já não sentia nenhuma oposição em Joyce, sonhou perdidamente. A alegria era, em si, uma espécie de febre da carne e da alma. Fazia projetos. E, de repente, no meio de muitos castelos, disse:
— É claro que você vai morar com a gente.
— Eu?
— Sim, você. Faço questão.
— Morar, Sônia, morar com vocês?
— Nem se discute, Joyce.
A outra respondeu:
— Moro, sim. Moro com vocês.

Quase ao amanhecer, Sônia, vencida pelo cansaço, dormiu. Joyce ficou acordada. Pôde, então, entregar-se, apaixonadamente, à sua meditação. Durante uma, duas horas, não fez outra coisa senão evocar o beijo que dera em Paulo. Não o premeditara. Fora uma inspiração de momento, um impulso que veio do fundo do ser e que a arrebatou. Dir-se-ia que um encanto maléfico a possuíra e ela se deixara arrastar. Esse beijo, tão rápido que quase não existira, parecia marcá-la para sempre. Ao entrar em casa, era como se caminhasse ainda dentro de um sonho. Subira com Sônia, conversara com a prima, mudara de roupa, levando em si um sonho secreto. Parecia-lhe inverossímil, irreal, o beijo roubado. E era tão ardente o encanto desse beijo que a vergonha, o remorso e a humilhação se fundiam em êxtase. Só depois do deslumbramento viria o desespero. E uma coisa já a comovia até as profundezas do seu ser: conhecera o gosto dos lábios de Paulo.

No dia seguinte, quando Joyce acordou, Sônia estava de pé havia muito tempo e já atendera um telefonema. Joyce quis saber:
— De quem?
— De Paulo!

Joyce, sem dizer nada, observava a alegria de Sônia. A felicidade a transfigurava. Cantarolava ou, então, refugiava-se nas suas cismas de amorosa. Vendo-a tão saturada de felicidade, Joyce começou a sofrer. Imagine se Sônia soubesse que ela fizera aquilo! "Sônia não merece", era o que Joyce repetia a si mesma. Ninguém mais doce, ninguém mais nobre. Escovando os dentes, diante do pequeno espelho do banheiro, a menina pensava: "Sônia não beijaria um namorado meu!". A sensação de culpa tornou-se mais aguda e mais intolerável quando Sônia, entrando no banheiro, fez a confidência que vinha adiando:

— Paulo vai me pedir!

— Quando?

E Sônia:

— O mais depressa possível.

Joyce não pôde conter o comentário:

— Vocês estão com pressa!

Ela riu, deliciada:

— Mais ou menos. Além disso, houve uma coisa que Paulo não quis contar o que foi, uma coisa que o fez desejar um casamento rápido.

Joyce estremeceu. A própria Sônia não sabia que fato ou pessoa influíra na decisão de Paulo. Mas Joyce teve a intuição da verdade. O episódio da véspera, na varanda, devia ter produzido em Paulo um grande abalo. Talvez até — era ainda o raciocínio de Joyce — ele gostasse de Sônia de uma maneira mais ardente e perfeita, agora que a sabia traída. A palavra doeu em Joyce: "Traída?". Olhou o próprio rosto refletido no espelho. Disse para si mesma, como se estivesse falando para outra pessoa: "Eu traí Sônia!". Pela primeira vez, teve consciência de um pecado que a marcava para sempre. Chegou na porta. Sônia passava na ocasião, muito linda na sua felicidade.

Joyce pôs a mão no braço da outra:

— Eu sou indigna, Sônia.

19

Sônia protestou:

— Nem diga uma coisa dessas, Joyce!

Mas Joyce insistiu:

— Eu sei o que eu estou dizendo.

Em verdade, precisava se humilhar ante a doçura, a dignidade e a inocência de Sônia. Via-a tão alto, tão acima das misérias da vida, tão pura das maldades humanas, que sua vontade era gritar a própria culpa. Sônia, porém, estava numa felicidade muito grande e muito perfeita. Nenhuma dúvida, nenhuma suspeita poderia turvar o estado de graça a que se entregava, de corpo e alma. Tomou Joyce entre os braços. Ralhou amorosamente:

— Não repita, senão eu me zango com você.

E disse, numa ternura que lhe dava vontade de chorar:

— Você é um anjo.

Começou, para toda a família, uma fase de felicidade sem defeito. A princípio, Sônia não quis antecipar coisa alguma para d. Flávia e dr. Dário. Preferia esperar que o romance amadurecesse mais. Um dia, porém, a d. Flávia, sem saber e sem querer, precipitou a confissão. O caso é que, julgando sentir na vida, nos modos e nos sentimentos da filha uma modificação qualquer, observou:

— O que é que há com você, minha filha?

Sônia, que estava cantando qualquer coisa — uma modinha antiga de amor —, não entendeu:

— Comigo?

E d. Flávia, sentindo um pouco da alegria que parecia se irradiar de Sônia, explicou melhor:

— Tenho notado que, ultimamente, você mudou, Sônia. Não sei, mas você não é a mesma, não me parece a mesma.

Sônia sentou-se perto de d. Flávia:

— A senhora não desconfia?

— De quê? Desconfiar de quê?

Sônia disse, com uns olhos de sonho:

— Mamãe, eu acho que estou gostando de uma pessoa.

D. Flávia disse logo:

— Doutor Paulo!

A notícia encantou d. Flávia. Desde que vira o médico, tivera, imediatamente, a ideia de que ele poderia ser, mais tarde, o seu genro. Dr. Paulo pareceu-lhe o partido ideal para Sônia. Em primeiro lugar, qualquer mãe tem a vaidade do genro bonito. E dr. Paulo era, de fato, harmonioso e belo, como um jovem deus. A criadinha da casa vivia dizendo que ele era bonito "como um santo". De resto, d. Flávia sempre fizera questão de gente bonita, fosse mulher ou homem. Até já despedira uma boa empregada porque a considerava feia demais. Achava um verdadeiro favor dos céus que Deus lhe tivesse dado uma filha e uma enteada lindas. E dr. Paulo não só era excepcionalmente belo, mas, segundo o testemunho do dr. Valdir, seu tio, era nobre, amoroso, inteligente. Ela, que jamais concordara com a solidão de Sônia, desejou, com todas as forças, que nascesse um romance entre a moça e dr. Paulo. Formariam os dois um casal perfeito. Acontece, porém, que o médico deixara de aparecer e ela não podia imaginar que se encontrassem fora de casa. A ideia de que Joyce pudesse estar interessada também deixou-a descontente com a enteada. Esteve, várias vezes, para interpelar Joyce e se conteve com medo de precipitar uma crise na família. Ficou numa alegria absoluta ao saber, pela própria Sônia, da verdade. Beijou Sônia:

— Minha filha, você não pode fazer uma ideia de como estou satisfeita.

— Eu imaginava, mamãe!

Também dr. Dário, que recebeu a novidade pelo telefone — d. Flávia não podia guardar um segredo —, veio beijar Sônia, quando chegou. Dr. Paulo parecia-lhe um grande genro. Chamando a mulher para um canto, quis saber:

— Mas isso é sério mesmo?

— Claro, Dário!

Ele esfregou as mãos:

— Então, ótimo! Esse rapaz sempre me deu ótima impressão.

Só uma coisa espantava um pouco d. Flávia: a ausência de dr. Paulo. Se suas intenções eram nítidas e definitivas, por que não visitava mais a casa? Não havia motivo para que se encontrassem na rua. Sônia concordou. Disse para si mesma que, uma vez que Joyce e todos sabiam e aprovavam, ele podia, tranquilamente, vê-la em casa. Foi o que disse, no telefone, ao dr. Paulo. Ele pareceu espantado:

— Ir à sua casa?
— Pois é, meu filho. Agora não precisamos fazer segredo.
— Eu sei, não há dúvida. Mas...
Esse "porém" impressionou Sônia:
— Você parece que não gosta de vir aqui em casa.
Protestou:
— Gosto sim.
Combinaram que, no dia seguinte, ele viria jantar. Joyce, quando soube, empalideceu. Pensou: "Vou visitar Marília e ele não me encontrará". Ao mesmo tempo, gostaria de saber qual a reação do rapaz quando a visse. Sônia, muito animada, dizia:
— É preciso que papai chegue mais cedo. Quero toda a família reunida amanhã.
Joyce, depois de uma breve hesitação, atalhou:
— Menos eu.
Sônia virou-se, atônita:
— Menos você, como?
— Eu vou jantar amanhã com Marília — respondeu Joyce, procurando ser o mais natural possível. E insistiu: — Marília me espera.
D. Flávia, do lado, ficou muda. Sônia, porém, parecia chocada:
— Mas, Joyce! Você não pode estar ausente numa ocasião dessas! É quase uma visita oficial. Eu ficaria sentidíssima.
Joyce ainda vacilou:
— Você faz mesmo questão de minha presença?
— Absoluta.
O coração de Joyce batia mais depressa. Disse a si mesma que devia ser intransigente, que devia estar fora quando Paulo chegasse. Mas havia no seu ser, ao mesmo tempo, o impulso inverso, a vontade de ficar. Imaginou o momento em que Paulo entrasse e a visse. Ficaria pálido, contrafeito ou natural? A ideia de estar presente foi para Joyce uma carícia, uma fascinação. Sônia estava diante dela — meiga, confiante, inocente. Então, Joyce fez um esforço sobre si mesma:
— Está certo, Sônia. Vou desmanchar minha visita.
Quando Joyce deixou a sala para falar ao telefone, d. Flávia deteve Sônia, que ia saindo também:

— Você é ciumenta, Sônia?
— Não sei. Acho que não.
— Bem, minha filha. Cada um tem suas ideias e sua maneira de ser. Em todo caso, eu acho que todo mundo deve ser ciumento. Sobretudo, no seu caso.
— Como?
— É evidente, Sônia. Você não deve se esquecer nunca de que seu namorado é bonito.

Sônia estava admiradíssima:
— Por que isso agora, mamãe?

D. Flávia, porém, já falara demais. Desconversou:
— Nada não, minha filha. Falei por falar.

A primeira coisa que Joyce fez quando acordou, no dia seguinte, foi esta pergunta a si mesma: "Que vestido eu ponho hoje?". Lembrou-se de vários. Escolheu, de memória, um que ficava muito bem no seu tipo, um estampado leve e gracioso. E o interessante é que, depois do almoço, Sônia a interrogou:
— Que vestido ponho hoje?

Joyce pensou um pouco. Depois deu sua sugestão. Sônia espantou-se:
— Mas, Joyce, você não disse, sempre, que esse não ficava bem em mim?

Joyce atrapalhou-se. Indicara, realmente, um vestido que ela própria já condenara como sem graça, e, além disso, impróprio para o tipo especial de Sônia. Procurou emendar:
— É mesmo, Sônia! Mas eu estava tão distraída que...

Foi um ligeiro incidente, cujo sentido Sônia, na sua inocência, não percebeu. Joyce, entretanto, sentiu uma vergonha imensa. Mordida de remorso, procurou ser mais carinhosa do que nunca com a prima. Fez-lhe carinhos sem conta. À tarde, ajudou-a a vestir-se. Lembrou um penteado que a tornava de uma graça mais viva e mais juvenil. E exclamou, quando a viu pronta:
— Você está linda, Sônia!

Estavam as duas diante do espelho. Joyce enlaçando Sônia. Contemplaram-se por alguns momentos. Joyce, porém, não via a imagem de Sônia, e sim a própria. Gostou de sentir-se bonita. E desejou no fundo de si mesma que ele a admirasse. Pouco depois, dr. Paulo chegou. As duas desceram a escada, lado a lado. Joyce teve a impressão de que Paulo a envolvia num olhar que era, a um só tempo, carícia e chama.

20

Pouco depois, a própria Joyce estava na dúvida. Fora um olhar tão rápido, o de Paulo, que ela se sentia incerta. Pensou, enquanto ele se aproximava para cumprimentá-la: "Talvez tenha sido ilusão minha". Não tirou os olhos do médico, quando ele, inclinando-se, beijou a mão de Sônia. O coração de Joyce bateu mais depressa. Descontente consigo mesma, ela se acusou de estar pensando e sentindo o que não devia. Repetiu para si mesma, dirigindo-se para a mesa: "Ele é de Sônia. Ele é de Sônia". D. Flávia, felicíssima, não se cansava de olhar o belo rapaz que ia ser seu genro. Escolhera seu melhor vestido de noite, e no decote brilhava a sua joia mais cara, que ela só usava nas grandes ocasiões. Na hora de designar os lugares, d. Flávia adiantou-se:

— Você senta-se aqui, Paulo.

E, risonha, ressalvou:

— Desculpe que eu o chame de você.

— Ora, dona Flávia!

Todos riram, enquanto d. Flávia ainda acrescentou:

— Afinal, tenho idade para ser sua mãe.

Paulo sentou-se... Flávia, sensível à solenidade do momento, comoveu-se um pouco ao chamar a filha:

— Sônia, aqui, ao lado de Paulo.

O próprio dr. Dário enterneceu-se. Como todos ali, ele percebia que aquela distribuição de lugares significava que o namoro da filha se tornava oficial. Muito emotivo, pigarreou para disfarçar a emoção. Sônia ocupou sua cadeira, feliz e trêmula. E teve, então, uma iniciativa que surpreendeu d. Flávia:

— Joyce vai sentar-se aí.

Indicava o lugar ao lado de Paulo. Por um momento, d. Flávia vacilou. A atitude da filha a surpreendera. Sua ideia era colocar Paulo entre Sônia e o pai. Mas a filha, embora com muita doçura e naturalidade, foi intransigente:

— Eu faço questão.

Não houve remédio e Paulo ficou entre as duas. Para d. Flávia, o episódio pareceu bastante desagradável. Sentiu, ainda que de uma maneira obscura, que aquela situação dos três tinha qualquer coisa de simbólico. Dir-se-ia que, sem saber, Sônia estava sendo instrumento de um destino cruel. Minutos depois, ao mesmo tempo que cumpria seus deveres de dona de casa e atendia a todos, com um máximo de desenvoltura, ela estava com a ideia fixa "Entre as duas"... De vez em quando, e tão discretamente quanto possível, reparava na atitude de Joyce. Estava muda e não conseguia dissimular uma certa tristeza. Por sua vez, Paulo conversava com todos — principalmente com Sônia —, menos com Joyce. Era como se tanto o médico como a menina ignorassem a presença um do outro. Sônia, imersa num encantamento de todos os instantes, acabou reparando:

— Tão calada, Joyce!

A outra pareceu despertar de uma cisma profunda:

— Estou com um pouco de dor de cabeça!

E Sônia, já preocupada, apesar de sua felicidade:

— Teria sido aquele gelado?

Joyce, com efeito, bebera um refresco geladíssimo, não obstante as advertências de Sônia. Como tinha a garganta muito sensível, era possível que se tivesse resfriado. Pela primeira vez, Paulo voltou-se para a menina:

— Você precisa ter um certo cuidado, Joyce!

Ela, de perfil para ele, respondeu, seca:

— Já não estou boa?

— Boa de todo, não. Pelo menos, enfraquecida. Convém não abusar.

Sônia teve um lamento:

— Eu brigo tanto com Joyce, mas não adianta. Joyce não toma emenda!

Essa dor de cabeça, tão vaga e, provavelmente, sem importância, foi uma mágoa na noite de Sônia. Já não seria tão feliz se Joyce não o fosse também. Aprendera a dividir todas as suas alegrias com a menina. Se admirava um quadro, ou uma música, ou uma estrela, ou uma dália, precisava interessar Joyce no mesmo sentimento de beleza. Naquele instante, por exemplo: julgando-se a mais feliz das mulheres, experimentava uma espécie de tristeza ingênua de não poder levar a prima até o seu êxtase. O fato de não experimentar Joyce o mesmo deslumbramento parecia limitar, reduzir sua alegria. E uma coisa não lhe saía do pensamento: Joyce não se opusera ao seu namoro e Sônia percebia, no conformismo da prima, uma atitude de renúncia, de abnegação. Não estava longe de admitir que ela se sacrificara. Subitamente comovida, Sônia inclinou-se para Paulo e disse, à meia voz:

— Joyce é uma santa.

Foi um comentário tão inesperado, que ele se admirou:

— Por quê?

Ela não respondeu, com medo de que Joyce ouvisse. Enfim, servida a sobremesa, e depois o café, levantaram-se todos. A verdade é que Joyce sentia-se demais ali. Podia ter pretextado a dor de cabeça para subir. Todavia, não teve coragem. De qualquer maneira, era doce respirar o mesmo ar que Paulo respirava, de sentar-se na mesma sala, de ouvir sua voz e seu riso. Não olhava para ele, como se o fato de vê-lo, de contemplar seu rosto fosse, a um só tempo, um tormento e uma delícia. E essa delícia era tanto mais intensa quando vinha misturada de remorso. "Eu não posso olhar para esse homem", era o que pensava. "Não tenho direito." Embora procurasse desviar a vista de Sônia e de Paulo, percebia que ele parecia não sentir a sua presença. Nem uma vez olhara para ela, nem lhe dirigia a palavra. E isso a fazia experimentar um sentimento de solidão profunda e irremediável. De repente, estremeceu, ao ouvir seu nome.

— Qualquer dia desses — era d. Flávia quem falava —, Joyce estará casada.

A menina sobressaltou-se:

— Eu?

D. Flávia insistiu, dirigindo-se ora a Paulo, ora ao marido:

— Está com um caso engatilhado.

Joyce quis protestar, vermelhíssima:

— Oh, mamãe!

— Que é que tem, ora essa! É alguma coisa demais, um flerte, um namoro, é?

— Mas não há nada!

E d. Flávia para Paulo:

— Joyce é assim, esquisitíssima. Mas imagine você, Paulo, que o rapaz, um cadete, é um excelente partido.

Paulo fez o comentário:

— Parabéns, Joyce.

A moça nem respondeu, indignada. Julgara perceber nas palavras do rapaz uma ironia secreta. E a própria insistência de d. Flávia no assunto pareceu-lhe uma maldade. Sua revolta foi tão grande que não se conteve, afinal, e exagerou:

— A senhora sabe, mamãe, que esse rapaz não me interessa e que eu não quero vê-lo nem pintado!

Depois, Paulo teve a ideia de um passeio de automóvel. Perguntou, baixinho, a Sônia:

— Não é uma boa ideia?

Ela, deliciada, admitiu:

— Ótima.

Paulo convidou os futuros sogros. Dr. Dário sugeriu:

— Joyce vai com vocês.

Joyce quis recusar. Mas Sônia só faltou exigir: disse que fazia questão e que consideraria a negativa uma desfeita. Joyce, que estava num estado especial, misto de atração e de repulsa pela ideia, acabou concordando. Paulo se conservou neutro no caso. Parecia indiferente à participação ou não participação de Joyce no passeio. A menina, que percebeu essa atitude, teve um sofrimento agudo: "Paulo me despreza", foi seu raciocínio. Os pais levaram as filhas e o rapaz até o portão. Viram quando os três se sentaram na frente. Depois, o automóvel partiu. Viajaram calados alguns instantes. Paulo e Sônia numa felicidade que parecia crescer de instante a instante, e Joyce numa tristeza que parecia também infinita. Ainda fizeram uma parada, num bar de praia, para tomar um sorvete. Foi, então, que, em meio à conversa, Paulo fez uma observação inesperada:

— Joyce tem uns bonitos olhos.

Dir-se-ia que o quase galanteio escapara sem ele querer. Logo, porém, arrependeu-se, como se tivesse incidido numa inconveniência. Ficou vermelho e riu, desconcertado. Sônia é que confirmou:

— Muito bonitos!

Joyce sentiu-se transpassada de felicidade. A frase de Paulo estava na sua alma como uma doce música. Meia hora depois — quando houve o desastre — e antes de perder os sentidos, Joyce ainda tinha dentro de si a voz de Paulo repetindo: "...olhos bonitos... olhos bonitos...".

21

Eles sentiam como se a noite fosse ficando cada vez mais clara e mais bonita. A própria Joyce não estava mais triste. Era feliz, embora existisse na sua felicidade um gosto de renúncia e de lágrima. O elogio aos seus olhos a surpreendera e encantara como um galanteio inesperado, de uma doçura mortal. Dizia a si mesma, repetia: "Ele acha os meus olhos bonitos". Desejaria ter diante de si, naquele momento, um espelho. E, então, trataria de contemplar os próprios olhos. Lembrou-se de que eles eram de um castanho doce e macio. Suspirou de pura felicidade.

Decerto não era a única criatura feliz dentro do carro. Também Sônia e Paulo estavam imersos num êxtase perfeito e sem fim.

No fundo de si mesma, Sônia desejava que esse passeio não tivesse um termo. Imaginou uma noite infinita, um céu definitivo, onde as estrelas fossem irmãs. Pela primeira vez, Sônia esquecia-se de Joyce. A menina estava a seu lado, no mesmo assento e era como se não existisse. Unia-se a Paulo. Sem ter consciência das próprias palavras, disse, de dentro de seu sonho:

— Você está correndo muito!

O automóvel entrara numa estrada asfaltada que parecia sem fim. E a reta, que se abria diante deles, foi uma espécie de convite irresistível à velocidade. Sem querer e sem sentir, Paulo pisou no acelerador. E como a estrada era de um nivelamento perfeito — mal se percebia aquela corrida delirante dentro da noite. Joyce fechara os olhos e ia tão quieta que Paulo disse para Sônia:

— Joyce dormiu.

Foi, então, que ele pensou num beijo, em plena velocidade. Como se adivinhasse o pensamento do ser amado, Sônia teve a iniciativa. E nunca foi tão terna e feminina como naquele momento. Ergueu um pouco o corpo e deu beijos curtos e rápidos na face de Paulo. Ele, com as duas mãos no volante, quis retribuir. Virou o rosto para Sônia. Seria um segundo, uma fração de segundo, o bastante para um beijo instantâneo. E continuaria, depois, com o controle do carro. Não contou, porém, com a própria vertigem. Os lábios entreabertos de Sônia, esperando o beijo, o perderam. Todavia, Paulo teve o brusco sentimento do perigo, quando a luz de um carro que vinha em sentido contrário pareceu incendiar o interior do automóvel. Instintivamente, e cego pelo esplendor vivíssimo, freou violentamente. Tarde demais, porém, e não pôde evitar a catástrofe. Os dois carros não colidiram, passaram raspando um pelo outro. O de Paulo, porém, pela ação mesma dos freios, perdeu a direção, rodou sobre si mesmo, antes de virar em plena estrada. Tudo aconteceu em dois ou três segundos. Mas, ao sentir o desastre, o rapaz agiu por instinto e no sentido único de proteger Sônia. Com um dos braços enlaçou-a e a imobilizou. Ele teve ainda a ideia de que ouvia um grito de mulher e talvez o próprio. Um grito ou dois simultâneos. E não sabia se o grito feminino — que atravessou a noite — era de Sônia ou de Joyce. Depois, um barulho maior, um clamor tremendo, algo assim como o desabamento de um mundo. E nada mais senão um silêncio absoluto e sem remédio, como se a angústia daquele minuto estivesse, enfim, apaziguada no seio da morte.

Joyce não tivera nenhum pressentimento do desastre. Vinha de olhos fechados há alguns momentos. Aquela corrida pela noite a comovia de uma maneira estranha. E a velocidade, que aumentava, parecia criar nela um estado de embriaguez deliciosa e irresistível. Teve vontade de gritar: "Mais! Mais!". Como se ouvisse este apelo, que não chegara a ser formulado, Paulo calcava o acelerador. De repente, houve, no interior do carro, uma luz inesperada e crua. Ela abriu os olhos, sem compreender, num estonteamento. Só então percebeu que estavam diante da morte. Gritou ou teve a ilusão do próprio grito. E, antes de imergir na inconsciência, ainda ouvia, dentro de si, a voz de Paulo repetindo: "...tem os olhos bonitos!". Depois, não sentiu, nem pensou mais nada.

O veículo que passara raspando pelo automóvel de Paulo era um caminhão de transporte. Iam dois homens na frente: o chofer e o ajudante. E justamente o carro se recolhia após a atividade normal e cotidiana. Tanto o chofer como o ajudante perceberam a aproximação de um automóvel que vinha, em sentido inverso, a toda velocidade.

Ambos tiveram um mau presságio e o motorista, que trazia uma velocidade regular, reduziu a marcha. O que ele, porém, não podia prever é que Paulo, naquele instante preciso, estivesse virando o rosto para um beijo que não foi tão rápido, tão instantâneo que permitisse a continuação normal da viagem. Sentindo nos seus lábios o gosto dos lábios de Sônia, Paulo tivera um deslumbramento e se deixara arrebatar. A reflexão que ocorreu ao chofer do caminhão foi a de que vinha um bêbado na direção do outro carro. Por um triz, não houve a colisão que tornaria o desastre irreparável. O caminhão não se desgovernou como o automóvel de passeio. Parou pouco adiante. Os dois homens saltaram:

— Não escapou nem rato! — foi o que disse o chofer ao ajudante, quando corriam ambos para socorrer.

A primeira coisa que viram foi um rapaz ensanguentado que se arrastava ao mesmo tempo que puxava do interior do automóvel emborcado uma moça que, talvez, estivesse morta. O chofer foi gritando:

— Pode deixar, companheiro, que nós tiramos a pequena.

Paulo balbuciou, com os lábios sangrando, e sentindo nas próprias palavras um gosto de sangue:

— Sônia... Sônia morreu...

Ainda estava fora de si e parecia não acreditar nos fatos que iam acontecendo, numa sucessão implacável. Procurava recordar-se, reunir fragmentos de lembranças e saíra, rastejando, do carro como alguém que se liberta de um sonho. O nome de Sônia, porém, estava dentro dele e o rapaz falava da mulher amada como de uma morta. O chofer do caminhão anunciou:

— Ainda vive!

Ainda vivia, sim, mas o receio dos dois homens, que tinham uma experiência anterior de desastres parecidos, é que ela estivesse machucada internamente. Enfim, os dois homens deitaram Sônia pouco além, com extremo cuidado. O que impressionou a ambos foi a beleza da moça, o que parecia tornar mais cruel o acidente. Paulo veio, de rastros, para perto:

— Sônia...

Os homens voltavam. Era a vez de Joyce. Um dos rapazes teve que entrar meio corpo no interior do automóvel. Feriu as mãos e os joelhos pois os estilhaços de vidro estavam por toda a parte, inclusive nos cabelos de Joyce. E foi preciso um esforço e uma habilidade maior para retirá-la. Estava realmente quieta, abandonada, como se qualquer vestígio de vida a houvesse abandonado. Um dos homens praguejou, no medo de causar algum dano à menina:

— Ajuda aqui, Alcebíades!

Os cabelos da menina espalhavam-se, macios e perfumados. O outro quis saber:

— Está morta?

— Sei lá!

Finalmente, estenderam no chão aquele corpo, prodigiosamente leve. Perceberam, então, que a menina não morrera: respirava ainda, se bem que de uma maneira quase imperceptível. Aparentemente, estava intacta, perfeita. Mas, de súbito, o chofer teve uma exclamação:

— Alcebíades!

— Que foi?

Com os lábios cerrados, o rosto muito sereno e muito branco, Joyce tinha um sinal de vida: seus olhos pareciam chorar. Mas eram lágrimas de sangue.

22

NAQUELE MOMENTO, D. Flávia, em casa, começava a estranhar a demora. Dr. Dário, no seu gabinete, examinava alguns documentos. Como visse a esposa impaciente e um pouco apreensiva, fez o comentário:

— Já começa você!

D. Flávia olhou para o relógio de pulso:

— Deviam estar de volta! São dez e meia. Quer dizer, há mais de uma hora que saíram.

Ele tirou os óculos:

— Não tem importância. Daqui a pouco estão aí. E me deixa em paz, porque eu preciso trabalhar, sim?

D. Flávia calou-se — porque o marido quando se irritava era até malcriado — e veio para a varanda. Sentou-se, para esperar. Não estava, porém, satisfeita. Tinha uma grande e incontrolável imaginação, que era o seu tormento. Bastava que uma das meninas se demorasse um pouco mais para que ela ficasse supondo os fatos mais desagradáveis, inclusive catástrofes. Acabou não resistindo e voltando ao gabinete do marido. De novo, ele tirou os óculos. Ralhou:

— Será que você não toma jeito?

Ela, sentando-se, suspirou, outra vez:

— Já deviam estar de volta.

Dr. Dário guardou definitivamente os óculos, desistindo de fazer a revisão dos papéis. Mordia um charuto apagado, que tratou de acender. O charuto era bom, caro; a fumaça perfumada espalhou-se pelo gabinete. Dr. Dário estava satisfeito com a solução do casamento sentimental de Sônia. Sempre o preocupara a solidão de Sônia. Parecia-lhe absurdo que uma menina como a filha, amorosa e linda, estiolasse sua beleza e sua juventude e viesse a se transformar, afinal, numa solteirona cheia de amargor. Por outro lado, gostava do dr. Paulo. Achava-o um desses genros que todos os pais desejam para as filhas. Repetiu para d. Flávia a sua impressão. Ela, então, achou de observar:

— Só uma coisa me preocupa.

— O quê?

— Joyce.

Ele não entendeu direito.

— Por que Joyce?

— Pode ser bobagem minha, mas...

Vacilou com medo de desagradar o marido. E prosseguiu:

— Sônia está com umas ideias, que eu não aprovo. Tenham santa paciência, mas não aprovo.

Dr. Dário amarrou a cara, já calculando um disparate:

— Que ideias?

— Por exemplo: diz que, quando casar, vai morar com Joyce, faz questão de morar com Joyce. Ora, não está direito.

— Por que não?

Mas ela insistiu:

— Não está, não, senhor! Afinal de contas, acho errado, erradíssimo, que uma mulher casada ponha dentro de casa uma outra mulher, e bonita, como Joyce.

O marido perdeu a paciência:

— Você parece maluca!

— Maluca por quê? Joyce é linda. E o marido de Sônia vai vê-la todos os dias, conviver com ela, sempre. Eu tenho confiança em Joyce, não há dúvida. Mas, e Paulo? Você sabe que homem nenhum...

No entusiasmo da argumentação, generalizava:

— ...homem nenhum resiste a uma tentação.

— Que bobagem!

— E se fosse uma vez ou outra, vá lá. Mas uma tentação de todos os dias, de todas as horas, é muito duro. E Joyce está cada vez mais bonita! Hoje, no jantar, eu estive reparando nos olhos dela. São lindos, têm um quê, não sei, de muito especial. Eu não aconselho, ah não! Sônia não devia morar com Joyce!

Dr. Dário, que estava sentado, ergueu-se, furioso:

— Toma juízo, minha mulher! Que ideia faz da vida? Imagine! Preocupar-se com os olhos de Joyce! São bonitos, está certo. Mas você queria que fossem feios! Tinha graça!

D. Flávia ia dizer qualquer coisa, mas, neste momento, o telefone tocou. Dr. Dário foi atender. A princípio, não entendeu bem. Pediu que falassem mais alto. Era uma voz de homem, que parecia vir de muito longe:

— É doutor Dário?

— Pois não.

D. Flávia, que se aproximara, ouviu quando o marido, branco, repetia:

— Pronto-socorro? Quem? Minhas filhas? No pronto-socorro? Vou imediatamente.

D. Flávia teve o sentimento da catástrofe. Gritou com todas as forças.

Finalmente, o chofer do caminhão teve a única iniciativa possível: mandou o ajudante procurar um telefone e pedir uma ambulância. O rapaz no caminhão partiu e encontrou, dois ou três quilômetros adiante, um posto de gasolina. Telefonou para a assistência e voltou, com duas pessoas, para o local do desastre. A situação pouco se modificara. Sônia recobrara os sentidos e estava sentada ao lado de Paulo e perto do corpo de Joyce. Dos três, a menina parecia mais contundida. Não se mexia, não falava. Só uma vez Sônia teve a impressão de que os lábios de Joyce se abriam. Curvou-se para ouvir. Julgou, então, embora não tivesse certeza, que Joyce dizia:

— Paulo...

Mas fora um fio de voz, um sopro. Sônia duvidou dos próprios ouvidos. Paulo pedia:

— Não se mova. Fique assim, quieta.

Ela sentia-se, realmente, atravessada de dores. Mas não pensava em si mesma. Todo o seu ser tendia para Joyce; e, baixinho, com uma voz de criança, fazia o apelo:

— Salvem Joyce... Salvem Joyce...

Apesar do próprio sofrimento, ela pensava na fatalidade que parecia persegui-las. Novamente, um martírio os unia; e, como da outra vez, era o frágil destino de Joyce que ameaçava partir-se. Sônia custou a perceber o detalhe, que já horrorizara o chofer e seu ajudante: as lágrimas de sangue.

Veio uma ambulância e os levou. Sônia e Paulo ainda podiam andar; Joyce teve de ser carregada e com infinito cuidado. Sônia pedia:

— Não machuquem Joyce! Pelo amor de Deus, não a machuquem!

No pronto-socorro, Joyce foi imediatamente operada. Sônia e Paulo se ressentiam apenas de contusões de gravidade relativa. Nenhuma fratura, como se verificou pelas radiografias. Já o estado de Joyce exigiu uma intervenção delicadíssima e demorada; e foi preciso um cuidado extremo. Esperando o resultado, Sônia petrificada no seu desespero pensava nos casos de pessoas que ficam na mesa de operação. Afinal, chegaram dr. Dário e d. Flávia. Houve uma cena terrível entre mãe e filha. D. Flávia dizia, por entre soluços:

— Eu tive um mau pressentimento! Eu previ o desastre.

Até dr. Dário foi para uma janela, pois, pela primeira vez na vida, chorava. Em Paulo, havia uma ideia fixa, que o atormentava a ponto de enlouquecer: as lágrimas de sangue. Quando acabou a operação, dr. Dário pegou o médico pelo braço:

— Minha filha se salva, doutor?

O cirurgião respirou fundo: vencera uma batalha!

— Salva-se, sim.

E dr. Dário, numa gratidão de todo o seu ser:

— Oh, graças, doutor!

Já ia se afastando, para levar a notícia, quando o médico o deteve:

— Agora o que é preciso é preparar o espírito da menina.

Dr. Dário não entendeu:

— Preparar o espírito?

E o médico:

— Naturalmente. Porque quando ela souber que ficou cega, e das duas vistas...

23

Dr. Dário não ouviu direito. Ou, por outra, ouviu sem entender. Repetiu para si mesmo e, depois, para o médico:

— Cega? E das duas vistas?

O médico, que acabara de lavar as mãos e os braços, com sabonete e álcool, percebeu, e muito tarde, a própria imprudência. Não devia ter dado a notícia sem preparação. Procurou atenuar:

— Ainda não é certo... Mas, talvez, quem sabe?

Passavam enfermeiras, ativas, dinâmicas, quase sem rumor nos brancos sapatos. Dr. Dário teve um ímpeto, que logo reprimiu, de fazer parar uma delas e perguntar: "Minha filha está cega? É verdade que minha filha está cega?". Sob o impacto da notícia, teve uma espécie de vertigem e só pouco a pouco, num lento e penoso esforço de raciocínio, realizava a ideia da desgraça sem remédio e consolo. Mais tarde, ao reconstituir a cena com o médico, dr. Dário contou que sua impressão foi de que, de repente, tudo aluía aos seus olhos, que o próprio edifício da Assistência parecia desmoronar, com um desabamento de paredes, teto, luzes. Até os rostos que passavam, eventualmente, pelo corredor alvo e imenso, como que se estilhaçavam. Imediatamente, foi como se nascessem gritos em toda parte. Como se os gritos crescessem do chão, subindo até o teto. Era ele próprio que estava gritando, ele próprio que estava se debatendo, enquanto médicos e enfermeiras o seguravam. Teve que ser arrastado para um quarto vazio, numa pavorosa crise de nervos, que poderia levá-lo à loucura ou à morte. E os espasmos sucessivos só se aplacaram, afinal, com doses maciças de entorpecente.

O cirurgião explicava aos colegas:

— A culpa foi minha. Dei a notícia brutalmente.

Houve cochichos:

— É o pai.

— De quem?

— Da menina que ficou cega.

Alguém comentou, saindo:

— A cegueira é pior do que a morte.

Mas já o médico tomara todas as providências para que o resto da família não recebesse o mesmo choque. Uma enfermeira, mais hábil do que as outras, foi incumbida de contar aos parentes, que queriam, a todo transe, entrar no quarto de Joyce. Enquanto dr. Dário era conservado numa dependência qualquer, até que se recuperasse, a enfermeira advertia a d. Flávia e Sônia.

— As visitas estão proibidas.

D. Flávia quis argumentar:

— Mas eu sou a mãe da doente!

— Perfeitamente. Porém há uma ordem, minha senhora, que não admite exceção.

— Quer dizer que eu não posso ver minha própria filha?!...

Com muito tato e muita doçura, a enfermeira foi intransigente:

— É em benefício, minha senhora, da doente. Ela precisa descansar. Não pode ser perturbada.

Só, então, Sônia, que ouvia tudo, crispando-se, perguntou:

— E ela?

— Está passando bem.

D. Flávia quis saber:

— Está fora de perigo?

A enfermeira foi sóbria:

— O perigo já passou.

Paulo, mais experiente e mais sagaz, não se contentara com as informações vagas e platônicas. Percebia, por instinto profissional, que nem toda a verdade estava sendo dita. Acabou arranjando um pretexto e deixando Sônia para procurar notícias exatas. Foi direto ao médico que operara Joyce. O outro estava no quarto dos internos, descansando. Paulo identificou-se como colega e pediu informações verdadeiras. O médico achou que, com outro médico, ainda que contraparente, podia e devia ser mais positivo:

— O senhor naturalmente já sabe.

— Sei o quê?

O outro vacilou, antes de dizer:

— Sabe que, infelizmente, ela está, enfim, cega.

— Cega?

— Sinto, mas...

Paulo segurou o médico pelos dois braços:

— O senhor disse... cega?

— Sim...

— Das duas vistas? Mas não é possível, o senhor não compreende que não é possível?

O cirurgião, mudo e imóvel, não encontrava em si uma palavra banal de consolo. Acabou sugerindo:

— Quer vê-la?

O quarto em que Joyce fora internada estava numa das extremidades do corredor. No caminho, o cirurgião rompeu o silêncio:

— Achei interessante uma coisa.

— O quê, doutor?

— É que a moça, desde que chegou aqui, só diz, no seu delírio, um nome.

— Sempre o mesmo?

— Aí é que está. Sempre o mesmo. Como se só existisse para ela uma única pessoa no mundo.

Paulo teve medo de perguntar. Estavam parados diante da porta do quarto. Via-se um pequeno letreiro, em que se anunciava a proibição de visitas, sem exceção. O médico pôs a mão na maçaneta. Antes, porém, que ele abrisse, Paulo não se conteve. Perguntou:

— E esse nome, doutor, qual era?

Primeiro, silêncio. Depois a resposta:

— Paulo.

O cirurgião entrou para examinar o pulso da doente. Paulo ficou na porta, com um sentimento de piedade atroz. Se ela estivesse morta, e não cega, se estivesse entre quatro círios, e não viva nas trevas, para sempre, ele teria sofrido menos. Trincou os dentes, cerrou os lábios, para não explodir em soluços. Sua vontade foi correr, ajoelhar-se diante desse martírio, beijar a mão esquecida que pendia para fora da cama. O cirurgião verificava as pulsações. Com os olhos vedados, e as feições mais delicadas e mais finas agora que pareciam modeladas em agonia — Joyce parecia esperar a morte sem saudade da vida. Uma enfermeira, que ia aplicar uma injeção, fez uma observação: a menina sorria e dizia qualquer coisa. O médico inclinou-se para ouvir. A doente repetia, num sopro:

— Paulo...

Assim como uma estrela rompe a treva da noite mais espessa, assim aquele nome subia do fundo do delírio. E o que ninguém ali, nem o médico, nem a enfermeira, nem o próprio Paulo podiam perceber é que havia um farrapo de consciência, um vestígio de memória, naquela vida quase extinta. Sim, uma voz atravessava todas as sombras da agonia — uma voz ouvida em algum dia, em algum lugar — e que repetia: "...olhos bonitos... olhos bonitos...".

A enfermeira aplicou a injeção e, na saída, ao cruzar com Paulo, que não tinha coragem de entrar, fez a pergunta:

— O senhor que é o noivo?

24

ALTA MADRUGADA, DR. Dário, d. Flávia e Sônia deixaram o hospital. Dos três, apenas dr. Dário sabia da verdade. Estava com todo o aspecto de um homem liquidado, incapaz de um gesto, de uma palavra, incomunicável, no seu desespero. D. Flávia admirou-se, sem compreender esse aniquilamento total:

— Mas por que você está assim?

Nenhuma resposta. Ela insistiu:

— Afinal de contas, podia ter sido muito pior. Joyce salvou-se e...

Ele interrompeu brutalmente:

— Quer me deixar em paz, sim?

Seu tom, de ferocidade contida, foi tão inapelável que d. Flávia gelou e emudeceu. O máximo que dr. Dário podia fazer era calar a verdade que trazia em si. E isso lhe custava um esforço enorme. Teria gostado de clamar a sua dor, de chorar como uma criança, sem nenhuma vergonha das próprias lágrimas. Impunha-se, porém, o dever de sofrer sozinho, até que, gradualmente, a verdade se fosse revelando por si mesma. Antes de sair, ele levara Paulo para um canto:

— Eu vou, mas você fica.

— E Sônia?

— Ora, Paulo! No momento, Joyce precisa muito mais de nós do que Sônia!

Baixou a voz, para dizer, já com lágrimas nos olhos:

— Joyce está cega, compreendeu?

Paulo assentiu. Também lhe parecia de uma impiedade atroz abandonar Joyce no seu martírio. E dispôs-se a ficar, enquanto dr. Dário, por despedida, o advertia:

— Qualquer coisa, avise imediatamente.

— Está certo.

No caminho para casa, os três iam em silêncio. Em dado momento, porém, d. Flávia teve uma lembrança que fez o marido crispar-se:

— Joyce tem uns olhos muito bonitos, não tem?

Sônia, muito doce e muito triste, admitiu:

— Lindos!

Dr. Dário não disse nada. Todavia, a observação da mulher fez-lhe mal pela ironia cruel e involuntária. E uma coisa o impressionava: nas últimas horas, era como se todos, de repente, experimentassem a obsessão dos olhos de Joyce. Era uma menina linda, com todos os dons da graça e da juventude. Entretanto, ninguém se lembrava dos cabelos, do rosto, de um modelado tão nítido e tão puro, do perfil nobre, da voz acariciante. Só se falava nos olhos, realmente lindos e de uma luz inesquecível.

Uma enfermeira ficou no quarto durante toda a noite, até o amanhecer. E era a mesma, justamente a mesma que perguntara se Paulo era o noivo. Só cabia, como resposta, o "não". Todavia Paulo, sem que ele mesmo soubesse por quê, hesitou. Acabou dizendo:

— Não, não sou.

A enfermeira foi lá dentro e voltou. Mas não estava ainda satisfeita. Na primeira oportunidade, julgando perceber lágrimas nos olhos do moço, insinuou:

— Seu nome é...

— Paulo.

Ela ficou em suspenso:

— Quer dizer que então...

Não completou o pensamento, como se tivesse escrúpulo de conhecer uma verdade proibida. Mas como era moça, e tinha um amor infeliz, acabou não resistindo. Paulo entrara no quarto, fora até a janela. Falaram baixo:

— Desde que o senhor chegou aqui que ela não faz outra coisa senão chamar o senhor.

Paulo, amargurado, explicou vagamente:

— Sou amigo da família.

Embora podendo parecer impertinente, a enfermeira teve a exclamação:

— Só?

Paulo não respondeu. Experimentou, porém, um inexplicável sentimento de culpa, uma espécie de remorso sem motivo, de vergonha ilógica, absurda. Disse a si mesmo que não tinha nada de que se acusar e que Joyce fora vítima de uma dessas impiedades da vida, que ferem sem pena homens e mulheres na sua experiência terrena. Durante alguns momentos, nem ele nem a enfermeira disseram nada. Foi ela quem, afinal, rompeu o silêncio.

— O senhor talvez não goste dela.

Paulo esperou o resto. A moça continuou:

— Mas uma coisa eu lhe garanto: ela gosta muito do senhor.

— De mim?

— Do senhor. Eu não tenho nada com isso, evidente. Mas acho que, enfim, essa menina não tem na vida senão o senhor.

Paulo espantou-se, sobretudo pela convicção com que a outra falara. Dir-se-ia que ela estava lendo no coração de Joyce. Protestou:

— Não, não. Ela tem pai, mãe, irmã. E eu, afinal, sou apenas... o quê? Um amigo.

Depois, conversando com o médico que operara Joyce, e que fazia plantão nessa noite, Paulo pôde reconstituir toda a tragédia da menina. Sônia fora protegida por ele, e além do traumatismo, não sofrera senão isso a que os jornais chamam "escoriações generalizadas". Ele, por sua vez, pudera resguardar-se. E houve, além do mais, um fator imprevisível, incontrolável e decisivo: a sorte de cada um. Joyce não teve ninguém ao lado que a defendesse das consequências de um desastre. Por outro lado, era como se o seu destino fosse mais frágil que o das outras pessoas, mais delicado ou mais efêmero. Ao capotar o automóvel, estilhaçou-se o vidro da frente. Vários fragmentos atingiram os seus dois olhos. O médico disse:

— Quando ela chegou aqui, não havia nada a fazer, senão...

— Mas, doutor, não há então uma esperança, uma possibilidade futura?...

— Eu gostaria de admitir essa esperança, essa possibilidade. Mas...

— Continue.

Ele disse a verdade integral:

— Infelizmente, nada é possível. Eu tenho muita pena, muita!

E não era só ele. Aquele hospital, como qualquer outro, era uma casa de horrores, uma espécie de lar de agonias e gritos. A impressão que se tinha, nos seus corredores e nos seus quartos, era de que, ali, estava sempre morrendo alguém, de que havia sempre, sob aquele teto, uma agonia em flor. Mas, apesar desse hábito do sofrimento, desse convívio com a morte, o martírio de Joyce comoveu enfermeiras, médicos, serventes e até outros enfermos. Era como se fosse inconcebível que uma menina tão doce e linda — e que parecia delicada demais para esse mundo — fosse condenada por um destino mais forte a errar por entre trevas. E como vissem Paulo no corredor, numa tristeza sem consolo — com uns olhos de febre que o tornavam mais belo — logo se cochichou nos corredores e nos quartos:

— É o noivo.

— Parece gostar muito da pequena.

— Dizem que ela é um amor.

Alguém fez a pergunta:

— Será que ele casa assim mesmo?

— Nunca se sabe.

No quarto ao lado de Joyce estava uma senhora. Fraturara a bacia meses atrás. Estava, porém, em condições de alta e deixaria o hospital dias depois. Soube do que acontecera com a menina. De manhã cedinho, veio, de quimono, até a porta. Paulo, insone, passava. Era uma boa e comovida senhora. Chamou o rapaz. E como tinha a autoridade dos mais velhos, fez-lhe o apelo:

— Nunca abandone essa menina. O senhor passou a ser "tudo" para ela, "tudo", compreendeu? Deus o castigaria se a fizesse sofrer e chorar.

Baixou a voz para dizer:

— Livre-se da lágrima de cego.

25

Ouvindo aquela senhora, ele teve uma angústia de todo o ser. Seu primeiro impulso foi dizer que não era noivo, que era apenas um... amigo. Mas aproximaram-se uma enfermeira e uma outra doente de um quarto próximo. Paulo sentiu-se cercado de uma piedade que era um tormento. A senhora de quimono explicava, baixo, para a outra interna:

— É o noivo.

A outra não ouvira bem:

— O quê?

— Noivo desta menina que está no 17.

— A que ficou cega?

— Pois é.

Valeria a pena desiludi-las? Valeria a pena dizer que não era noivo, e sim um simples amigo? Elas talvez não acreditassem, ou quem sabe se pensariam num abandono da pobre cega. Balbuciou qualquer coisa, despediu-se:

— Com licença. Vou ver a menina.

A senhora do quimono ainda disse:

— Deus o abençoe.

Enquanto o moço se afastava, a enfermeira teve um comentário amargo e definitivo:

— Esta vida não vale nada.

Uma das enfermeiras suspirou:

— Caso sério!

Já amanhecia. Era, porém, uma tristíssima manhã. Como não havia sol, viam-se os restos da noite por toda parte. Paulo penetrou no quarto, depois de abrir a porta com infinito cuidado. A enfermeira cochilava num canto e ele desejou ter passos forrados de silêncio, para que Joyce não pudesse despertar. Seu medo maior — sua obsessão — era o instante que Joyce se libertasse do sono ou do sonho e começasse a compreender. Imaginou o medo da menina, ao sentir-se encerrada nas trevas, e para sempre. Imaginou que, sensível demais, imaginativa como são os adolescentes, frágil como todos os nervosos — ela talvez não resistisse e talvez enlouquecesse. Parecia-lhe que a loucura nas trevas era ainda mais triste e mais ardente. Olhou para a cama de Joyce; a menina estava adormecida num sono sem angústia e tão tranquilo como se não o roçasse nem mesmo o frêmito de um sonho. Aproximou-se, parou diante dessa imagem muito doce e muito linda. Sem querer e sem sentir, disse, num sopro:

— Joyce...
— Paulo...

Seu nome fora pronunciado tão baixo que, a princípio, ele se julgou vítima de uma ilusão. Esperou. De novo:

— É você, Paulo?

Era Joyce, a voz de Joyce. Podia ter-se sentado, mas, antes que pudesse controlar o próprio movimento, caiu de joelhos. Novamente, um sentimento de piedade — uma piedade como nunca sentira — inundou sua alma. Pediu:

— Não fale.

Ela sorria. E Paulo, pousando a mão na da menina:

— Você precisa descansar. Descanse.

A mão de Joyce e a de Paulo se buscavam e se uniam. Joyce cravava as unhas na mão de Paulo como se o carinho fosse por demais ardente. A menina calava-se, de novo, e Paulo dava graças a Deus, pois teve medo das perguntas sem resposta possível. Ele desejou que não perguntasse nada, nem agora, nem nunca: desejou que ela aceitasse as trevas e não quisesse compreender o novo destino que se abria diante de sua pobre imagem. O que Paulo não podia saber é que não havia em Joyce senão restos de memória, lembranças estilhaçadas. Entre a vida e a morte, entre o sonho e a incerta realidade, ela se lembrava apenas dele e nada mais. Sônia, os pais de criação, os conhecidos, surgiam na sua memória e se diluíam, sem nenhuma realidade. Houve um silêncio e Paulo já pensava que Joyce estivesse dormindo novamente. De repente, a pergunta:

— Que foi que houve?

— Nada.

E ela, doce:

— Eu sei que houve, Paulo; houve alguma coisa.

Afagou a mão leve que estava entre as suas:

— Não quero que você fale... Você saberá de tudo. Depois. Agora procure dormir.

E ela:

— Está doendo, Paulo.

— O quê?
Ardia em febre. E o próprio hálito queimava seus lábios. Disse:
— Dor nos olhos...
Paulo quis aquietá-la:
— Vai passar, meu anjo.
Ela, porém, começava a ficar intranquila. Era o sonho trabalhando sua carne e sua alma. Sentindo-a delirante, ele balbuciava as palavras que Joyce desejava ouvir e que parecia tornar menos ardente sua febre. A presença dele — meiga, persuasiva e encantada — parecia aplacar o delírio da menina. Foi, então, que a enfermeira acordou, em sobressalto. Viu o estado de Joyce. Ergueu-se e advertiu:
— Ela não pode fazer movimento.
Paulo inclinou-se sobre o pobre corpo atormentado:
— Você ouviu?
Ela suspirava:
— Paulo, oh, Paulo!
O rapaz virou-se para a enfermeira:
— Não tem uma injeção qualquer?
— Vou buscar.
Ficaram os dois sozinhos. Ele estava com o rosto quase encostado no de Joyce. De súbito, crispou-se toda no leito. E veio o lamento:
— Ela!
— Quem?
Joyce, porém, não dizia nenhum nome. Repetia só, atormentada:
— Ela!
Paulo percebeu que era o delírio e não quis desconfiar da verdade. A febre de Joyce criara um estranho e doce mundo, povoado apenas por duas criaturas: ela própria e Paulo. Todos os espelhos, todos os rios, só refletiam suas imagens. Eis que, de repente, alguém surgia entre os dois. E era uma mulher que Joyce conhecera algum dia e que se tornara subitamente desconhecida e hostil. A menina pedia:
— Não deixe, Paulo!
Ele, beijando a mão de Joyce:
— Não deixarei. Mas não se mova.

Mas a "outra" se obstinava. Desaparecia e, pouco depois, voltava. Esse sofrimento sem consolo e sem remédio, em que Joyce se consumia, tornou mais aguda a pena de Paulo. Já suas palavras não a aquietavam mais. Ela se insurgia. Seu desejo agora era fugir para bem longe, para um mundo onde a "outra" não pudesse aparecer. Então, olhou aquela menina em febre, aquele martírio em flor. Viu os lábios entreabertos e atormentados e foi baixando o próprio rosto. Quando a enfermeira entrou, com a vasilha de injeção, estacou na porta. A princípio não compreendeu. Paulo beijava Joyce, como se quisesse refrescar com seus lábios os lábios febris da menina.

26

Quando Sônia e d. Flávia chegaram ao hospital, pela manhã, Paulo as esperava para sair. Dir-se-ia que a febre e o sofrimento de Joyce se transmitiram a ele. Passara a noite em claro. Todavia, seu cansaço se cristalizara e ele poderia continuar sua vigília, à cabeceira de Joyce, por muito tempo ainda. Sônia espantou-se, vendo-o desfigurado pela insônia e pelo martírio de uma noite longa e ardente. Ao contrário das outras vezes, não correu ao seu encontro. Deixou-a aproximar-se e foi ela quem tomou entre as suas as mãos de Paulo, ávida de dar e receber carinho. D. Flávia exclamou:

— Está abatido, Paulo!

E Sônia:

— Tudo bem?

— Mais ou menos.

Como as duas quisessem ver Joyce imediatamente, se opôs:

— Ela está descansando. E, além disso...

Parou, como se cada uma de suas palavras custasse um esforço ou um sacrifício. Sônia sentiu a angústia do ser amado. Levou-o para um canto e fez, a medo, a pergunta:

— Há alguma novidade com Joyce?

Paulo ia dizer "não", mas estacou, sem forças para uma comédia. Perguntava a si mesmo: "Por que mentir? Por que adiar uma verdade que, cedo ou tarde, se imporia por si mesma?". Disse para Sônia sem desfitá-la:

— Você é forte?

Ela não entendeu:

— Como?

D. Flávia se adiantara e os esperava mais adiante. Paulo podia ter preparado melhor a notícia. Mas era tão profundo seu esgotamento mental e tão lento e penoso para ele qualquer esforço de raciocínio, que foi direto ao fato:

— Sônia, aconteceu uma coisa muito triste, tristíssima.

Ela teve a intuição da catástrofe. A primeira ideia que lhe cruzou a mente foi a de que Joyce morrera. E ficou tão pálida que Paulo teve medo e disfarçou:

— Joyce está bem.

— Fora de perigo?

— Fora de perigo.

As duas, porém, teimavam em ver a menina. Prometeram que não fariam barulho, nem diriam nada. Olhariam só, e da porta. Ele as acompanhou, sentindo que a verdade não poderia ser protelada por muito tempo e que, a qualquer momento, elas receberiam, em cheio, a notícia. Desejou, com todas as forças, não estar presente. Enquanto as levava pelo corredor interminável, pensou que dr. Dário não estava ali porque não queria ser testemunha do sofrimento da mulher e da filha.

Antes de chegarem, porém, ao quarto de Joyce, Paulo parou um momento para falar com o médico que operara a moça. Sônia e d. Flávia se detiveram, um pouco adiante. Aconteceu que, neste momento, chegava à porta a senhora de quimono, vizinha de Joyce. Viu as duas, à espera de Paulo; e como era uma senhora muito sensível, de emoção fácil, apiedou-se. Chamou Sônia:

— Você é parente?

— Como?

E a outra:

— Pergunto se é parente dessa moça? Dessa que veio, ontem, para cá.

Sônia compreendeu:

— Ah, pois não! Sou irmã.

A boa senhora suspirou:

— Irmã, é?

D. Flávia aproximou-se. Sônia apresentou:

— E, aqui, minha mãe e dela.

A senhora conservou a mão de d. Flávia na sua e parecia comovida:

— Muito prazer em conhecê-la, minha senhora. E creia que sinto muito o que aconteceu. Imagino como a senhora não está.

D. Flávia, um pouco surpresa, disse:

— Graças a Deus, minha filha está passando bem.

— Perfeitamente.

— Já passou o perigo, de forma que...

A outra interrompeu:

— Não sei, não, minha senhora, se isso foi uma felicidade. Às vezes, é melhor a morte. Porque deve ser muito triste, tristíssimo, que uma moça, como sua filha... Ela tem 16 anos, não?

Sônia confirmou:

— Dezesseis anos, sim.

E a outra:

— Pois é. Imagine! Com 16 anos e cega!

— Cega?

Foi a exclamação simultânea de Sônia e d. Flávia. Sônia ainda pensou num engano, num equívoco atroz, numa confusão de casos e de pessoas. Repetiu, atônita:

— Cega?

A senhora do quimono não soube o que dizer, desorientada. Durante um, dois, três segundos, as duas se olharam, sem entender, como se cada qual falasse um idioma diferente, que as outras não entendessem. Então, a ideia da tragédia foi-se fazendo e se completando no cérebro de Sônia. Foi como se vozes, mil vozes, enchessem subitamente o hospital, dizendo com milhares de inflexões, e repetindo: "Cega!... Cega!". Não ouviu quando a outra, percebendo a própria leviandade, perguntava:

— Quer dizer que a família não sabia? Oh, meu Deus!

Fora de si, Sônia caminhou três ou quatro passos. No meio do seu desespero e da espécie de gradual loucura que se apoderava do seu ser — uma ideia nascia, pueril e doentia: "Será que cego chora?". Chegava, porém, ao limite de suas forças e de sua consciência. Teve uma brusca sensação de abismo e cairia, decerto, se Paulo, percebendo tudo, não se precipitasse e não apanhasse no ar o seu corpo. Ela gritara. Todavia, não chegou a ouvir o próprio grito. Houve tumulto no corredor. D. Flávia, numa histeria, queria invadir o quarto de Joyce.

Numa esquina qualquer, a poucos passos dali, um jovem forte e quase belo promovia desordens num bar. Bebera mais do que permitia sua lucidez: o álcool dava-lhe um *super-élan*,[7] que precisava esgotar-se numa ação violenta. Havia ainda um outro elemento de excitação para o rapaz: dias antes, ele se vira excluído da carreira militar, em virtude de gravíssima falta disciplinar. Muito brioso, entregara-se ao desespero e à dissipação. Precisava esquecer a carreira mutilada. Bebia no bar com escândalo e provocava os fregueses constantes ou eventuais da casa. De repente, entra um conhecido e o saúda:

— Como vai, Carlos?

Era um amigo, quem sabe se de infância, de modo que o chamado Carlos o convidou com grandes gestos e exclamações, exigindo que o outro se sentasse à sua mesa. Veio mais um copo e os dois conversavam, quando o recém-chegado se lembrou:

— Imagine, Carlos, o que é que eu soube ainda agora. Estou impressionadíssimo.

O outro, com o olhar incerto e a articulação difícil, teve um movimento de ombros:

---

[7] Impulsividade.

— O quê?

— Aquela menina... aquela bonitinha.

O moço bebedor fez um esforço de memória:

— Menina?

— Sim, você não se lembra? Você foi par constante da garota, na casa de Marília.

— Estou me lembrando. Adiante!

— Pois teve um desastre e... coitada! Ficou cega, completamente cega.

O que aconteceu foi muito rápido. O ex-cadete teve um berro, um grito, quase um uivo de animal ferido. E, logo, das profundezas do seu ser, um nome subiu como uma flor secreta e encantada que, enfim, desabrochasse:

— Joyce!

Os frequentadores viram a cena — o moço forte e belo erguia-se na cadeira, com um ar de sonho selvagem. Tinha um copo na mão potente: quebrou-o entre os dedos, enquanto olhava o sangue vivo, correndo pelo pulso, tingindo o terno branco e gotejando sobre a mesa.

27

AMBAS TIVERAM QUE ser socorridas. Sônia desmaiara e Paulo a pôde levar sem maiores dificuldades. Mas d. Flávia precisou ser arrastada por várias pessoas porque, no seu desespero, queria entrar à força no quarto de Joyce. O médico gritara, à distância:

— Não deixem!

Enfim, levada para o quarto das enfermeiras, onde já se achava Sônia, foram aplicadas as injeções nas duas mulheres. Paulo parecia não tomar conhecimento da crise de d. Flávia. Estava ao lado de Sônia, controlando seu pulso e esperando o efeito da injeção. O médico que operara Joyce atendia d. Flávia, que parecia chorar todas as lágrimas. Tanto as enfermeiras como o próprio cirurgião diziam as frases inevitáveis em situações parecidas:

— Tenha calma, minha senhora!

— Podia ser pior!

D. Flávia explodiu:

— Ah! Não! Nunca! Pior que a cegueira, nem a morte!

Entretanto, Sônia voltava a si. Despertou sem que Paulo percebesse. Quando ele notou, ela estava de olhos abertos, a face impassível, o perfil rígido e um desespero gelado, que aterrou o rapaz. Essa dor tranquila e enxuta, sem um gemido, sem uma lágrima, era muito pior do que as crises sucessivas e violentas de d. Flávia. Paulo fez, a medo, a pergunta:

— Está melhor, meu anjo?

Custou a responder:

— Assim, assim.

Ele segurava a mão de Sônia. Nas últimas horas, atormentado pelo martírio de Joyce, pensara menos na bem-amada. Houve momentos em que chegou a esquecê-la. Agora, porém, a ternura renascia e se irradiava. Toda sua alma se prostrava em adoração diante de Sônia. Sofreu, vendo-a gelada e hostil. Fechava-se na sua dor e entregava-se à meditação e ao desespero. Fechou os olhos, para dizer:

— Eu sou culpada.

Paulo não compreendeu:

— Culpada como?

E ela:

— Abandonei Joyce. Pensei mais em você. Vivi para o meu amor. E ontem fui para casa, em vez de ficar no hospital.

Em vão ele argumentou que ela não sabia nem podia imaginar: deixara o hospital na certeza de que o estado de Joyce não oferecia a menor gravidade. Sônia dizia a si mesma que, de fato, ignorava. Acusava-se, porém, de não ter adivinhado. Crivada de remorsos, teve vontade de dizer que o carinho perfeito devia dar uma espécie de vidência. Todavia, cerrou os lábios, fechou os olhos com uma obsessão que a atormentava mais do que tudo: o abandono em que deixara Joyce num leito de hospital. Lembrava-se de que, antes, um simples resfriado de Joyce, uma coriza banal, uma vaga dor de cabeça bastavam para que ela passasse a noite em claro, prostrando-se à cabeceira da menina, numa vigília de todos os minutos e de todos os segundos. Um dia, porém, um homem surgira na sua vida e a encantara. Passara, então, a viver para esse homem. Mesmo quando estava ao lado de Joyce e cuidando de Joyce, era nele que pensava. Dia e noite — mesmo no sonho — a imagem dele se projetava do fundo de seu ser e a transfigurava. Agora uma lembrança trabalhava o seu espírito: Joyce não queria ir ao passeio de automóvel: fora contra a vontade. "Eu sou culpada", repetiu Sônia, para si mesma. Ela, que estava de perfil, virou o rosto na direção de Paulo. Teve para ele um olhar que não exprimia nem afeto, nem ódio, olhar fixo e neutro. Dir-se-ia que o fitava pela primeira vez. Disse, quase sem descerrar os lábios, como se trincasse as palavras:

— Há uma coisa que não me sai do pensamento.

Ele pediu em vão:

— Descanse. Por que não descansa?

Sônia, porém, não quis ouvi-lo. Ficou, de novo, de perfil. Falou de olhos fechados. Não havia nenhuma doçura, nem na sua voz, nem nas suas palavras. Dir-se-ia que se dirigia à própria consciência:

— Eu não me esqueço do beijo... Tudo aconteceu porque eu beijei você. Foi a minha loucura que perdeu Joyce.

Ele tentou libertá-la da obsessão que a consumia:

— Foi uma fatalidade — disse, tomando entre as suas as mãos de Sônia e beijando uma e outra. — Se você é culpada, eu também sou!

E ela:

— Não sei se você é culpado. Só consigo pensar na minha própria culpa.

Cerca de uma hora depois — e passado o impacto da notícia para Sônia e d. Flávia — Paulo pôde retirar-se. Ele partiu, cansado e desesperado: deixava uma Sônia distante e fria. Na despedida, inclinou-se para ela. Ia dar-lhe um beijo rápido na face. Ela, porém, fugiu com o corpo. Foi cortante:

— Não me beije.

Paulo teve bastante tato para não insistir. Antes de sair, baixou a voz:

— Até logo, meu amor.

Sônia e d. Flávia ficaram sós. Dr. Dário surgiu, de passagem. Estava também desfigurado. Foi logo avisando:

— Eu não fico. Não dou para isso. Essas coisas me apavoram.

E estava sendo sincero. Tinha medo, verdadeiro pânico, de tudo que exprimisse sofrimento, agonia e morte. A lágrima de uma criança lhe fazia um mal tremendo. Deixou a mulher e a filha, na ânsia de fugir de um ambiente de martírio. Ainda no corredor, Sônia advertiu:

— A senhora não sabe de nada, mamãe. E é preciso que Joyce também não saiba, compreendeu?

A partir desse momento, Sônia se prostrou à cabeceira de Joyce: não se afastou um momento. As horas se escoaram, na fuga dos minutos e dos segundos. Não teve nem fome, nem sede, como se a flama de sua ternura bastasse para alimentá-la na vigília. De vez em quando, Joyce voltava a si, tinha lampejos de consciência. Perguntava:

— Meus olhos, Sônia?

Sônia mentia:

— Não houve nada. Está tudo bem.

— Vejo tudo escuro — era o lamento de Joyce.

Mais que depressa, Sônia explicava:

— É que você machucou a testa, meu anjo. E o médico teve que pôr gaze, esparadrapo, ouviu?

Joyce não tardava a mergulhar no seu torpor. Por vezes, queria excitar-se e fazia uma tentativa de se erguer, na cama. Rápida, doce e eficaz, Sônia a continha com a sua autoridade macia e irresistível. Joyce se aquietava, como se a simples presença da outra bastasse para apaziguar a sua agonia sem fim. Houve um momento em que Joyce, cravando as unhas nas mãos de Sônia, fez o apelo:

— Nunca me deixe, Sônia! Nunca!...
A outra repetiu:
— Nunca!

Há muitas horas um rapaz andava de um lado para outro no corredor. A princípio não chamou a atenção de ninguém. Podia ser um visitante comum, como existiam às centenas, aos milhares, naquele hospital. Mas como o tempo passasse, e ele fosse ficando, passou a ser reparado. Causava admiração que não procurasse ninguém, que não entrasse em nenhum quarto, que não se dirigisse a nenhum médico, a nenhuma enfermeira. Afinal, houve quem perguntasse:
— Procura alguém?
— Não.
A pessoa, surpresa, afastou-se. Quase ao amanhecer, abriu-se a porta do quarto de Joyce: era Sônia que vinha, justamente, chamar a enfermeira. Quase esbarrou com o rapaz. Fez, sem querer, a observação de que o desconhecido (pareceu-lhe um desconhecido) tinha a mão enrolada em gaze. Perfilou-se diante dela:
— Eu sou Carlos. Lembra-se de mim?
Só então ela lembrou-se do par constante de Joyce. Encarou-o:
— Pois não. Lembro-me sim.
Os olhos de Carlos encheram-se subitamente de lágrimas:
— Eu queria... — pigarreou — queria ver sua prima.
Sônia foi delicada, mas inflexível:
— Infelizmente, não é possível, porque ela não recebe visitas.
Ele, então, segurou-a pelos dois braços e disse, com uma violência contida, num desespero concentrado, que impressionaram Sônia:
— Eu preciso vê-la, compreendeu? Ninguém no mundo — calcou nas palavras —, ninguém no mundo tem mais direito do que eu.
— Por quê?
Baixou a voz:
— Porque ninguém — absolutamente ninguém — gosta de Joyce como eu.

28

Sônia ia dizer qualquer coisa, mas ele se antecipou:

— Eu lhe peço, ouviu? Por tudo o que há de mais sagrado, eu lhe peço...

Foi o desespero de Carlos que a tocou e comoveu. Disse, com involuntária doçura:

— Venha cá.

Ele a acompanhou, sem uma palavra. Sônia entreabriu a porta do quarto. Na sua ternura desesperada, Carlos quis entrar. Ela se opôs:

— Você vai olhar daqui e só.

Pela porta entreaberta, ele pôde espiar. Viu o perfil de Joyce, a venda nos olhos, as mãos tristes e abandonadas, o cabelo solto. Pensou, de maneira breve e intensa, na noite em que a conhecera. No vestido branco e rodado do seu primeiro baile, a imagem de Joyce fazia pensar em menina e noiva. Desde o primeiro instante, ele teve a ideia de que se apaixonaria por ela. Desejou este amor que sabia inevitável, e quando a levou, para uma dança que não se completaria, experimentou uma felicidade aguda e sentiu-se, a um só tempo, humano e divino. Em plena valsa, Joyce quase desfalecera em seus braços. E quando se desculpou e partiu, ele teve uma viva nostalgia, que já era uma antecipação de amor. Vira a menina mais tarde, num segundo baile. Sentia-se outro homem. No intervalo entre as duas festas, sua alma fora trabalhada pelo sonho, pelo sofrimento, pela solidão. Ao revê-la, entre outros convidados, ao lado de mulheres comuns e frívolas — ficou petrificado, no meio do salão. E o pior é que, um segundo antes de perceber a presença de Joyce, fizera sinal a uma conhecida, num convite para a dança. A conhecida, que estava sentada, erguera-se, na expectativa do cavalheiro que se aproximava. Mas ele deu com os olhos na recém-chegada. Todas as mulheres presentes — com os seus ombros nus, seus perfumes e toaletes — cessaram subitamente de existir. Esqueceu-se de que convidara uma moça para dançar e que esta moça o esperava. Encaminhou-se para Joyce e ia dizer uma palavra, formular o convite quando Paulo se adiantou e a levou. Nenhuma contingência mais natural do que esta. Em qualquer baile, há sempre cavalheiros que se antecipam e... Todavia, Carlos experimentou um sentimento pueril e terrível de ódio. Não perdoou ao belo desconhecido que, embora sem querer e sem saber, se interpusera entre ele e Joyce. De longe, pôde observar o abandono de Joyce, o encantamento com que ela parecia viver aqueles instantes.

Sônia pôs a mão no seu braço:

— Agora vá.

Ele pareceu despertar:

— Ainda não.

E fez o pedido, com uma humildade de criança:

— Só mais um pouquinho.

Sônia, porém, começava a se preocupar com a enfermeira, que estava se demorando. Teve uma ideia. Virou-se para Carlos, que continuava perdido na contemplação de Joyce, e disse:

— Quer tomar conta de Joyce, enquanto vou buscar essa enfermeira?

E ele, mais que depressa:

— Pode ir, pode ir.

Sônia ainda olhou, mas o corredor, triste e longo, estava vazio. Ela se resolveu, afinal:

— Não demoro nada.

A obsessão de Sônia era a temperatura de Joyce. De vez em quando, pousava a mão na testa da prima ou tomava pulso. Se, porventura, nascia no seu espírito uma dúvida, pedia à enfermeira que tomasse a temperatura. Justamente agora ela achara Joyce quente demais. Talvez fosse impressão ou quem sabe? O termômetro ficava com a enfermeira e Sônia tratou de chamá-la. Tinha verdadeiro horror de febre. Lembrava-se da última doença de Joyce. A febre se apoderara da pequena como um fogo invisível e maldito que fosse crestando em silêncio a sua frágil graça de adolescente. Carlos deixou que Sônia se afastasse e quando, enfim, ela desapareceu, no fundo do corredor, ele fez o que não ousara. Entrou, com medo de pisar forte demais e de fazer barulho. Joyce se moveu no leito, como se, de fato, a febre a queimasse. Carlos estava, agora, à sua cabeceira. Deixara quase de respirar, como se o simples hálito seu pudesse inquietar a doente. E veio, de repente, o chamado:

— Sônia... Sônia...

Carlos viu a mão de Joyce procurando outra mão. Por alguns segundos, não soube o que fazer. Acabou, porém, segurando a mão de Joyce. Houve um silêncio. Joyce, porém, estremecera quando as duas mãos se encontraram. Perguntou numa voz que era um fio de som:

— É você?

Ele, desconcertado e baixando também a voz:

— Sou.

Joyce teve uma expressão de paz interior, de alegria intensa, que espantou Carlos. Dir-se-ia que, em plena febre, ela subitamente encontrava um motivo de felicidade. A mão pequena e delicada de Joyce se escondia e parecia morrer na mão do rapaz. De repente, ela inquietou-se, de novo:

— E Sônia?

Respondeu, sempre muito baixo:

— Foi ver a enfermeira.

Silêncio de Joyce. E, novamente, num tom de lamento:

— Ela vai voltar, não é?

— Disse que não demorava.

— Então não convém...

Estava ofegante, como se cada frase lhe custasse um esforço. Tomou respiração e continuou:

— ...não convém que ela veja, eu e você, assim...

— Assim como?

Teve um breve sorriso:

— De mãos dadas.

Carlos não compreendeu que ela se atormentasse com a obsessão de Sônia. Por que Sônia haveria de se incomodar que a prima fizesse uma coisa tão inocente? E que espécie de autoridade poderia ter Sônia se o parentesco que as unia era tão frágil? Essas reflexões de Carlos foram, todavia, interrompidas, porque Joyce tornava a falar:

— Antes que Sônia chegue...
— Sei.
Ela ofegava:
— ...eu queria que você me dissesse uma coisa.
Carlos prometeu, tomado de amor e de pena:
— Direi tudo.
Joyce tomou respiração, novamente:
— Ainda agora, eu tive um sonho. Pelo menos, acho que foi sonho.
— Qual?
— Sonhei que alguém me beijava. Responda uma coisa.
— Pois não.
Ela fincou os cotovelos na cama, ergueu-se meio corpo:
— Foi sonho ou foi você mesmo que me beijou, Paulo?

Só então Carlos compreendeu tudo. Joyce o tomava por outro. Consumida pela febre, incerta entre a realidade e o sonho, com um sentimento fantástico das coisas e das criaturas, as imagens e nomes se fundiam no seu espírito atormentado. Naquele momento, colocada nas fronteiras da agonia e da morte, qualquer voz masculina ou qualquer mão de homem seria de Paulo.

29

CARLOS TEVE, NAQUELE momento, dois impulsos contraditórios: fugir e ficar. Acabou mesmo ficando, porque foi muito viva a tentação de continuar olhando, através de um delírio, a alma revelada de Joyce. Ela esperava a resposta e ele mentiu:
— Fui eu.
Por um momento, apesar do inferno da febre, Joyce pareceu estranhamente feliz. Perguntou, depois de um instante em que pareceu mergulhar na evocação do beijo:

— E você, Paulo...

Ele pediu:

— Não fale agora.

Sem querer e sem sentir, Carlos baixava e enrouquecia a voz, como se a quisesse tornar irreconhecível. Teve o medo pueril de que Joyce, embora delirante, pudesse identificá-lo auditivamente. Ao mesmo tempo, experimentava o agudo remorso de estar enganando a cega febril e linda. Pensou em abandonar o quarto, antes que Sônia voltasse. Mas ia ficando, porque, de qualquer maneira, havia uma espécie de felicidade, de lancinante delícia, no fato de estar com Joyce, sem nenhuma outra presença, maravilhosamente sós. E foi, então, que a menina teve um gesto inesperado, que o petrificou. Trouxe a mão do rapaz até a altura dos lábios e a beijou, docemente, uma vez, mais outra e ainda outra, beijos sucessivos e leves, beijos imateriais. E dizia, no seu encantamento de doente:

— Paulo, oh, Paulo!

Carlos teve a ideia de beijá-la por sua vez, e ia inclinar-se sobre a moça, quando ouviu barulho na porta. Mal teve tempo de balbuciar:

— Sônia!

Ergueu-se, ficou de pé, com um máximo de naturalidade. Sônia e a enfermeira entravam, realmente. Sônia assustou-se, vendo Carlos ali. Perguntou:

— Alguma novidade?

— Não. Nenhuma. Ela é que a chamou e então...

Procurou despedir-se e, antes de sair, teve um olhar de pena, de amor, de nostalgia, para a imagem de Joyce. Percebera que ela mudara. Extinguira-se a breve felicidade e suas feições apareciam agora severas e duras. Carlos inclinou-se diante de Sônia e deixou o quarto. Sônia inclinou-se para Joyce:

— Dormiu, querida?

Quase não ouviu a resposta:

— Não.

E Sônia, baixo, persuasiva:

— Você deixa tirar sua temperatura, não deixa?

Em silêncio, os lábios cerrados, Joyce deixou que colocassem o termômetro. Sônia, ao lado, prometeu:

— É um instantinho só.

Quando a enfermeira e Sônia olharam o termômetro, estremeceram. A temperatura estava muito elevada. Foi tão imediata e profunda a depressão de Sônia, que a outra, bastante experiente desses imprevistos, achou conveniente observar:

— Isso é assim mesmo.

Estavam as duas num canto do quarto; falavam em sussurro, para que Joyce não as ouvisse. Sônia suspirou:

— Não estou gostando. A febre já devia ter diminuído.

— Quer que eu chame o médico?

— Faz esse favor, sim?

Veio o médico, não o que operara, mas o de plantão. Fez um rápido exame e pareceu achar que a elevação de temperatura não significava nenhum fenômeno alarmante. Depois de um duplo abalo — o acidente e a operação — não se podia desejar uma pulsação normal, um estado de equilíbrio no acidentado. Saiu dizendo:

— É natural.

E Sônia ficou só com Joyce, absolutamente só, já que a enfermeira da noite encerrara seu horário. Desde a meia-noite que se preparara uma cama para d. Flávia, num quarto vazio. Sendo já uma senhora, e nervosíssima, Sônia achara preferível que ela não ficasse ao lado de Joyce. Agora, porém, a moça começava a sentir que o peso da responsabilidade era demais para as suas forças. Teve medo de que acontecesse alguma coisa a Joyce, talvez um colapso. Ajoelhou-se perto da cama, rezou, com todas as forças do seu desespero. Pediu a Deus que salvasse Joyce, e prometeu que, se lhe fosse concedida esta graça, viveria só e definitivamente para a menina. O nome e a imagem de Paulo roçaram seu pensamento durante a prece. Mas desde que conhecera a verdade sobre o estado da prima procurava não pensar nele, nem no seu amor. Tinha a impressão de que seria um pecado qualquer pensamento, qualquer desejo, qualquer sonho de felicidade própria. Disse, a si mesma, num sopro de voz:

— Só devo pensar em Joyce.

Quase ao amanhecer, a angústia de Joyce se tornou mais sensível. De momento a momento, ela queria se sentar na cama. Sônia tinha que se opor, com infinito cuidado, tinha que dissuadi-la ou pedir, entre lágrimas:

— Quietinha, meu anjo!

E como a menina parecia não reconhecê-la, repelia seus cuidados, dizia:

— Sou eu, Sônia!

Súbito, Joyce aquietou-se. Mas o seu delírio era agora mais intenso do que antes e mais contínuo. A febre que a consumia criava, para ela, um mundo especial. Todavia, esse mundo imaginário era habitado por uma só pessoa, cujo nome Joyce acabou dizendo:

— Paulo...

Era ele, sempre ele, nascendo e crescendo na febre como um obstinado lírio. Havia, porém, alguma coisa ou alguém que se interpunha entre Joyce e Paulo e que a doente não conseguia identificar. Por fim, esse alguém entrou também no delírio. O nome da pessoa rompeu num breve grito:

— Sônia!

Debruçada sobre o delírio da prima, Sônia teve o maior sofrimento de sua vida. Houve um momento em que sua vontade era gritar ou fugir. Mas impôs a si mesma o dever de ficar ali, ouvindo toda a involuntária confissão da cega. Se pudesse fazer Joyce calar-se! A loucura criada pela febre atingiu sua plenitude quando Joyce exclamou, selvagem:

— Ele é meu! Meu!

Teve um soluço maior:

— Meu!

Cada palavra da cega cravava-se em Sônia e a imergia, mais e mais, num desespero lúcido e extático. O sentimento de culpa, que existia no fundo de sua alma, foi tão profundo que ela sofreu fisicamente. Se ao menos Joyce parasse! Se, ao menos, não gritasse tanto!

Quis dominá-la:

— Joyce! Joyce! Pelo amor de Deus, Joyce!

Ofegante e já quase sem voz, a jovem cega repetia:

— ...meu... meu.

Sônia, então, não controlou mais os próprios nervos. Os soluços recalcados explodiram. Agarrou-se à mão da menina, beijou-a, molhou-a de lágrimas:

— Escuta, Joyce! Escuta o que vou te dizer!

Chorando, e com a boca encostada na pequenina orelha da cega, disse:

— Ele é teu, sim, Joyce!

Esperou o efeito das próprias palavras. Seria ilusão ou, de fato, uma espécie de paz, de serenidade inefável se transmitia à doente e a transfigurava? A enfermeira de dia chegou a tempo de ouvir:

— Juro que ele é teu! Juro!...

30

NOS DIAS SEGUINTES, Sônia não cansou de fazer a si mesma esta pergunta:

— Terá sido coincidência?

Coincidência ou não, o fato é que a partir do juramento de Sônia, Joyce começou a melhorar. Toda a angústia da febre desapareceu; a própria febre se tornou menos intensa e começou a declinar. Ao mesmo tempo, o sono, que era entrecortado e sensível ao menor rumor, passou a ser tranquilo e profundo. Na manhã seguinte, quando o médico apareceu e tomou o pulso da menina, teve uma alegre exclamação:

— Melhorou muito!

E repetiu:

— Está muito melhor!

Joyce, que há muitas horas vivia imersa num sonho confuso e ardente, num sonho sem fim, fazia a sua viagem de volta à realidade.

Falava pouco, todavia. Primeiro, porque tinha, como nunca, o sentimento da própria fragilidade; o traumatismo a extenuara; e, vencida a crise maior, sentia uma espécie de gradual ressurreição. Depois, porque queria pensar. E além disso, Sônia vivia pedindo:

— Não fale muito! Você precisa descansar!

O pavor de Sônia e de toda a família era o momento em que Joyce, cedo ou tarde, recebesse o impacto da verdade. Que faria a menina quando soubesse que estava cega, e para sempre? Como reagiria? Sônia imaginava Joyce gritando e povoando de gritos as próprias trevas. D. Flávia suspirava, pelos corredores:

— Ah, se a gente pudesse esconder a verdade!

E começou o martírio das visitas. Era uma verdadeira romaria, o dia todo. Os jornais haviam publicado notícias sobre o desastre; e houve um que estampou um retrato recente de Joyce, onde ela surgia meiga e linda, e com uma doçura intensa de olhar. Pessoas que não viam Joyce há muito tempo, nem procuravam há anos a família — surgiam no hospital. Dir-se-ia que o martírio da moça atraía e fascinava; e que por detrás da comiseração se escondia um vago e cruel deleite. D. Flávia, cujos nervos a tornavam imprestável para uma ação mais útil, dedicou-se a atender e informar parentes, amigos e conhecidos. Todos queriam ver, espiar, ainda que fosse pela porta entreaberta. Todavia, Joyce dissera:

— Não quero que ninguém me veja!

Como d. Flávia se admirasse, ela calcou bem a palavra:

— Ninguém!

Não disse por quê. Mas Sônia, que estava ao lado, percebeu o mistério dessa atitude irredutível. A meditação fizera nascer em Joyce o horror por qualquer sugestão, ainda que a mais tênue, de piedade. Era o pudor do próprio sofrimento, a vergonha da tristeza que caíra sobre sua vida. Sônia, que cumpria religiosamente todas as suas vontades, prometeu:

— Descanse, meu anjo. Ninguém entra aqui. A não ser papai, mamãe e... Paulo.

Exclamação imediata de Joyce:

— Nem Paulo!

— Também Paulo? — admirou-se Sônia.

— Sobretudo Paulo!

Sônia disse, apenas:

— Está certo.

Não entendeu a atitude de Joyce e ficou preocupada. Mas não quis fazer perguntas, com medo de que o assunto excitasse a menina e a fizesse sofrer. Quando Paulo apareceu, d. Flávia, já avisada, o chamou:

— Quer vir aqui um instantinho, Paulo?

— Pois não!

D. Flávia, que conversava com duas senhoras, pedira licença e viera para a janela, com o rapaz:

— Você, Paulo, vai nos fazer um favor.

— Estou às suas ordens.

D. Flávia pigarreou, meio atrapalhada:

— É o seguinte, Paulo: Joyce não quer que ninguém entre no quarto. De forma que você há de compreender...

— Nem eu?

— Bem, Paulo. Sônia disse que não devia haver exceção. Naturalmente, é só por uns dias.

Ele inclinou-se:

— Se é assim...

As visitas conversavam um pouco com d. Flávia ou, de passagem, com Sônia, quando esta aparecia eventualmente — e, depois, saíam. Havia duas pessoas que eram vistas sempre, todos os dias, e que ficavam no corredor, andando de um lado para outro, horas e horas: Carlos e Paulo. A princípio, cruzavam-se sem um olhar, sem um cumprimento. Mais do que estranhos, pareciam inimigos. Carlos conhecia naturalmente a situação de Paulo e de Sônia; mas percebera, por outro lado, o sentimento secreto de Joyce. E não perdoava ao outro que se fizesse amar por duas moças que eram mais do que irmãs. Caminhando no corredor, enquanto esperava notícias da criatura amada, Carlos imaginava que, talvez, um dia, Joyce viesse a odiar Sônia. E crescia o seu ressentimento contra este homem que as mulheres achavam "belo como um santo" e que, na sua graça intensa e viril, poderia ferir de morte uma amizade tão doce e tão perfeita. Uma noite, Paulo teve a iniciativa. Chegara primeiro que Carlos e, assim que este apareceu, dirigiu-lhe a palavra:

— Joyce está melhor.

E explicou:

— Falei com Sônia agorinha mesmo.

— Obrigado.

Paulo ia passar adiante, quando Carlos o deteve:

— E uma coisa. Ela continua não querendo visita?

— Continua.

— Estranho!

Paulo suspirou:

— Não admite nem mesmo que eu, que fui seu médico, que sou, enfim, quase um parente, entre no quarto. Mas é natural, porque deve estar desesperada, fora de si.

Mal Paulo acabara de falar, quando Sônia apareceu, à porta do quarto. Os dois iam, justamente, passando e se detiveram. Sônia se dirigiu a Carlos:

— Joyce quer vê-lo.

Carlos estremeceu:

— A mim?

Sônia confirmou. Carlos experimentou como que um deslumbramento. Parecia cambalear quando passou por Sônia e entrou. Paulo, surpreso, quis instintivamente acompanhá-lo. Entretanto, Sônia pôs-lhe a mão sobre o braço:

— Não, Paulo.

Ele parou, atônito:

— Como?

E ela, doce e inflexível:

— Joyce pediu para deixar entrar Carlos, e só ele.

— Não compreendo, e...

— Não devemos contrariá-la, Paulo.

Com um rosto frio e neutro, que era uma máscara inescrutável, Sônia quis entrar, por sua vez. Paulo disse, então:

— E você, não me diz nada?

Teve um breve sorriso:

— Nada.

Tomou entre as suas as mãos de Sônia. Beijou uma e outra. E pediu uma palavra de amor. Sônia abanou a cabeça:

— Não posso.

— Mas por quê?

— Porque não o amo mais.

31

Há dias que Paulo não via ou não falava com Sônia, senão de passagem, quando ela aparecia, acidentalmente, no corredor. Ele mal tinha tempo de dizer uma frase ou ouvir outra, ou apertar a mão da criatura amada. Sônia, na sua obsessão por Joyce, consumindo-se em cuidados, não se demorava nunca. Passava os dias e as horas encerrada no quarto como num túmulo voluntário. Ora, quando ela disse que não o amava mais, Paulo quis retê-la. Imaginou que Sônia estivesse fora de si, envenenada pelo cansaço, saturada do próprio sofrimento e do sofrimento de Joyce, e nessa espécie de embriaguez que se produz nas vigílias sucessivas. Por outro lado, não é com uma simples frase que se liquida um amor. Ele, atônito, balbuciou:

— Você não sabe o que está dizendo!

Sônia teve um meio sorriso:

— Talvez.

Puxou-a por um braço.

— Vamos conversar ali.

Queria levá-la para uma das janelas do hospital. Sônia, porém, desprendeu-se. Com uma intransigência misturada de doçura, disse:

— Joyce me chama.

Sem um gesto, sem uma palavra, ele a deixou ir. A ideia de perdê-la, de viver sem ela, ainda não se realizara no seu espírito. E o sentimento que o dominava era de inverossimilhança, de impossibilidade absoluta. Disse a si mesmo: "Impossível, não pode ser, não acredito".

Ao entrar no quarto, pouco antes, Carlos ia num deslumbramento de todo o ser. Aliás, era sempre assim. Não podia ver Joyce sem se prostrar em adoração. Forte e bonito, flertara muito, iniciara não sei quantos romances e já fizera chorar uma quantidade considerável de pequenas de quinze a vinte anos. Mas, como ele próprio dizia, "não ligava muito", "não dava confiança", marcava encontros a que não ia e o fato de ter muitas pequenas, várias ao mesmo tempo, criava nele uma espécie de "vaidade numérica". Fora assim até a noite em que vira Joyce, pela primeira vez. Sentiu imediatamente pela menina o que jamais mulher alguma, adolescente ou não, lhe inspirara. Joyce despertara nele uma série de vontades pueris, de aspirações e sonhos impraticáveis. Perdia horas imaginando coisas sem o menor senso comum, a mais vaga possibilidade, como seja viverem numa ilha deserta, fugirem para a Groenlândia, habitarem o seio misterioso de alguma floresta sagrada. Ele próprio, ao fim dessas fantasias delirantes, pensava: "Eu acabo doido!". Por vezes, sentia-se como se duvidasse da condição terrena de Joyce. E foi preciso o desastre, para que, de súbito, ele percebesse tudo o que havia nela de frágil, de contingente, de perecível. Habituara-se tanto à ideia de que ela estava acima de tudo e de todos — como uma estrela perfeita e solitária — que antes mesmo da dor teve o espanto. E amou Joyce ainda mais, agora que a sabia fraca e mortal. Sua vontade era protegê-la e só uma coisa, na verdade, o fazia sofrer: a impossibilidade de entrar nesse mundo de trevas, em que ela ia viver.

Aproximou-se do leito. E teve um impulso pueril que não chegou a realizar: de ajoelhar-se. Disse:

— Vai tudo bem, Joyce?

— Assim, assim.

Ele, comovido de uma maneira absurda, continuou:
— Sônia disse que...
Joyce teve um breve sorriso:
— Eu soube, Carlos, que você tem passado noites inteiras no corredor.
— É natural, não é?
— Não acho, Carlos. Afinal de contas, você deve saber...
Ele hesitou:
— Saber propriamente... Mas desconfio.
— Pois bem, Carlos. Eu o chamei, porque não quero que você fique iludido. Você já disse que gostava de mim, é claro, eu agradeço. Mas não devo esconder uma coisa que ou você já sabe ou viria a saber, mais cedo ou mais tarde.
Carlos não disse nada. E Joyce continuou:
— Eu gosto de outro homem.
— Paulo?
Por um momento, Joyce vacilou. Preferiu não dizer tudo:
— O nome não importa. Basta que você saiba que não deve contar comigo, porque entre nós não pode haver senão amizade. Ora, eu creio que, para você, amizade é pouco.
Ele negou:
— É muito. Tudo que vier de você é muito.
— Mas Carlos...
Ele, porém, a interrompeu. Disse-lhe que a amava e mais do que nunca. Joyce não entendeu, surpresa:
— Por que você disse "agora mais do que nunca"?
Ficou em suspenso:
— Por quê?
E ela:
— Mudei por acaso? Sou outra? Não continuo sendo o que sempre fui?
Desorientado, balbuciou:
— Claro. É o que sempre foi. Mas sofre e...
Ela parecia prestar uma atenção profunda. Dir-se-ia que procurava captar um segredo, que pressentia no ar. Carlos prosseguia,

dominado por um sentimento de piedade e de ternura como não experimentara nunca:

— Você já representava muito para mim. E, depois do desastre, passou a representar muito mais: "tudo".

Ela estendeu a mão para ele, com involuntária ternura:

— Eu sei e lamento.

Protestou:

— Não, não lamente. Só depois que comecei a amá-la é que realmente vivo.

— Mas eu não posso lhe dar nenhuma esperança.

— Esperarei.

Essa obstinação, em vez de comover Joyce, a irritava:

— Você não compreende? — perguntou. — Não compreende que jamais deixarei de amar o homem que amo?

Sônia entrara. Encostada na porta, ouvia. Impressionou-a o tom apaixonado de Joyce, o sonho fanático que inspirava suas palavras. Amoroso e triste, Carlos disse o que guardava, o que talvez não dissesse nunca:

— Meu amor não precisa de esperança, nem de retribuição para viver. Seja minha ou não, você é a única mulher que existe para mim. Adeus, Joyce.

— Adeus.

Ia tão cego de dor, que passou por Sônia e não a cumprimentou. Sônia fez então um barulho qualquer, criando a sugestão de que acabava de entrar. Joyce teve um lamento:

— Estou muito cansada.

Sônia afagou-a, em silêncio. Retirou a mão, porém, chocada ao ver que Joyce fugia com o rosto, como se rejeitasse o seu carinho. Foi talvez isso que antecipou a decisão de Sônia. Disse, fazendo um esforço para que sua voz não tremesse:

— Joyce, eu, agora mesmo, acabei de fazer uma coisa que queria que você soubesse...

A menina esperou. E Sônia, lenta, com os olhos cheios de lágrimas:

— Rompi com Paulo!

32

A frase se fixou em Joyce e foi como se, a partir de então, uma voz interior ficasse repetindo: "Rompi com Paulo... Rompi". Sônia esperava um comentário, uma exclamação. Todavia Joyce estava quieta e silenciosa, e tão quieta e tão silenciosa que Sônia acabou perguntando:
— Você ouviu?
Veio a resposta:
— Ouvi.
E nada mais. Durante alguns momentos, e não sem um sentimento de espanto, Sônia esperou por uma palavra, um gesto, uma reação ainda que vaga e inócua. Mas Joyce continuou calada; entrelaçou as mãos, à maneira das mortas, e deixou que se escoassem os segundos, os minutos. Claro que essa calma era apenas exterior. Por dentro, estava num tumulto, numa exaltação, quase numa embriaguez. O silêncio era uma maneira, única possível, de esconder a sua tensão. E, naquele momento, teve uma reminiscência que a comoveu profundamente. Lembrava-se de que, no dia do desastre, horas antes do desastre, Paulo deixara escapar um galanteio aos seus olhos. E não importava a trivialidade desse galanteio. Sentira-se trespassada, atravessada de luz. Sua vontade fora correr, fugir, ocultar de tudo e de todos a alegria de sua carne e de sua alma. E, agora mesmo, ao fazer a evocação, vinha-lhe uma súbita ternura e uma doce vaidade desses olhos que tinham encantado Paulo. Prometeu a si mesma que, quando retirasse a venda, seu primeiro cuidado seria o de se espiar nos espelhos. E se entregaria à contemplação da pequena luz que parecia tornar seu olhar macio, inesquecível.
Suspirou:
— Ah, Sônia! Quando será que vou poder enxergar novamente?
Sônia, que chorava, em silêncio, respondeu:
— Bem. Isso depende.
E Joyce:
— Vai demorar muito?

— Muito não creio — foi a resposta vaga. — Não há propriamente um prazo.

— Porque eu já não suporto mais viver no escuro. É horrível, Sônia, horrível não se saber se é noite ou dia, não se ver as pessoas.

— Mas é só por uma fase, Joyce.

Novo suspiro da menina:

— Porque, se fosse para sempre, eu nem sei, acho que…

Ela própria teve medo de completar o pensamento. Desde criança, porém, que a cegueira e os cegos faziam nascer no seu espírito uma tristeza mortal. Um cego que cruzasse o seu caminho dava-lhe vontade de fugir ou de gritar. Nem os mortos marcaram tanto a sua infância. Por vezes, nas suas meditações infantis, imaginava legiões de cegos escorrendo da treva ardente. Estranho é que, no desastre, foram atingidos, justamente, os seus olhos, a luz dos seus olhos. Disse para Sônia:

— Eu tive muita sorte, Sônia, não tive?

Sônia pareceu despertar:

— Sorte?

— Claro! Poderia ter ficado cega!

Sônia disfarçou:

— Muita sorte, sim.

— Deus não me abandonaria. Deus sabe que, já em criança, eu tinha medo da escuridão!

Quase meia-noite — Joyce conseguira enfim dormir. Sônia chegou, um instante, à porta. Olhou no corredor, procurando Paulo. Não o viu, porém. Já ia entrar, quando apareceu dr. Valdir. Sônia foi, então, ao seu encontro. Ele vinha todos os dias saber notícias de Joyce. Mas não entrava nunca, porque a menina estava devidamente assistida e ele tinha medo de emocioná-la com visitas e conversas nada úteis. Beijou Sônia na face, como, de resto, fazia sempre. Perguntou por Joyce, ouviu as notícias e quando Sônia acabou, disse:

— Precisamos conversar, Sônia.

— Alguma novidade?

Vieram de braço pelo corredor. O médico foi direto ao assunto:

— Olha aqui, Sônia, eu sou para você uma espécie de pai, de segundo pai. Assisti ao seu nascimento e creio que posso falar com toda a franqueza.

— Mas evidente!

Pararam no fundo do corredor. O velho médico pôs a mão no ombro da moça:

— Estou muito descontente com você, muito mesmo!

Ela admirou-se:

— Comigo?

— Com você, sim, senhora — e repetiu: — Com você mesma!

— Mas o que foi que eu fiz, meu Deus do céu?

Ele, muito grave, severo:

— Fez o que não devia ter feito, o que não podia fazer. Olha, minha filha: Paulo esteve comigo até agora.

— Paulo? — fez a moça empalidecendo.

— Pois é, Paulo. Contou-me tudo. E eu, francamente, fiquei muito decepcionado com você, Sônia, muitíssimo decepcionado.

— Paciência!

O médico, porém, era teimoso:

— Como paciência? Paciência coisa nenhuma. Ou você muda de atitude ou então...

Simplesmente, Paulo procurara o tio. Dr. Valdir teve um choque ao vê-lo. Era um homem devastado. A própria aparência física, lamentável: barba por fazer, um olhar intenso de febre e, mais do que isso, uma coisa que aterrou o velho: o hálito de álcool, fato tanto mais extraordinário quanto Paulo era, e sempre fora, um homem de um equilíbrio, de uma serenidade e de um controle sobre si mesmo absoluto. Disse que brigara com Sônia ou, por outra, que Sônia brigara com ele, acrescentando: "Ah, meu tio! A vida acabou-se para mim!".

O velho dr. Valdir interpelou Sônia:

— Será que você perdeu o juízo? Então, isso se faz?

— Sinto muito, mas...

— Mas o quê?

Aparentemente calma, Sônia explicou a situação. O desastre e o martírio de Joyce a haviam convencido que entre Paulo e ela não podia haver nada.

— Por quê, ora essa?

Sônia continuou: porque Joyce gostava de Paulo. Gostava com todas as forças de sua alma, com loucura, com delírio. A princípio, ela, Sônia, pensara que fosse um desses entusiasmos infantis, intensos, mas efêmeros, que passam sem deixar vestígios. Mas houve o desastre. Sônia encarou dr. Valdir, e disse, sem desfitá-lo:

— Joyce é agora uma cega.

— Eu sei e lamento, mas...

Sônia interrompeu:

— O senhor acha o quê? Que posso ter por rival uma cega? Posso roubar o amor de uma cega? Mesmo que não fosse por Joyce, que fosse outra mulher. Eu não teria essa coragem e tenho certeza de que Deus me castigaria!

E não era só isso. Desde o desastre que uma obsessão trabalhava o seu espírito: se ela cuidasse de Joyce, em vez de si mesma, se cuidasse da felicidade da menina, e não da própria, não teria havido nada, não teria havido nem mesmo o passeio de automóvel. De quem era a culpa, se Joyce estava cega? Interrogava o médico, com uma atitude de fanática, de possessa, que o aterrou:

— De quem é a culpa?

Balbuciou:

— De ninguém.

Ela teve uma exclamação triunfante:

— Minha! — e repetiu, com uma espécie de felicidade desesperada: — Minha!

— Ora, Sônia!

E ela, subitamente doce, e tendo já nos olhos um esplendor de lágrimas cativas:

— Doutor Valdir, eu queria falar com Paulo! Preciso muito falar com Paulo!

33

Dr. Valdir voltou, impressionadíssimo. Era o que se chama um homem vivido, experiente, e ele próprio costumava dizer: "Não sou nenhum bobo". Gabava-se de conhecer as pessoas, nos seus defeitos e nas suas virtudes, e, por vezes, era tão sensível e sagaz como se lesse no coração dos outros. Ao despedir-se de Sônia, ele trouxe a impressão de que a moça "não brincava". Não era de hoje, nem de ontem, que a conhecia. Vira-a nascer: sabia que seu caráter era um misto de ternura e de força ou, segundo uma imagem que lhe ocorrera, de gosto duvidoso, "um caráter de aço e mel". Do mesmo modo que era capaz da ternura mais perfeita, ela sabia ser intransigente, quando preciso. E, justamente, dr. Valdir a encontrara irredutível. Dissera mesmo: "Pode vir o mundo abaixo, que eu não volto atrás…". Essas palavras, nos lábios de Sônia, adquiriam um sentido de voto perpétuo.

Paulo esperava o tio, num café, pouco adiante. Ergueu-se, ao vê-lo:

— Então?

Dr. Valdir tinha um jeito muito característico de esfregar as mãos, nos seus momentos de perplexidade. Era cacoete, que repetiu maquinalmente. Pigarreou, forte:

— Vamos sentar, meu filho.

Os dois sentaram-se, Paulo perguntou:

— Falou com Sônia?

Dr. Valdir pediu água tônica ao garçom. Paulo queria saber tudo tintim por tintim, numa curiosidade minuciosa e implacável que o consumia como febre. Dr. Valdir, já com a garrafa de água tônica na frente, foi enchendo o copo, devagar, para ganhar tempo, e assentar as próprias ideias. Bebeu e, depois, teve um suspiro:

— Caso sério.

— Mas o que foi que houve?

Dr. Valdir começou, relutante:

— O negócio não vai bem, meu filho. Acho que vai mal, muito mal.

Paulo empalideceu:

— Por quê?

— Por causa do temperamento de Sônia.

— Não entendo.

E o velhinho:

— Meu filho, você sabe como são as mulheres. Às vezes cismam e não há quem as demova. Além disso, Sônia é uma menina de muito caráter. Não é dessas que se deixam levar. Quando acha uma coisa, não muda de opinião.

— Que mais? — foi a pergunta quase agressiva.

Dr. Valdir bebeu mais um pouco de água tônica:

— Ora, ela está certa, absolutamente certa, de que Joyce ama você. E argumenta, com uma certa razão, ou, pelo menos, com muita caridade, que não pode concorrer com uma cega. Diz que seria uma infâmia roubar o amor de uma cega e...

Parou, sentindo que tudo o que dissesse seria inútil e só faria mal ao sobrinho. Como este insistisse, e quisesse saber mais, ergueu-se:

— Ela quer um entendimento pessoal com você. Mas só quando Joyce sair do hospital. Mandou pedir que, antes disso, você não apareça.

Paulo disse, apenas:

— Está certo, meu tio.

Até então, Joyce vivera aparentemente resignada, como se a carne e a alma, exaustas de sofrimento, estivessem quase insensíveis. À medida, porém, que os dias passavam, e havia a gradual recuperação, ela se tornava menos paciente, menos dócil e com os nervos à flor da pele. Por outro lado, passou a ter insônia. Não uma, nem duas, mas muitas vezes só conseguia dormir quase dia claro. Queixava-se continuamente e era em vão que Sônia procurava aquietá-la. O médico, consultado por Sônia, abanava a cabeça:

— É assim mesmo. Não há solução.

— Mas, doutor!...

E o médico:
— E vai ser pior quando ela souber!
— Não há calmante, doutor?
— Calmante não resolve, nem é aconselhável.

Sônia compreendeu, afinal, que o problema de Joyce era a visão. Cada minuto a mais na treva era, para a menina, um suplício. Ela vivia numa saudade, cada vez mais intensa, de todas as imagens doces e lindas do mundo. Às vezes, ficava pensando numa estrela ou, então, numa flor, ou, ainda, num rosto de criança. Outras vezes, desejava ver coisas mais prosaicas: uma mesa, uma cadeira, um prato. De momento a momento, parecia crescer, nela, a saudade dos próprios olhos. Dizia para si mesma, numa vaidade muito doce e, ao mesmo tempo, muito secreta: "São bonitos". Nervosa, cada vez mais nervosa, perguntava:

— Quando vão me deixar enxergar de novo?

Sônia respondia:

— Qualquer dia desses.

O próprio médico ajudava na comédia. Dizia que faltava pouco. Ou, então, brincava:

— Tem tempo.

Joyce só não confessava que, pouco a pouco, a ia dominando um sentimento de medo. A impressão que, aos poucos, se cristalizava em seu espírito era de que estava encarcerada num quarto escuro. Seus terrores infantis renasciam. E, por vezes, sentia certas perturbações auditivas. Alta madrugada, a sua solidão parecia maior e mais irremediável. Ouvia coisas, ouvia uma fauna triste e misteriosa de ruídos. Acordava a outra:

— Sônia! Sônia!

Sônia atendia, imediatamente, em sobressalto:

— Que foi, Joyce? Que foi?

Davam-se as mãos. Joyce tinha um lamento profundo, uma revolta de todo o ser:

— Eu não aguento mais isso! Não aguento mais!

Finalmente, Paulo apareceu. Esperou horas, no corredor, até que Sônia, casualmente, aparecesse na porta. O sofrimento, a insônia e a febre de alma em que se consumia pareciam acentuar a sua semelhança com a imagem de certos santos. Joyce adormecera; e Sônia pôde conversar com ele, alguns momentos. Antes que Sônia pudesse impedir, ele tomou entre as suas as mãos da moça; beijou uma e outra. Com uma doce mágoa, ela o repreendeu:

— Por que veio? Eu disse ao seu tio que só falaria com você depois que Joyce saísse...

Ele, então, contou a vida que levava nos últimos dias. Não pensava, não sonhava senão com ela. Era infeliz, sim. Mas abençoava tudo o que vinha dela, inclusive o sofrimento. Sônia, embora comovida, o interrompeu:

— Não continue. Não vale a pena.

— Por quê?

E ela, com uma tristeza infinita:

— O que havia entre nós morreu.

Ele protestou, numa súbita e triunfal certeza do amor que Sônia lhe negava:

— Mente! Sei que é mentira! Você me ama!

— Não!

Paulo repetia, na sua obsessão:

— É minha!

Segurou-a pelos dois braços. Ela se deixou beijar. Mas sentia os lábios frios e a alma adormecida. Por fim, desprendeu-se; disse, com uma violência que o surpreendeu:

— Você não me pertence.

Ele custou a entender. Ou, por outra, só entendeu quando ela completou:

— Você pertence a Joyce, compreende? Seu amor é de Joyce e não meu!

Ergueu para ele os olhos cheios de lágrimas:

— Eu jurei a mim mesma que faria tudo, tudo, para você se casar com Joyce. Eu não vivo mais para mim. Vivo para fazer a felicidade de Joyce. E ela só será feliz se você...

34

Paulo compreendeu subitamente tudo. O desastre marcara Sônia, e para sempre. Dir-se-ia que se transformara em outra mulher, em outra alma. Nos seus gestos e nas suas palavras parecia não restar nada da antiga Sônia, nada da criatura doce e harmoniosa, quase perfeita, que ele não podia ver sem arrebatamento. Era claro que ela estava fechada no sofrimento, que se saturava dele, criando para si mesma um inferno voluntário e sem fim. Essa dor irredutível, que ardia de maneira incessante, apavorou o rapaz. Ele quis ser lógico, tentou comovê-la com seu raciocínio. E, como a sentisse cada vez mais resistente e vulnerável, fiel a uma ideia fixa, sacudiu-a:

— E eu? Será que você não pensa em mim?

Disse, com energia, numa espécie de desafio:

— Não! Não penso em você!

Baixou a voz, para acrescentar:

— Só penso em Joyce. E tenho vergonha, compreendeu? Tenho remorsos de conservar meus olhos, enquanto Joyce...

Toda a sua aparente serenidade se fundiu, afinal, em desespero. Falou, entre lágrimas. Repetiu que jurara a si mesma e a Deus que se dedicaria a Joyce, à felicidade de Joyce. E nenhum destino lhe parecia mais triste e mais belo do que acompanhar uma mocinha cega, dia após dia, até o fim de suas vidas. Estava tão apaixonada pelo martírio da menina, que já não podia ouvir um riso, um canto, uma música mais viva e mais alegre sem que seu espírito se inundasse de amargura. Depois que Joyce ficara cega, qualquer riso, ou canto, ou música parecia cruel ou sacrílega. Sentindo que Sônia estava fora de si e que se embriagava com o próprio sofrimento, Paulo quis chamá-la à razão:

— Você não percebe que isso é loucura? Que você acaba louca?

Ela teve um meio sorriso. A hipótese de loucura com que ele a ameaçava não lhe metia medo.

Suspirou, sem desfitá-lo:

— Louca? Eu?

Por um instante, pareceu cultivar, com uma espécie de amor, essa possibilidade. Se ficasse louca, talvez sofresse menos, ou não sofresse nada. Mas uma outra reflexão lhe ocorreu: e Joyce? Quem cuidaria de Joyce? Não, não! Negava a si mesma qualquer direito, inclusive o de enlouquecer, pois precisava estar sã e lúcida para proteger Joyce. E foi, então, que teve um gesto que surpreendeu e emocionou Paulo: tomou entre as suas as mãos do rapaz. O primeiro sentimento de Paulo foi o de que, enfim, a ternura renascia em Sônia. Olharam-se, ele com muito amor, e ela com muitas lágrimas. Paulo balbuciou:

— Querida!

E ela:

— Você me ama muito?

— Duvida?

Insistiu:

— Ama?

— Com adoração!

— Faria o que eu lhe pedisse?

— Tudo!

Sônia sorriu entre lágrimas:

— Agradeço. E confesso que esperava por isso. Você não me faria sofrer.

— Mas é evidente!

Como, porém, ela calasse, num último escrúpulo, ele perguntou:

— Qual é o pedido?

Estavam face a face. Sônia de olhos fixos nos dele:

— Preciso que você desista de mim.

— Como?

Ela repetiu, sem desfitá-lo:

— Quero, porque é uma questão de vida e morte, que você desista de mim. E que...

— Continue.

— ...ame Joyce. Compreendeu? É um apelo que lhe faço. Se for preciso, me ajoelharei a seus pés, Paulo.

— Mas Sônia!...

Ela chorava outra vez, numa crise de nervos tão violenta que, desesperado, ele a levou para a varanda. Na verdade, Paulo sentia-se impotente diante dessas lágrimas de mulher. Como argumentar contra a loucura que ela criava, numa espécie de compensação para o próprio sofrimento? Sem um gesto, sem uma palavra — atônito —, Paulo escutou os argumento de Sônia. Ela dizia:

— Eu, se fosse homem, acharia lindo o casamento com uma cega. Você já imaginou? Já fez uma ideia? Imagine, uma cega que já não espera nada da vida e que, de repente, se transforma na mais feliz das mulheres? Compreendeu bem?

E completou:

— Depende de mim e de você. De nós dois, depende de nós dois que Joyce seja a mais feliz entre as mulheres.

Paulo não disse nada. Na verdade, sentia que, naquele momento, qualquer palavra seria inútil. Sônia estava fanatizada por uma ideia única. Deixou-se levar, quando ela sugeriu:

— Vem cá um instante.

Pela porta entreaberta, espiaram o sono de Joyce. Adormecida, com os cabelos livres, as feições finas e tranquilas, as mãos em sossego — ela era ainda mais linda.

Sônia baixou a voz:

— Não é bonita?

— É.

Ela fechou a porta.

— E agora?

— O quê?

— Fará o que lhe pedi?

— Sônia, raciocine comigo, Sônia. Você pensa que um amor depende da nossa vontade? Pensa que basta querer? Eu amo você e só você.

Ela obstinou-se:

— Se me ama, fará isso por mim. Joyce é linda, Paulo. Reparou como é linda? E nenhuma mulher é mais adorável. Tem tudo para fazer a felicidade de um homem, tudo! Você, eu juro, você será felicíssimo...

— Mesmo sem amá-la?

E Sônia:

— Não ama por enquanto. Mas, com o tempo, acabará amando.

— Não, Sônia, isso não é possível. Você própria, quando estiver mais conformada, me dará razão!

Ela negou, de uma maneira enfática:

— Não! Nunca!

Paulo viu no rosto da moça uma expressão de ressentimento que o gelou. Achou que devia se despedir. Deu-lhe a mão:

— Voltarei amanhã, Sônia.

Ela não respondeu. Virou as costas e entrou. Mal Sônia fechou a porta atrás de si, ouviu a voz de Joyce:

— Quem era?

— Paulo.

Joyce repetiu, num sopro de voz:

— Paulo...

Sônia sentou-se, perto do leito, deixou passar alguns momentos e disse, com um máximo de naturalidade:

— Achei interessante o que Paulo me disse.

— Que foi?

— Disse que você estava cada vez mais linda...

35

SÔNIA ESTAVA MAIS tranquila. Na sua obsessão, achava que, enfim, descobrira o meio de promover a felicidade de Joyce. É certo que não lhe podia devolver os olhos, para sempre perdidos. Mas estava em suas mãos transformar o desespero da menina numa ventura perfeita e sem fim. Já não dormia direito, sob o peso daquela ideia fixa. E, pouco a pouco, seu raciocínio ia anulando as incertezas, uma a uma. Não há dúvida que Paulo ainda a amava. Ela, porém, adiantava, com todas as suas forças, com toda sua fé, a convicção de que, mais cedo ou mais tarde, a piedade que Paulo experimentava agora se converteria em amor. E como precisava se comunicar com alguém, revelar a alguém suas esperanças e seus projetos, acabou recorrendo a d. Flávia:

— A senhora não acha, mamãe?

— O quê?

— Que Joyce é uma menina perfeita?

D. Flávia, que levara tricô para o hospital e estava num ponto complicadíssimo, disse:

— Se é perfeita, não sei. O que posso dizer é que, a mim, não deu nunca maiores desgostos.

Sônia animou-se:

— Qualquer homem só lucrará casando-se com Joyce, não é?

D. Flávia hesitou:

— Mas, Sônia, você está se esquecendo de uma coisa.

— Oh, mamãe!

D. Flávia teimou, baixando a voz, e olhando para os lados:

— Sim, Sônia, você se esquece, minha filha, que agora Joyce é uma menina cega!

Estavam numa saleta do hospital, com d. Flávia sentada perto da varanda, tomando fresco. Sônia passara e se detivera para falar com a mãe. Ao ouvir a observação de d. Flávia, ela, que também se sentara, ergueu-se, como uma fúria:

— Até admira, mamãe, que a senhora diga uma coisa dessas!

— Mas não é verdade?

E Sônia:

— A senhora se impressiona com um simples defeito físico?!

— Ah, Sônia! Não é tão simples assim! Ninguém mais do que eu lamenta o que sucedeu a Joyce! Mas os olhos fazem muita falta, muita mesmo! Sobretudo os de Joyce, que eram lindos! E eu acho que ela foi feliz por ter encontrado esse rapaz, Carlos...

Sônia pôs as mãos na cabeça:
— Carlos?
— Sim, Carlos. Esse que foi cadete.
— Ora, mamãe! Joyce vai ter coisa muito melhor!
D. Flávia empalideceu. Pela primeira vez, pressentiu a verdade:
— Não me diga, Sônia, pelo amor de Deus, que é de Paulo que se trata?
A moça teve um trejeito ambíguo:
— Quem sabe?
E afastou-se, depois que d. Flávia, impressionada, ainda advertia:
— Toma juízo, minha filha! Veja lá o que você está arranjando!

Carlos aparecia, como sempre. Às vezes pedia a Sônia para espiar Joyce pela porta entreaberta. Outras vezes, contentava-se em pedir informações ou à própria Sônia ou, se esta demorava, à enfermeira. E quando saía do hospital, não tinha coragem de ir para muito longe. Precisava estar perto de Joyce, embora fosse inútil essa proximidade. Todavia a saudade se tornava mais aguda se ele se distanciava muito. Escolhera um bar, no mesmo quarteirão do hospital, onde ficava horas e horas. Voltava para casa, alta madrugada. Sua mãe o esperava sempre. Vivia para esse filho, único e adorado, e não o julgava nunca, aceitando seus defeitos, como suas qualidades. Quando ele fora excluído da Escola não teve um lamento, uma censura. Fosse ele criminoso, e não o condenaria, já que, desde a morte do marido, Carlos era toda sua vida. E Carlos não se perdoava, quando chegava tarde e a encontrava na sua obstinada vigília. Vinha beijá-la:
— Mas, oh, mamãe! Por que não se deitou?
Ela mentia:
— Estava sem sono!
Era mentira e ele sabia. Nenhum argumento, porém, nenhum raciocínio, a dissuadiria de esperá-lo. E uma noite, finalmente, sentindo que Carlos estava mais desesperado do que nunca, teve a ideia:
— Olha, meu filho. Você diz que a menina gosta desse Paulo...

— Tenho certeza.
Ela continuou:
— Diz também que Paulo e Sônia estão comprometidos.
Carlos confirmou. E ela:
— Então, por que você não procura esse rapaz?
Ele ergueu o rosto atônito:
— Para quê?
— Claro, meu filho! Se ele é direito, como você diz, vocês poderão esclarecer muita coisa. Para mim, há em tudo isso alguma coisa que não está certa. Talvez um equívoco, um mal-entendido qualquer, não sei.
Carlos não respondeu logo. Mas a ideia o impressionou. Levantou-se:
— Mamãe, eu acho que a senhora tem razão.
Ela, mais animada, insistiu:
— Não custa, Carlos, não custa! Apenas você deve ser hábil, deve ir com jeito. Sondar apenas, compreendeu, meu filho?

Paulo telefonara para o hospital, avisando:
— Passo aí, daqui a meia hora.
Sônia decidiu-se, então. Vinha, há dias, amadurecendo um projeto que poderia resolver a situação. Mas como era uma coisa muito séria, ela ia protelando e esperando a oportunidade justa. Primeiro, tratara-se de preparar Joyce. Durante dias, de uma maneira hábil, insidiosa, envolvente, foi criando, na prima, o sentimento de que Paulo a achava graciosa, linda e perfeita. Depois, começou a desenhar a hipótese de que o rapaz estivesse gostando dela. Na primeira insinuação, Joyce estremeceu:
— Você acha?
— Está me parecendo.
Ora, o terreno psicológico de Joyce era o melhor possível para o trabalho de Sônia. Como toda mulher que ama, Joyce estava, sempre, a dois passos da credulidade mais infantil. Qualquer coisa que

favorecesse seu amor tinha sua adesão. Às vezes, Joyce duvidava. Então, Sônia improvisava com um máximo de tato, de habilidade, de verossimilhança, uma história que, num instante, aplacava magicamente as incertezas da prima. De vez em quando Sônia tinha medo. Criara, em torno de Joyce, um clima tão intenso de sonho, de ilusão que... E se depois os fatos não correspondessem à doce expectativa da menina? Era isso que apavorava Sônia. Nessas ocasiões, ela dizia a si mesma: "Deus há de me ajudar!". Ora, no dia em que Paulo telefonou, Joyce estava, como observou d. Flávia, uma pilha de nervos. Era, de novo, a obsessão dos olhos que se formara no seu espírito. Alarmada, Sônia via crescer o desespero da menina. Foi, então, que veio a enfermeira chamá-la ao telefone. Durante uns cinco minutos ela falou com Paulo e, quando voltou, encontrou Joyce fora da cama, chorando perdidamente.

— Mas o que é isso, Joyce? Você não tem juízo?

E Joyce:

— Não fico mais aqui! Não fico mais aqui!

Por sua vez, desesperada, Sônia a segurou pelos dois braços:

— Joyce, Joyce! Sabe o que Paulo me disse? Que ama você! E vem aqui, daqui a pouco, dizer isso a você, está ouvindo?

36

E houve uma espécie de milagre. Todo o desespero se extinguiu na alma de Joyce. Imóvel e atônita, fazia um esforço de inteligência para compreender a verdade súbita: "Paulo vem me dizer que me ama...". Sônia, a seu lado, assistiu à transfiguração. Sem transição, Joyce passava de uma crise frenética para um estado de paz, de serenidade intensa, de calma apaixonada. Ela se dava, toda, a uma nova e encantada meditação. Deixou-se levar, sem opor resistência, para o leito; deitou-se. Na verdade, sentia em tudo um gosto de sonho;

apanhou a mão de Sônia, quis ter a sensação de sua realidade. E sua ventura só não era ainda mais perfeita porque, apesar de tudo, uma dúvida persistia. Se fosse uma ilusão ou...

Interpelou a prima:

— Isso é mesmo verdade, Sônia?

— Oh, Joyce!

— É?

— Mas claro! Você acha que eu podia mentir? Mentir como, se a qualquer momento você poderia obter a verdade, diretamente, de Paulo? Pense um pouco, Joyce, pense, e verá que eu tenho razão.

Foi este argumento que, afinal, convenceu Joyce. Ergueu-se meio corpo, apoiando-se nos cotovelos:

— E ele? Vem já?

— Daqui a pouco está aí.

Susto de Joyce:

— Mas, Sônia! Eu não estou preparada, Sônia! Não quero que ele me veja assim!

— Que bobagem! Você se esquece que isto aqui é um hospital e não uma sala de visitas?

A menina, porém, foi irredutível:

— Não quero que ele tenha má impressão de mim. Faço questão que ele só me veja bem!

E Sônia:

— Calma, calma! Dá-se um jeito!

— Que jeito?

— Eu preparo você, não se incomode.

Joyce implorou:

— Então, ande! Depressa, pelo amor de Deus!

Sônia, hábil e diligente, improvisou tudo. Primeiro, foi a maquiagem. Joyce estava muito preocupada com a própria palidez. Advertiu:

— Não quero que Paulo me veja pálida!

Com paciência e infinita doçura, Sônia fez a pintura daqueles lábios finos e sem cor. Antes, passou o ruge e o pó de arroz. Depois, foi escolher um quimono que era, de fato, uma beleza e tinha uns bordados japoneses realmente maravilhosos. De repente, Joyce lembrou-se:

— A água-de-colônia? Onde está?

Sônia sugeriu:

— Tem um perfume melhor.

— Aquele?

Veio o extrato raríssimo. Joyce perfumou as mãos, os pulsos; em seguida, o pescoço e a ponta da orelha. Rematando, passou as mãos úmidas de perfume no próprio quimono. Só, então, sentiu-se realmente vestida e teve, bruscamente, a dor de não poder ver, num espelho, sua imagem refletida. Restava, ainda, um retoque e, nervosa, fez a Sônia o último pedido:

— Os cabelos, Sônia!

Sônia fez o penteado. Os cabelos de Joyce eram sedosos, fáceis de tratar. Quando a menina estava boa, uma das distrações de Sônia era passar horas criando e desfazendo penteados para Joyce. Assim as duas perdiam tardes inteiras no quarto. Desta vez, quem deu a ideia foi Joyce:

— Faz aquele penteado, Sônia.

Sônia, porém, não se lembrava. Joyce teve que explicar:

— Aquele do meu primeiro baile.

Uma vez completado este último detalhe, Joyce fez questão de esperar Paulo sentada. Sônia quis se opor, mas ela foi intransigente. Tinha suas razões e, até certo ponto, justas:

— Não quero — explicou — que Paulo veja em mim uma doente. Já estou com isso nos olhos. Basta, não basta?

— Mas o que é que tem?

— Tem muita coisa. Como doente, eu poderia inspirar pena. E eu não quero, está ouvindo? Se eu desconfiasse que Paulo tem pena de mim, nem sei!

Q<small>UANDO BATERAM NA</small> porta, Joyce crispou-se na *chaise-longue*. Seria Paulo? Sônia ergueu-se, dizendo:

— Vou ver quem é.

Abriu a porta e, rápida, a fechou atrás de si, ao mesmo tempo que fazia um sinal de silêncio para Paulo. Disse, baixinho:

— Vamos conversar ali adiante.

Levou-o para a varanda. Paulo perguntou:

— Joyce está dormindo?

— Não, não é isso. Eu não queria que Joyce soubesse que falei, antes, com você. E eu preciso, Paulo, preciso muito falar com você.

— Estou às suas ordens.

Ela vacilou, como se não soubesse por onde começar. Afinal, tomou coragem:

— Bem. O que eu queria dizer a você era o seguinte: ainda agora, coisa de uma hora, Joyce teve uma crise tremenda. Fiquei com medo, confesso, e só achei um meio de controlá-la. Imagine qual?

— Não faço a mínima ideia.

Sônia respirou fundo, antes de concluir:

— Como sei que ela é louca por você, eu disse que você também a amava.

— Mas Sônia!...

Ela pôs a mão no seu braço.

— Deixe-me continuar. E isso não foi tudo. Anunciei a Joyce que, pouco antes, você me telefonara avisando que viria pessoalmente dizer-lhe que a amava.

— Você fez isso?

— Fiz! — e repetiu: — Fiz!

— Mas não é possível, não acredito!

E ela:

— Juro!

— Mas você é louca? Não percebe o absurdo do que fez?

Sônia mudou de tom; tornou-se meiga, cariciosa; falou quase rosto a rosto com ele:

— Não sei se foi um absurdo. Mas, em todo o caso, um absurdo imposto pela vida. Paulo, você é um homem de coração. Impossível que não se comova diante da situação de Joyce. Eu lhe peço, Paulo!

— Nunca!

— ...lhe peço que entre e diga a essa menina que a ama. É uma mentira, eu sei, por enquanto é uma mentira, mas Deus há de recompensá-lo e eu...

Não pôde mais. Foi como se os nervos, em tensão extrema, se partissem, afinal. Soluçando, deixou-se cair ao longo do corpo de Paulo, de joelhos, abraçou-se às pernas do rapaz, exclamando:

— Pelo amor de Deus!

Desorientado, com medo que aparecesse alguém e os visse naquela situação, ele a levantou, abraçou-a, enquanto ela repetia:

— Se me ama, faça isso!...

Joyce já estranhava a demora de Sônia. E quando esta, finalmente, apareceu, queixou-se:

— Custou tanto, Sônia!

— Mamãe me prendeu no telefone. E quando eu vinha para cá, Paulo apareceu e...

— Ele está aí? Oh, por que não disse há mais tempo?

Sônia brincou:

— Calma! Ele vai entrar, já, já! — baixou a voz — e eu vou dar um jeito de desaparecer por uns instantes, compreendeu?

Antes que a outra saísse, Joyce ainda perguntou, súplice:

— Jure que eu estou bonita, jure!

Sônia teve, para ela, um olhar de pena infinita:

— Está linda!

E foi como se a noite da cega se enchesse de estrelas.

37

Sônia já previra toda a cena. Abriria a porta e Paulo estaria à espera de um sinal. Diria: "Pode entrar, Paulo". E, imediatamente, acrescentaria: "Eu vou ali e já volto". Paulo e Joyce ficariam, então, sós, maravilhosamente sós. Diante de suas lágrimas, ele prometera: "Seja o que Deus quiser. Direi a Joyce que a amo. Está satisfeita?". Ela, enxugando as lágrimas com as costas da mão, teve um gesto de plena e adorável feminilidade: tomou a mão do rapaz e a beijou. Fora um ato de reconhecimento e talvez de amor. O certo é que Paulo comoveu-se profundamente e todos os seus escrúpulos e dúvidas se dissolveram. Agora, diante da porta, Sônia vacilou, antes de pôr a mão na maçaneta. Aquele era o instante mais pungente de sua vida. Pois quando abrisse a porta, estaria definido, e para sempre, o destino das duas. O irremediável do fato fez com que sentisse um arrepio. Teve mesmo uma breve vertigem. Foi a voz de Joyce que a chamou à realidade. A menina, impaciente, com todos os nervos à flor da pele, perguntava:

— Então, Sônia?

E ela, sem perceber a sua angústia:

— Vou mandá-lo entrar.

Antes de torcer o trinco, fez, instintivamente, o sinal da cruz. Enfim, abriu e... mal conteve uma exclamação. Deixou-se ficar, petrificada, e era tal o seu espanto, que a pessoa fez a pergunta:

— Não se lembra mais de mim? Eu sou o...

E disse o nome:

— Carlos.

Era, realmente, Carlos. Sônia, num esforço sobre si mesma, procurou dominar-se:

— Pois não. Lembro-me, sim. Mas...

— Joyce vai bem?

Fora de si, ela não respondeu. Passou por ele:

— Com licença.

Andou alguns passos no corredor. Olhou para um lado, para outro. E só viu médicos, enfermeiras, visitas — não Paulo. Fez um esforço de raciocínio. "Que terá acontecido, meu Deus?" Ele combinara tudo, prometera de pedra e cal, e não era homem para mistificar, de maneira tão cruel e grosseira. Entretanto era evidente que não cumprira a palavra. Carlos, que percebia a angústia da moça, veio ao seu encontro:

— Houve alguma coisa?

Ela o segurou pelo braço:

— Paulo. Procuro Paulo. Conhece-o, por acaso?

— Pois não, conheço.

— E o viu?

Carlos deu a notícia, que a desesperou:

— Quando eu cheguei, ele ia, justamente, saindo.

— Mas não é possível! Ele não faria uma coisa dessas! Isso não se faz!

Virou as costas, sem maiores explicações, e correu para o elevador. Mas como este estivesse subindo, ela resolveu ir mesmo pela escada. Eram só dois andares e ela ganharia tempo precioso. Sua ideia era alcançar Paulo na rua. Carlos a acompanhara e ela pediu:

— Quer ficar um instante com Joyce? Eu volto já!

Veio pela escada, embora o salto alto criasse, a cada momento, o perigo de uma queda. Pessoas que caminhavam em sentido contrário olhavam com espanto para Sônia. Passando por elas, a moça ia pensando: "Devo parecer uma doida". Quando chegou, finalmente, à rua, e olhou para todos os lados, não viu nenhum vestígio de Paulo, como, de resto, poderia ter previsto. Escolheu uma das esquinas e foi até lá, esbarrando, por vezes, nos transeuntes, que eram muitos e apressados. Voltou, desesperada. Perguntava a si mesma: "E agora?". Que faria Joyce quando ela dissesse:

— Ele fugiu.

Está claro que Joyce perceberia imediatamente tudo e, então, nenhuma força humana e divina poderia conter a loucura de sua dor. Caminhando lentamente, Sônia chegou a pensar em desistir de tudo e de todos, cruzando os braços diante do destino. Reagiu, porém, contra o desânimo: "Eu não tenho direito, meu Deus, não posso deixar Joyce entregue a si mesma! Deus não me perdoaria, se eu fizesse isso!". Entrou no hospital e poderia ter vindo pelo elevador, que estava chegando no térreo. Todavia, preferiu a escada, como se quisesse retardar o momento em que teria que dar explicações. De repente, veio a inspiração que poderia salvar tudo. Ela chegou a parar no meio da escada. Fechou os olhos, encostada num corrimão; e, durante alguns momentos, entregou-se a uma meditação ardente, procurando desenvolver a ideia que subitamente a iluminara e que seria talvez a solução desejada. Quando, enfim, atravessou o corredor, sentia-se bastante lúcida, segura de si mesma e da situação.

Joyce sentiu que Sônia abria a porta para dar passagem a Paulo. Estava no limiar de uma felicidade mortal e teve o desejo pueril de que aquele momento não passasse nunca. Seu pequeno e doce coração de pássaro começou a bater mais depressa. E ela pensou nas outras mulheres que não são correspondidas nos seus amores e vivem em solidão como num claustro. Ao mesmo tempo, teve um pensamento bom para Sônia: "Ela faz tudo por mim. É uma santa". Sônia fechara a porta e saíra. Então, Joyce refletiu: "Quando abrirem, será ele". O hábito de viver nas trevas criara nela uma sensibilidade auditiva extrema. Teve um lamento interior: "Pena é que não possa vê-lo". Toda a imagem de Paulo, porém, estava em si. Ela poderia reconstituir seu rosto, traço a traço. Sabia de cor os seus olhos, os seus lábios, o desenho maravilhoso de sua boca, e o contorno do queixo. Ah, quando tirasse a venda dos olhos, descontaria os momentos em que, impedida de vê-lo, se contentava em imaginá-lo. E ficaria, tempos sem fim, na contemplação do seu perfil, dos seus olhos, de toda a sua imagem humana e divina. Oh, Paulo, Paulo!

O tempo, porém, passava, em silêncio. E por que não abriam a porta? Por que ele não entrava? Disse, a meia-voz:

— É estranho!

Esperou mais um pouco. Nada, nada! Já com uma ponta de impaciência, um princípio de angústia, chamou:

— Sônia! Sônia!

O sentimento da solidão foi, pouco a pouco, se apoderando do seu ser. Sentiu como se estivesse sozinha num mundo de trevas, irremediavelmente só, errante numa noite sem estrelas. Crispou-se, já num medo, num pânico que a faria gritar se… E, súbito, imobilizou-se na cadeira. Alguém passava a mão no trinco, ia abrir a porta. Oh, graças, graças! Desejou, do mais fundo do seu coração, estar linda, estar num desses momentos de amor e de graça plena que tornam as mulheres inesquecíveis. Num segundo, numa fração de segundo, imaginou coisas breves e deslumbrantes. Por exemplo: que ele, depois de se declarar, a beijasse. Sim, a porta estava se abrindo e era ele. "Está olhando para mim", foi sua lancinante delícia. E compreendia agora o silêncio de Paulo: ele a contemplava primeiro, antes de falar. E como este silêncio se prolongasse, ela não se conteve mais. Perguntou:

— Quem é?

E veio a resposta, numa voz tão comovida, tão insegura, que ela mal pôde identificar:

— Eu.

E ela:

— Paulo?

— Carlos.

Pausa. Ela balbuciou, afinal:

— Como?... Não é Paulo? Mas...

Com esforço, ia se levantando. Ele, mais do que depressa, quis ajudá-la. A ceguinha, porém, se desprendeu com tal violência que perdeu o equilíbrio, caiu. Carlos, desesperado, fez nova tentativa de socorrê-la. Ela fugiu com o corpo. Gritou-lhe:

— Não me toque!

— Mas, Joyce!

E ela:

— Sônia! Quero Sônia! Onde está Sônia?

Caminhou, com as mãos estendidas. Mas parou, porque lhe ocorrera uma ideia atroz:

— Já sei! Ela me enganou! Sônia mentiu, oh, Sônia!

38

Eis o que acontecera com Paulo: fugira do hospital, mal vira Sônia pelas costas. Prometera, sim, dera a sua palavra, mas, de repente, e quando já se encaminhava para o quarto de Joyce, teve medo e nada mais do que medo. Chegara a ir até a porta; quase pôs a mão na maçaneta. E recuou, de repente, sentindo que, se entrasse, estaria preparando uma tríplice catástrofe: para si mesmo, para Joyce e para Sônia. Voltou atrás, e, já então, seu desejo único era deixar o hospital, afastar-se dali o mais depressa possível, criar entre ele e Joyce uma distância qualquer. Chegando à rua, quase esbarrou com Carlos, que vinha chegando.

— Como vai?

— Bem. E você?

O automóvel estava pouco adiante. Quem o visse abrir a porta do carro, entrar e arrancar imediatamente, teria talvez a ideia de que era um perseguido, quem sabe se um criminoso. Na verdade, ele fugia. Era bastante sagaz para prever que Sônia viria à sua procura. E se ela o encontrasse e pedisse, ele não resistiria à sua ternura. Partindo do hospital, Paulo prefixara seu destino: iria ao encontro do dr. Valdir. O tio era, na sua vida, uma espécie de pai: ninguém mais humano, mais generoso e mais lúcido. Dr. Valdir saberia aconselhá-lo. Quando chegou à casa do tio, ele ia saindo, para atender um doente. Mas entrou, de novo. Além de médico, era tio, e colocava o sobrinho acima de todos os clientes. Paulo foi direto ao assunto: contou-lhe tudo, sem que dr. Valdir, muito atento, o interrompesse. Quando o rapaz acabou, o bom velho teve um suspiro:

— Que situação, Paulo!

— Não é mesmo? Imagine o senhor se eu podia me casar com Joyce, gostando de Sônia!

— Não sei, francamente não sei — foi o comentário prudente do velho.

Paulo ergueu-se, espantado:

— Como não sabe? O senhor acha que eu devo me sacrificar?

Com um lenço muito fino, dr. Valdir limpava a lente do pincenê:

— A rigor, não devo achar nada, meu filho. Você é quem sabe. Mas uma coisa confesso: tenho muita pena de Joyce e compreendo a renúncia de Sônia.

— Ora essa, meu tio! O senhor tem pena de todo mundo! Pena de Joyce, de Sônia, menos de mim!

O médico pôs a mão no ombro do rapaz:

— Não lhe darei conselhos, meu filho. Apenas desejo que você não se esqueça de uma coisa: Joyce é uma cega. E conforme sua atitude, você destruirá ou não a alma dessa menina, já tão infeliz, tão marcada pela vida! Pense bem, antes de decidir e...

Sônia ainda vinha no meio do corredor, quando ouviu barulho no quarto de Joyce. Correu, então, imaginando o desespero da menina e, de fato, foi encontrá-la se debatendo nos braços de uma enfermeira e de Carlos. Joyce a chamava, numa explosão de soluços:

— Sônia! Quero Sônia!

Assim que a viu, a enfermeira exclamou:

— Já está aí, pronto!

E Joyce, num soluço maior:

— Oh, Sônia! Você mentiu!

E repetia, no selvagem desespero:

— Mentiu!

Carlos estava branco, branco. Naquele momento — repelido por Joyce —, sentia-se o mais desgraçado dos homens. Sem um gesto e sem uma palavra, viu Sônia precipitar-se nos braços de Joyce.

E Sônia dizia:

— Joyce, Joyce! Ele foi comprar as alianças! Ouviu? As alianças, Joyce!

O impacto simples e direto da notícia agiu instantaneamente. Sônia viu que Joyce parecia baquear, como se tivesse recebido um golpe material. Entreabriu os lábios, quis falar qualquer coisa e emudeceu, transida. Unida a ela, Sônia sentia os tremores do seu corpo. E, de fato, Joyce tiritava, como se possuísse um frio mortal. Sônia se sentiu dona da situação e quis tirar todo o partido da vantagem:

— Você parece tão boba, Joyce! Então, não viu logo que, se Paulo não aparecia, algum motivo devia haver?

A menina, com seus arrepios nervosos, disse apenas:

— Pensei que fosse mentira sua...

— Ora, Joyce! Até me admira!

E Joyce, com secreto medo de tanta felicidade:

— Quer dizer que... É verdade mesmo, Sônia?

A outra exagerou o próprio espanto:

— Você acha que eu seria capaz de enganar você? Nunca, Joyce! E Deus me livre! Olha, vou te contar tudo, direitinho!

E, realmente, contou. Na ânsia de fazer bem à prima, de salvá-la do seu desespero, de poupar a sua sensibilidade de cega — Sônia mentiu com arte sem igual. Improvisou uma história, falsa do princípio ao fim, mas doce, persuasiva e linda. Joyce parecia beber, uma a uma, suas palavras. Já não chorava mais. Destruídas suas dúvidas, acreditaria em tudo que Sônia dissesse ou forjasse. Paulo não viera porque lhe ocorrera a ideia de comprar as alianças. Era sem dúvida uma solução arbitrária, anticonvencional, que a moça recebesse a aliança antes do pedido à família e aquiescência dos pais. Mas como esta aquiescência era certa e como Joyce estava doente, poderiam ficar noivos entre si, até a proclamação definitiva. Por isso é que ele não aparecera e... E Sônia, com um máximo de naturalidade, concluiu:

— Ele quer criar um suspense!

Joyce inquietou-se:

— Para quê?

Sônia teve um riso artificial:

— Curiosa! — e mudando de tom: — Esperando a medida do seu dedo, está satisfeita?

A enfermeira, se bem que pressentisse, na situação, um quê de forçado e de suspeito, deu os parabéns; e disse mesmo:

— Deus a abençoe!

Joyce balbuciou:

— Obrigada.

E Sônia, depois de beijar a cega:

— Então, já sabe, hein, Joyce? Vou sair e você vai ficar quietinha, me esperando. Está certo?

— Está.

A enfermeira ficou, a pedido de Sônia e sob a discreta promessa de uma gratificação, fazendo companhia a Joyce. Sônia pôde, então, sair. Carlos, que assistira a tudo, acompanhou-a e, no corredor, fez a pergunta:

— É verdade que — fez uma pausa — Joyce vai ficar noiva?

Longe de Joyce e, sobretudo, cansada de uma mistificação abominável, Sônia ergueu para ele o rosto desfigurado pelo sofrimento. Disse apenas:

— Quem sabe?

Deixou-o, atônito, no meio do corredor. Ele, porém, teve a intuição de que, na verdade, Sônia representava uma comédia.

P<small>ASSARAM-SE DUAS, TRÊS</small> horas. Sônia não vinha. Vendo Joyce tranquila, a enfermeira pediu para ver um outro doente. Joyce, imersa na sua felicidade, não se opôs. A enfermeira pôde sair e a menina ficou sozinha, o que foi uma fatalidade. Quinze minutos depois, alguém abriu a porta. Joyce pensou que fosse Sônia e a chamou. Ouviu, então, aquela voz pesada de homem e de bêbado:

— Sou eu... Eu...

Sim, era Carlos. Durante duas horas, embriagara-se num bar próximo. E, depois, completamente fora de si, dirigira-se ao hospital. O fato de não ter encontrado um funcionário, uma enfermeira que lhe embargasse os passos foi outra fatalidade. Entrou no quarto de Joyce, com a seguinte obsessão de ébrio: estavam enganando Joyce, estavam fazendo Joyce de boba. Cambaleando, veio na direção do leito e, súbito, caiu de joelhos, enquanto dizia, por entre soluços e lágrimas de bêbado:

— Coitadinha da cega! Coitadinha!

E soluçava mais forte:

— Arrancaram seus olhos, coitadinha!

39

Dentro de Joyce crivara-se a palavra "cega!...". E, súbito, foi como se muitas vozes, rompendo de toda parte do chão, das paredes, do teto, dissessem ou gritassem, em todos os tons: "Cega…". Era um bêbado, sim, que vinha, de repente, lançar-lhe no rosto a verdade que todos escondiam. Mas Joyce não teve a menor dúvida. Compreendeu instantaneamente tudo. Estava cega, e para sempre. Ergueu-se e, descalça, com os pés frios e nus, quis correr, fugir. O bêbado, porém, se abraçava a ela, num choro ignóbil. Com as forças multiplicadas pelo desespero, quis se desprender. E o rapaz, por entre lágrimas de ébrio, gaguejava:

— Te arrancaram os olhos, pobrezinha!

Os olhos! Ela teve, pela primeira vez, o sentimento do definitivo, do irremediável. Trevas, para sempre trevas. E a certeza de que não tinha mais olhos, de que era um rosto sem olhos — como certas máscaras antigas — parecia atravessá-la fisicamente. A voz interior repetia que nunca mais veria ninguém, "nunca mais". Estava prisioneira da grande e irredutível noite dos cegos. E como Carlos, de joelhos, chorando sempre, abraçado às suas pernas, não a deixasse escapar, teve uma crise de fúria, uma espécie de breve loucura. Gritou-lhe:

— Maldito!

Enterrou as unhas na carne do seu rosto. Ele, porém, não a largou, pois, apesar do seu estado, percebia que não podia soltá-la. Sua obsessão de bêbado era que Joyce poderia se atirar talvez pela janela, despedaçar-se, embaixo. Engrolava as palavras:

— Meu anjo! Meu anjinho!...

E ela, como uma possessa, batendo nele com os punhos cerrados:

— Solte-me! Solte-me!...

Pois ela queria estar livre e correr muito, correr sempre, não parar nunca, até cair em algum abismo bem negro e sem fim. E como seus esforços eram vãos — ele a dominava solidamente —, gritou com todas as suas forças. Então, rapidamente, o quarto se encheu de enfermeiras, de estudantes que praticavam, de médicos e até de enfermos dos outros quartos.

As perguntas cruzavam-se:

— Que foi?

— Que houve?

Muitos, à primeira vista, pensavam num súbito e irresistível acesso de loucura. Era preciso, então, que alguém explicasse:

— A menina cega.

— Como?

— Não sabia que estava cega!

Exausta, enfim, do próprio desespero, Joyce perdeu as forças. Médicos e enfermeiras a cercavam, prodigalizavam as frases consoladoras e inúteis:

— Tenha fé em Deus!

E houve, até, quem dissesse:

— Deus sabe o que faz!

Joyce estava quieta, enfim. Não gritava mais. Não reagia com a fúria selvagem de pouco antes. Era um choro manso o seu, de criança, choro de criança, sem consolo e sem fim. Por vezes, dizia, na voz molhada de lágrimas:

— Eu queria morrer, meu Deus! Eu queria morrer!...

Sônia não sabia, nem podia saber, evidentemente, de nada. Estava numa loja de joias e experimentava uma aliança. Suas medidas e de Joyce, por coincidência, eram as mesmas e, se diferença houvesse, seria tão mínima, tão insignificante, que um anel que servisse nela daria fatalmente em Joyce. Ao chegar na loja, disse o que queria. O caixeiro, muito cordial, perguntou:

— É para a senhorita?

Vacilou e acabou dizendo:

— Pois não. É para mim, sim.

Experimentou, no próprio dedo, duas ou três alianças. E teve uma impressão esquisita, quase angustiosa: sentia-se noiva. Uma reflexão ocorreu-lhe: "É como se o noivado fosse meu, e não de Joyce". Por fim, fez sua escolha. Felizmente, ainda naquela manhã, dr. Dário, ao passar pelo hospital, deixara dinheiro bastante. O homem fez o embrulhinho e, ao pagar, Sônia pensou que ainda restava uma etapa, talvez a mais difícil, a mais dramática: encontrar Paulo. E se ele se escondesse, se saísse da cidade?

Ainda na loja, telefonou para a casa dele e ouviu, com profundo desespero, que o rapaz não estava. Desorientou-se, quando teve uma ideia: telefonar para a casa do dr. Valdir. Quem sabe se Paulo não estaria lá? Ora, justamente ele tinha acabado de conversar com o tio, quando o telefone tocou. A criada estava nos fundos e o velhinho tinha ido à copa beber um remédio para o estômago. De maneira que o próprio Paulo atendeu. Sônia teve um choque quando reconheceu:

— Sou eu, Paulo!

Justamente a ideia de Paulo era fugir de Sônia, evitá-la de todos os meios e modos, até que passasse aquela fase. E o fato de ser surpreendido, na casa do tio, pôs por terra todos os seus planos. Sônia foi sucinta:

— Paulo, eu o espero aqui.

— Mas, Sônia...

Ela, então, criou a alternativa:

— Ou você vem ou nunca mais, ouviu bem? Nunca mais me verá.

Paulo percebeu que ela não brincava. Teve medo de que o viesse odiar. Cedeu:

— Onde é?

Sônia deu o endereço da loja. E ele:

— Dentro de dez minutos estou aí.

E, com efeito, Paulo saiu, imediatamente. Ia tão atormentado que não se lembrou mais do tio e deixou a casa sem se despedir. Sônia estava na porta da loja, esperando. Podia acusá-lo de não ter cumprido a palavra. Mas seria perder tempo e ela queria agir rapidamente. Disse o que queria dele:

— Você vai comprar, agora mesmo, nesta loja, a sua aliança.

Tentou resistir:

— Você acha que...

Ela o interrompeu, com um olhar tão frio, tão sem amor, que ele emudeceu:

— Se você não fizer isso, eu juro, juro por tudo que há de mais sagrado, que terei ódio de você e que...

— Vamos, Sônia.

Entraram. O mesmo caixeiro, cada vez mais cordial, fez a pergunta amável:

— É o noivo?

Sônia respondeu:

— É.

Então, o caixeiro teve uma ideia, que lhe pareceu luminosa:

— A senhorita é quem deve colocar.

Sônia obedeceu. Contemplaram a aliança. Servia. Foi então que ela teve a ideia de mostrar a de Joyce. Paulo pegou o pequenino anel e, sem que Sônia o impedisse, o colocou no dedo da moça. O caixeiro, que tinha muita experiência dessas situações, viu, na cena, como que uma antecipação nupcial. E, risonho, fez o comentário, com alegre ênfase:

— Unidos, até que a morte os separe!

Julgava estar sendo agradabilíssimo aos noivos. Paulo e Sônia, porém, empalideceram. Ambos tiveram o sentimento de um destino que talvez fosse mais forte que suas vontades. E foi ela quem, afinal, disse, baixando a cabeça, numa súbita vergonha:

— Vamos?

Ele pagou e saíram. No carro, Paulo perguntou:

— Viu?

— O quê?

O carro já estava em movimento. Ele, de perfil para ela, fez a observação:

— Compreendeu que nada é possível?
— Como?
Baixou a voz:
— Quer você queira ou não, nascemos um para o outro.
Crispou-se no assento. Negou, selvagem:
— Mentira!
Ele teimou:
— A cega é Joyce e, no entanto, você é que não quer enxergar.
E Sônia:
— Só lhe digo uma coisa, Paulo: haja o que houver, nunca, ouviu? Nunca haverá nada entre nós!
Foi aí que, sem dizer nada, ele parou o carro. Atônita, ela acompanhou seus movimentos e não esboçou um gesto quando ele a tomou nos braços e a beijou. Foi um beijo, nem muito rápido, nem muito longo. Todavia, quando ele a soltou, ela se sentiu a mais feliz e a mais desgraçada das mulheres.

40

Paulo compreendeu mal a passividade de Sônia. Ela se deixara beijar e retribuíra, de certa maneira. O simples abandono não deixava de ser uma aceitação. O rapaz, então, fez o que qualquer outro faria em seu lugar: acreditou que a tinha reconquistado e inclinou-se para repetir. Teve uma surpresa, pois, desta vez, Sônia fugiu com o rosto. Foi doce e, ao mesmo tempo, irredutível. Disse, e não sem tristeza:
— Não, Paulo, não!
— Mas, Sônia!
E ela, fixando-o bem nos olhos:
— Você não é meu e…
Fez uma pausa antes de completar:
— …eu não sou sua.

Desesperado, perguntou:

— Você insiste?

— Insisto. Insistirei até o fim dos meus dias.

Como ele, em silêncio, nada dissesse, no fundo impressionado com a vontade irredutível dessa mulher, juvenil e linda, Sônia lembrou:

— Você me deu sua palavra, Paulo.

Ele não teve outra alternativa:

— Realmente.

— E não se esqueça que a felicidade de uma cega deve ser sagrada.

Qualquer outra palavra era inútil. Partiram, de novo. Paulo já não tinha mais dúvidas sobre si mesmo, nem sobre Sônia, e muito menos sobre a sorte do seu amor. Parecia-lhe que um romance com Joyce, feito na base da piedade, era uma loucura. Mas a verdade é que não sabia recusar nada a Sônia. Com sua autoridade macia, quase imperceptível, ela possuía o dom de envolvê-lo, quase de magnetizá-lo. E Sônia era tanto mais persuasiva quanto renunciava também. Viajaram calados quase todo o tempo. E só nas proximidades do hospital é que ela rompeu o silêncio para dizer:

— Se cumprir o que prometeu, fique certo de que eu terei por você...

Baixou a voz:

— ...verdadeira adoração.

Quando Sônia entrou no hospital não levava nenhuma dúvida: estava certa de que faria a felicidade de Joyce, embora imolando a sua própria felicidade. Mas o sacrifício deixava de sê-lo. E a tristeza que experimentava, a melancolia de seu destino frustrado tinha uma doçura secreta e encantada. Já imaginara sua vida futura: Paulo se casaria com Joyce e, com o tempo, viria a amar a cega suave e linda. Ela, Sônia, ficaria à margem, acompanhando a felicidade dos dois. É certo que o amaria sempre, pois não estava em si, não estava na sua vontade ou nas suas forças de mulher destruir um sentimento que lhe parecia eterno. Mas levaria em si esse amor como uma flor adorável e secreta. Nenhuma mulher se deve envergonhar de um amor que não pede, nem espera nada, que não quer retribuição e se basta a si mesmo. Ao descer do carro, Sônia imaginava a felicidade de Joyce quando Paulo colocasse a aliança no seu dedo. Seria, não há dúvida, e a despeito do seu infortúnio, o mais belo momento do seu destino de mulher. Lado a lado com Paulo, caminhava, apressadamente, na calçada do hospital. Estava na ânsia de ver a prima e de acompanhar toda a sua transfiguração. E já ia na frente do companheiro. Ele teve que advertir:

— Calma, Sônia! Calma!

E, de repente, a surpresa. Na porta, estava a enfermeira que, geralmente, atendia Joyce, durante o dia. Sônia estranhou e fez um comentário alegre:

— Por aqui?

Já notara, porém, que a outra tinha no rosto uma expressão atormentada. E mal a viu a exclamação brotou:

— Foi bom a senhora ter chegado.

O coração de Sônia começou a bater mais depressa:

— Houve alguma novidade?

E a enfermeira:

— Agora mesmo trouxe sua prima até o automóvel.

Sônia empalideceu:

— Como?

— Imagine que...

E contou tudo. A brutal indiscrição de Carlos, cometida em estado de embriaguez; o desespero natural de Joyce; a intervenção de todos para que a menina, na sua crise de nervos, não cometesse uma loucura; e, por fim, o telefonema para a casa da família, chamando alguém, já que Sônia se ausentara. D. Flávia e, logo após, o dr. Dário apareceram, em pânico. Joyce já não gritava; estava calma, calma até demais, com uma serenidade gelada e apavorante, que impressionava mais do que o mais furioso ataque. Chorava em silêncio, repetindo, na sua obsessão:

— Quero ir para casa... Quero ir para casa...

Dir-se-ia uma criança, infeliz e desamparada. O médico que a operara esteve no quarto. Procurou confortá-la em vão. Joyce, imersa na sua dor, não atendia a nenhuma palavra, a nenhum raciocínio. A ideia fixa a consumia:

— Quero ir para casa...

Diante dessa obsessão, o médico não teve mais dúvidas. Chamou dr. Dário para fora do quarto:

— A menina deve sair.

— Não será uma imprudência?

E o médico:

— Nesta altura dos acontecimentos, não. Ela está em tal estado emotivo que o ambiente de hospital só lhe poderá ser nocivo. Na minha opinião, deve sair o quanto antes.

Dr. Dário suspirou:

— Seja feita a sua vontade.

Imediatamente, foram tomadas todas as providências para a remoção. D. Flávia, com os nervos descontrolados, queixava-se, amargamente, da ausência de Sônia. E, enfim, levaram a menina, que já não chorava mais, e ia com uma expressão tão marcada de sofrimento, que o médico se julgou no dever de advertir dr. Dário:

— Cuidado com essa menina, porque ela pode fazer uma loucura.

O QUE A enfermeira não contou a Sônia, por esquecimento, foi o incidente entre dr. Dário e Carlos. Quando chegou no hospital e soube de tudo, o tutor de Joyce tomou-se de verdadeira fúria contra Carlos. Não quis levar em conta o estado de embriaguez. Ou por outra: viu nesse estado uma agravante. Carlos não saíra, pois ninguém, nem o médico, nem as enfermeiras se lembraram de afastá-lo. Vendo-o, no quarto, atônito, e quase sem compreender a tragédia que antecipara, Carlos não dizia uma palavra, nem esboçava um gesto. E dr. Dário partiu para ele, num acesso de ira, que poderia arrastá-lo a todos os excessos. Gritou:

— Seu miserável!

E foi preciso que interviessem e os separassem porque dr. Dário estava disposto a chegar à agressão física. O incidente, porém, serviu para tornar lúcido o rapaz. E foi, então, que teve, na sua plenitude, o sentimento de culpa. Devastara a pobre Joyce, já tão sofrida. Talvez, até, tivesse destruído essa alma. Tomado de desespero — tanto maior quanto mais consciente — gritou:

— Ele tem razão! Eu sou um miserável!

E parecia experimentar uma perversa alegria na própria humilhação, no próprio aviltamento. Proclamava-se indigno de tudo e de todos, e de maneira tão desvairada, que o médico resolveu intervir:

— O senhor quer ter a bondade de retirar-se, sim?

Enquanto Sônia ouvia a enfermeira e recebia o impacto de uma notícia desesperadora — Carlos caminhava pelas ruas da cidade. Cambaleava, esbarrava nos transeuntes e parecia, na verdade, um bêbado. Mas estava perfeitamente lúcido, lúcido até demais. E se havia, nele, uma espécie de embriaguez, era a dor que lhe subia à cabeça. Caminhou, assim, pelas ruas, horas e horas. Pensava na morte e a desejava com todas as forças. E só não a procurou como uma solução imediata porque pensou em sua mãe. "Preciso vê-la antes", foi o que pensou em meio ao seu lúcido delírio. E, pouco depois, abria a porta de casa. A mãe o esperava, e assim que viu o filho, deu a notícia, à queima-roupa:

— Telefonaram da casa de Joyce.
— De quem?
— De Joyce. Várias vezes. Ela quer vê-lo.

41

Por alguns momentos, ele não fez um gesto, não disse uma palavra, sem compreender. Repetia para si mesmo: "Telefonaram da casa de Joyce... Ela quer me ver...". Mas o fato em si mesmo era tão ilógico e tão absurdo que sua atitude foi de simples e irremediável incompreensão. Pensou num trote telefônico, numa brincadeira de sinistro mau gosto. Joyce queria vê-lo por quê, se ele, horas antes, despedaçara sua pobre alma? Ela só poderia odiá-lo, e com todas as forças. Disse:

— Não é possível, mamãe, não é possível!...

— Mas, oh, Carlos! Fui eu que atendi, todas as vezes, o telefone.

E ele:

— Só pode ter sido trote!

— Mas eu, meu filho, eu falei com Sônia!

— Sônia?!...

— Sim, ela mesma. Falou comigo. E, na última vez, pediu que você, assim que chegasse, não deixasse de ir.

Já não era possível nenhuma dúvida mais. O nome de Sônia bastou para convencê-lo e, ao mesmo tempo, para fazer nascer, em meio de suas angústias, um sentimento de paz e, até, de esperança. Com novo ânimo, tratou de fazer a barba e melhorar, tanto quanto possível, o próprio aspecto. Desde o desastre que, desesperado de tudo e de todos, se desleixava cada vez mais, embora os apelos maternos; passava dois, três dias, sem fazer a barba; usava um mesmo terno muitas vezes e, pouco a pouco, sem dar por isso, adquirira um aspecto lamentável, quase de maltrapilho. E fora com essa aparência que ele surgira no hospital e, no seu estado de embriaguez franca, promovera o escândalo. Agora, porém, que ia visitar Joyce, e a pedido da própria menina, voltou a ser o rapaz atento e exigente em matéria de aparência. Ao lado, levando o sabão para barba, sua mãe se alegrava, vendo nesses cuidados o sentido de uma ressurreição. E animava o rapaz:

— A aparência é tudo, meu filho, a aparência é tudo!

Ele, já passando a gilete, parecia concordar. De súbito, porém, teve uma lembrança pungente; ficou com o aparelho suspenso:

— Mas essa aparência é inútil.

— Como, meu filho?

Carlos repetiu, com um princípio de desespero:

— Para Joyce, minha mãe, qualquer aparência é inútil. Ela não saberá, por si mesma, se eu estou asseado ou não, nem qual a cor do meu terno ou dos meus sapatos. Tampouco saberá se eu fiz ou não a barba... Ela é cega, minha mãe!

Rapidamente — embora sabendo que ela não notaria nenhuma mudança no seu aspecto —, Carlos preparou-se. Sua mãe veio trazê-lo até a porta, e muito feliz porque ele voltara a ser o rapaz bonito e elegante, que, na rua, em qualquer lugar, chamava a atenção das mulheres. E enquanto recebia o beijo materno, Carlos pensava no absurdo do chamado. Não conseguia adivinhar que espécie de motivo poderia ter Joyce para querer vê-lo, "a qualquer hora", segundo o recado de Sônia. Ao apanhar o primeiro táxi, ele perguntava a si mesmo: "Que terá havido, meu Deus do céu?".

Sem conhecer toda a trama sutil que Sônia tecera, em favor de Joyce e com total prejuízo próprio, Carlos não poderia atinar com os desígnios da ceguinha. Tampouco poderia imaginar que tivesse havido entre Sônia e Joyce, na casa das duas, uma cena terrível, que deveria marcá-las para sempre. Eis como as coisas se passaram, segundo o próprio Carlos viria a saber muito mais tarde: não encontrando Joyce no hospital, Sônia perdera a cabeça. Fora voando para casa. Lá encontrou uma atmosfera de câmara-ardente. Dir-se-ia que, naquela casa, morrera ou estava morrendo alguém. Todas as fisionomias, ali, pareciam exprimir, justamente, o irremediável. D. Flávia, no quarto, com Joyce, chegava, de vez em quando, no alto da escada, e de lá perguntava:

— Sônia chega ou não chega?

Estava desesperada com a responsabilidade. Sempre deixara Joyce aos cuidados de Sônia — desde garotinha — e não sabia como agir. Faltava-lhe qualquer espírito de iniciativa. Suspirava em vão:

— Minha Nossa Senhora!

Nenhuma ação prática, porém. Quando Sônia chegou e subiu as escadas, correndo, d. Flávia deu graças. Saiu imediatamente do quarto, mesmo porque a filha quis ficar absolutamente só com Joyce. Esperava encontrar a menina enlouquecida de desespero. Em vez disso, viu-a imóvel, hirta, os lábios cerrados. Dir-se-ia que, na sua dor, Joyce perdera tudo, inclusive a capacidade de sofrer. Percebeu que Sônia chegara, ouviu a sua voz. Todavia, não se mexeu no leito, como alguém que se fecha num sofrimento sem remédio e sem consolo. E estava tão parada que, a princípio, Sônia a julgou adormecida. Mas percebeu em seguida que não. Porque Joyce acabava de dizer uma palavra, uma única palavra, em torno da qual gravitava agora seu pensamento e sua vida:

— Cega.

E repetiu, como numa obsessão de insânia:

— Cega.

Não se dirigia a ninguém. Falava para si mesma. E parecia experimentar nessa repetição uma secreta e abominável delícia. Em vão, Sônia tomou entre as suas as mãos de Joyce. Em vão prodigalizou-lhe palavras de carinho. A outra permaneceu fechada em si mesma. E, súbito, Sônia caiu em pânico: perguntou a si mesma se Joyce não estaria, por acaso, imergindo na loucura. Já chorando, tentou despertá-la; e, quase ao seu ouvido, disse:

— Paulo está aí.

Nada. Tornou, mais doce e persuasiva:

— Joyce, Paulo quer vê-la.

Esperou uma resposta que não veio. Ainda uma vez, insistiu:

— Paulo trouxe as alianças.

E, então, Sônia sentiu que, afinal, Joyce se crispava. Ouviu-a repetir, com uma voz grave, uma voz rouca, quase irreconhecível:

— Paulo... Alianças...

E foi, então, que Joyce fez um esforço para sentar-se na cama. Sônia tratou de ajudá-la, e, ao mesmo tempo, ia falando, falando muito e sempre, como se, de alguma forma, quisesse envolver e encantar Joyce com palavras. Repetiu que Paulo a amava; que comprara as alianças; que seria um noivado secreto e, logo depois, oficial. Joyce a ouvia, com uma espécie de avidez, que enganou Sônia. E quando esta acabou, ela passou a falar. Nenhuma ideia de desequilíbrio ou paixão. Parecia lúcida, de uma lucidez terrível; e ia, implacavelmente, construindo sua lógica:

— Você pensa, Sônia, pensa que eu sou criança?

— Como?

E ela, com uma certeza irremediável, que assombrou Sônia:

— A princípio, eu me deixei iludir, porque não sabia que estava cega. Mas agora não. Ninguém me engana. Sou cega, sim, mas há coisas que enxergo mais do que antes. Paulo ama você, ouviu?

Tentou o protesto:

— E se, antes, ele preferiu você, por que se lembrar de mim agora que sou... Sim, que sou cega? Uma cega inútil...

— Não! — soluçou Sônia. — Uma cega não é inútil!

Abraçou-se a Joyce, chorando, e num desespero de todo o ser. Só a ceguinha continuava incomovível, como se o infortúnio tivesse destruído sua alma. Enquanto chorava, ela persistia na sua argumentação, muito lúcida e cruel:

— Talvez ele até casasse comigo, mas sem amor, porque nunca me teve amor. Continuaria amando você e mais tarde... Sabe o que sucederia mais tarde?

Sônia a ouvia apavorada. Custava a reconhecê-la. Não sentia nela o abandono, a doçura, a suavidade da antiga Joyce. Dir-se-ia uma menina que o sofrimento tivesse tornado adulta. E Joyce parecia trincar as palavras quando lançou, no rosto de Sônia, a possibilidade infame:

— Mais tarde sucederia isto: eu seria esposa, mas cega... Vocês não resistiriam, porque é sempre fácil enganar uma cega... Facílimo trair uma cega...

42

Sônia não perdoava a comédia que a prima tecera e vinha realizando com tão boas intenções. Trabalhada pelo sofrimento, Joyce desconfiava de tudo. Era dominada por um torturante complexo de cega.

Todo o espanto, ou por outra, todo o horror de Sônia se fundiu numa exclamação única:

— Oh, Joyce!

Muito tempo depois ainda estaria viva, no mais íntimo de si mesma, esta mágoa da prima. Não podia conceber que Joyce fosse capaz de cultivar uma suspeita tão vil. Mas a verdade é que Joyce já não acreditava em nada, em ninguém. E o fato de não ter visão parecia torná-la suscetível de todos os enganos e de todas as mistificações. Até uma criança poderia iludi-la. Por outro lado, era cada vez mais obsessiva a ideia de que só inspirava pena. E essa piedade, que a saturava e envenenava, acabaria por enlouquecê-la. Gritou, para Sônia:

— Não quero, ouviu? Não quero que ninguém tenha pena de mim!...

Desesperada, Sônia perguntou:

— É essa a ideia que você faz dos meus sentimentos?

Nenhuma resposta. Sônia insistiu:

— Diga, Joyce, responda: você acha que eu e Paulo faríamos isso?

— Acho.

Sônia suspirou:

— Paciência, meu Deus, paciência!

Não acabara, porém, o diálogo. Com uma voz neutra, impessoal — e uma inflexão de quem deixou de ter alma Joyce continuou ainda, como se estivesse intencionalmente criando um duplo inferno, para Sônia e para si mesma. Desde que saíra do hospital que alimentava um plano. E agora, enquanto Sônia, atormentada, ia bebendo, uma a uma, suas palavras, fez o pedido:

— Queria um favor seu, Sônia.

— Pois não. Você sabe que...

Joyce cortou:

— Sônia, eu queria apenas que você desfizesse toda a situação.

— Como?

E Joyce, já impaciente:

— Você não pôs na minha cabeça que Paulo gostava de mim? E que você renunciara a ele? Pois bem. Agora que eu sei que tudo é mentira, que tudo não passou de um conto de fadas...

— Mas, Joyce!

— Eu exijo isso de você, Sônia. Faço questão absoluta. Vocês dois hão de se casar e...

— Você não sabe se eu quero!

Réplica violenta:

— Sei!

Sônia esboçou uma resistência:

— E se eu jurasse...

— Jurar?! — Joyce estava fremente. — Teria coragem de jurar?!

Silêncio. Joyce estendeu a mão; tateou o busto de Sônia; e, por fim, a mão estava crispada no seu ombro. Voltada para a prima — como se a visse —, grave e lenta fez o desafio:

— Você seria capaz de jurar?

— Jurar o quê?

— Jurar que não ama Paulo? Seria?

O medo renascia no coração de Sônia:

— Eu?

Joyce continuava. E sua atitude era de quem queria extorquir da prima um segredo abominável:

— Não jura? Sei que não tem coragem de mentir! Está muda, diante de mim? Por que não mente agora?

A própria Joyce respondeu:

— Porque sabe que eu não acreditaria!

E era verdade. Sônia dizia a si mesma: "Devo continuar a mentir. Devo continuar a comédia. Preciso engendrar uma mentira e depressa". Não conseguiu, porém, articular uma palavra. Era como se tivesse uma mordaça. Diante de Joyce e do seu desespero espantosamente sereno, ela sentiu a inutilidade de qualquer embuste. Descobriu, então, que os cegos, que nada enxergam objetivamente, têm uma clarividência interior imensa. Joyce não se deixaria iludir nunca mais. Dir-se-ia que o sofrimento extinguira nela sua adolescente candura. Sônia, porém, não chegara ao termo do seu sacrifício. Pois Joyce ainda viria a assumir uma derradeira atitude que acabou por desorientá-la. Segurando-a pelos dois braços, Joyce completou o martírio:

— E, além disso, não preciso de quem me namore por piedade. Há alguém que gosta realmente de mim. Alguém que é louco por mim. E que, se eu quisesse, se casaria comigo imediatamente, apesar de eu ser uma cega. Você sabe quem, não sabe?

Sônia não respondeu. Sentia que cada palavra que dissesse faria um mal imenso a si mesma e a Joyce. Triste e imóvel, deixou que a prima prosseguisse, embriagando-se com as próprias palavras:

— Esse homem é Carlos.

— Sabia.

— Pode ser menos belo que Paulo. Mas, ainda assim, é bonito. Gosta de mim, tem adoração por mim. Só eu existo para ele. E me trata como se eu não fosse deste mundo, como se pertencesse muito mais ao céu do que à terra. Ah, Sônia, Sônia!

Sônia abraçou-a, chorando:

— Joyce, por que você não descansa agora, Joyce?

Doente da própria excitação, envenenada por cada pensamento e cada palavra, Joyce estava no limite de suas forças físicas. Poderia ter-se abandonado, procurando dormir. Mas agora que se sabia cega, tinha um medo pueril e terrível do próprio despertar. E foi este medo que a fez retribuir o abraço de Sônia, unir-se à prima, como uma menina desesperada que se refugia num colo amigo e fiel. Transida, confessou:

— Você não sabe, Sônia, não pode imaginar o meu pavor de acordar na escuridão. Se eu pudesse não dormir nunca! — E repetiu: — Nunca!

Sônia a estreitou nos braços:

— Mas eu estarei sempre com você!
— Você?
— Eu!
Joyce baixou a voz:
— Sempre não, não pode ser. Um dia você se casará. E eu mesma me casarei. Ou você pensa que ninguém me quer? Pensa, Sônia?
— Claro que não!
De novo, porém, a obsessão atormentava o espírito de Joyce:
— Sônia, eu quero falar com Carlos! Chama Carlos! Preciso falar com Carlos!

Seu choro era manso e infeliz como o de uma criança. Imediatamente, Sônia foi telefonar. Carlos não estava. Telefonou, outras vezes. Até que, tarde, muito mais tarde, ele apareceu. Fora de si, nesse estado de embriaguez que a dor cria por vezes, Joyce já controlava mais as próprias palavras. Fantasiava como uma delirante:
— O nosso casamento, Sônia! Pode ser no mesmo dia e na mesma igreja. Você com Paulo e eu com Carlos!

43

A vida, naquela casa, passou a ser um verdadeiro inferno. Todos sofriam, inclusive os criados. D. Flávia vagava, pelas salas, com os nervos alteradíssimos. De vez em quando, punha as mãos na cabeça. Dr. Dário afundara-se numa poltrona e encerrava-se num mutismo absoluto. Enquanto Joyce estivera no hospital, o ambiente ainda era suportável para ele. Agora, porém, que a menina estava lá, debaixo do mesmo teto, ele voltava a receber o impacto da desgraça com a violência dos primeiros momentos. Imerso na sua tristeza, não esboçava um gesto, não dizia uma palavra. E quando d. Flávia soube do capricho de Joyce, quase desfaleceu. Fez Sônia parar no corredor; interpelou-a:

— Chamar esse rapaz, a esta hora?
— Joyce pediu, mamãe.
— Mas é um absurdo, Sônia! Você não vê que é um completo absurdo?

Sônia, porém, não deu confiança:
— Seja absurdo ou não, mamãe, nós temos que atender Joyce. Ou será que a senhora não compreende?
— Mas, Sônia!

E a filha, grave, serena e, ao mesmo tempo, intransigente:
— Só lhe digo uma coisa, mamãe: daqui por diante, a vontade de Joyce é lei!

D. Flávia deixou-se cair, sucumbida, na primeira cadeira. Levantou-se logo, porém, porque, subitamente, lhe ocorrera uma ideia:
— Você não acha, Sônia, que Joyce está diferente?
— Como?

D. Flávia pareceu escolher as palavras:
— Essas vontades, esses caprichos, essas extravagâncias talvez sejam sintomas, minha filha.

Sônia não quis entender:
— De quê? Sintomas de quê?

Nova hesitação de d. Flávia. A verdade é que ela se apavorava com a própria hipótese. Baixou a voz para sugerir:
— Sintomas, como direi? De desequilíbrio mental? Quem sabe se o abalo do desastre não alterou alguma coisa em Joyce...

Indignada, Sônia cresceu para d. Flávia:
— Oh, mamãe! Não sei como a senhora tem coragem de dizer uma coisa dessas!

Foi neste momento, justamente, que a campainha tocou, cortando o diálogo entre mãe e filha. Era Carlos que, afinal, chegava. D. Flávia retirou-se para o gabinete do marido. Sônia em pessoa pôde acompanhar Carlos até o quarto de Joyce. Antes que chegassem lá, ela achou que seria útil fazer algumas observações:
— Eu lhe peço, Carlos, que não repare nas palavras de Joyce ou nas atitudes que ela possa assumir.

Carlos, muito emocionado, disse:

— Compreendo, perfeitamente.

E Sônia:

— Porque Joyce tem sofrido tanto, que é natural, não é mesmo? Que esteja ainda perturbada e...

— Claro!

Na verdade, Sônia admitia que, na superexcitação, a prima fizesse toda sorte de loucuras. Era uma menina sensível que se julgava ofendida no seu amor-próprio de mulher; que tinha em si um amor infeliz; e, além disso, cega. Ao fazer Carlos entrar, Sônia dizia a si mesma: "Tomara que Joyce tenha juízo bastante". Já avisada, Joyce conseguiu sorrir, quando percebeu que Carlos entrara. Estendeu a mão que ele beijou e com uma ternura ou, mais do que isso, uma adoração tão grande que a própria Sônia se comoveu. Joyce fez a pergunta convencional:

— Como vai, Carlos?

— Bem. E você?

Ela teve o sorriso de sacrifício:

— Eu? Eu acho que ninguém devia perguntar-me como vou. — Hesitou, antes de acrescentar: — Porque jamais poderei ir bem.

Carlos e Sônia se entreolharam, numa tristeza recíproca e profunda. Ambos sentiram, nas palavras de Joyce, uma tristeza sem remédio e sem consolo. Mas Joyce se recuperou imediatamente. Não queria inspirar pena e fez um esforço sobre si mesma para sorrir de novo. Apesar do cansaço, do desespero, forçou um tom quase alegre quando disse:

— Você deve estar espantadíssimo, não é, Carlos? Com o meu chamado?

O rapaz negou:

— Não, não... Eu não me espantarei com você, jamais... O que você disser, ou fizer, está bem feito...

— Obrigado, Carlos, mas...

Parou porque estava se comovendo e teve medo de que sua voz se partisse num soluço. Carlos apanhou a mão da menina:

— Joyce, você não precisa explicar nada, absolutamente nada.

E ela:

— Já passou. Bem. Vou dizer, depressa, por que o chamei. De todas as pessoas que me cercam, você é a única que não me dá a impressão de que tem pena de mim e só pena. Até Sônia...

— Oh, Joyce! — foi a meiga repreensão de Sônia.

Mas a cega teimou:

— Não me desminta, Sônia. Você sabe que eu tenho razão... E assim são todos. Qualquer pessoa que se aproxime de mim e souber que eu sou uma cega terá dó e nada mais que isso.

Procurou a mão de Carlos:

— Menos você, Carlos. Você é o único que me dá impressão de amor. Perdoe que eu esteja lhe falando assim, mas uma moça como eu, que vive nas trevas, pode dispensar certas cerimônias e falar com uma certa sinceridade... Ou estou enganada?

Ele, com os olhos úmidos, numa emoção como jamais sentira, confirmou:

— É verdade.

Joyce calou-se. Sem querer e sem ter consciência do próprio gesto, procurou a mão de Carlos.

As duas mãos unidas, ficaram em silêncio. Sônia chorava; e, pela primeira vez nos últimos dias, as suas lágrimas eram muito doces e a aliviavam do peso de tantas angústias. E não podia imaginar a meditação intensa que, calada, Joyce estava fazendo. Quanto a Carlos, parecia imergir num sonho. Seu impulso seria o de cobrir de beijos essa mão pequenina e adorada; conteve-se, porém, não querendo quebrar o encanto daquele momento.

— Bem, Carlos — e Joyce continuava —, houve um outro motivo que me fez chamá-lo. Ainda agora eu disse uma coisa a Sônia.

A prima quis chamá-la à razão:

— Joyce!

A ceguinha, porém, estava disposta a ir até o fim. Prosseguiu, implacável:

— Eu disse a Sônia que eu e ela podíamos nos casar no mesmo dia, na mesma igreja e no mesmo altar.

Carlos estava lívido. De novo se apoderou dele a sensação de sonho. E esperou que Joyce completasse:

— Sônia, é claro, teria por esposo Paulo. E eu... Sabe quem seria meu esposo?

Ele, num sopro de voz, disse apenas:

— Não.

Joyce concluiu:

— Você.

44

Minutos depois, Joyce adormecia. Parecia mais tranquila e tinha, no sono, uma nova expressão, quase de felicidade. Sônia esperou ainda algum tempo; vendo-a tranquila, com a respiração normal, fez um sinal para Carlos. Este, que, de quando em quando, beijava a mão abandonada da menina, levantou-se. Foram até a porta, e Sônia, baixo, disse as palavras que vinha calando:

— Eu não pude dizer nada, porque não quis aumentar o sofrimento de Joyce.

— Compreendo.

Ela hesitou:

— Mas há uma coisa que eu desejava perguntar a você. É a seguinte: você, naturalmente, não levou em conta a atitude de Joyce. Não é mesmo?

— Bem. Afinal, eu nem sei se...

Sônia pousou a mão no seu braço:

— Vejo, Carlos, que você se deixou impressionar. É pena. Eu não queria que você se iludisse. Joyce não gosta de você, Carlos. Ou por outra: gosta como amiguinho e nada mais.

— Eu sei, porém...

Sônia, inflexível, o interrompeu:

— Ouça o resto. Você dirá que, mesmo não gostando, ela poderia casar etc. Mas nem isso, Carlos. Joyce está num tal estado que não sabe o que diz, nem o que faz. Esse duplo casamento é uma ideia absurda. Compreenda que esta ideia é absurda; e não dou dois dias para Joyce se arrepender de tudo o que disse. Basta que ela recupere um pouco a sua serenidade. E, então, compreenderá que não é possível, que estava fora de si e ficará envergonhadíssima. Você entende?

— Talvez.

— Como talvez?

— Posso falar com absoluta franqueza?

Ela fez questão:

— Claro!

— Eu não acho a ideia de Joyce tão absurda assim.

Sônia insistiu, cada vez com mais firmeza:

— É uma ideia de romance, de fita de cinema, Carlos! Essas coisas não acontecem na vida real. E Joyce não é menina que se case sem amor. Além disso, há o que você já sabe...

— Continue.

— Ela ama outro.

Já estavam na porta da rua. Sônia estendeu-lhe a mão; e fez o pedido:

— Não se deixe iludir, Carlos. Digo isso pensando no seu próprio bem e no de Joyce. É melhor você continuar na situação de amigo. Boa noite.

Carlos não foi diretamente para casa. Tinha o otimismo fácil do amoroso; e as palavras de Joyce, deixando entrever uma possibilidade viva, quase uma certeza, arrebataram-no. Mesmo admitindo que ela voltasse atrás, ele já experimentara um sentimento agudo de felicidade. Dentro dele estava a promessa da ceguinha: "...no mesmo dia, na mesma igreja e no mesmo altar...". O bom senso, a reflexão de Sônia não conseguiram destruir sua euforia. Precisava ter um pouco de fé e uma confiança, um otimismo que talvez não fossem correspondidos pelos fatos futuros. Quase amanhecia, quando chegou em casa. Pensou na mãe abnegada que, com toda certeza, o esperava; e experimentou uma tristeza mesclada de remorso. Colocava a chave na fechadura, quando a porta foi aberta por dentro.

Era d. Cláudia; beijou-a, com um comentário:
— A senhora não se emenda, mamãe.
Veio a resposta de sempre:
— Você sabe como eu sou, meu filho.
E ele, de braço dado com d. Cláudia:
— Já não sou criança, mamãe!
Ela riu, feliz de tê-lo a seu lado; e foi ver uma xícara de café. Quando voltou, com a xícara, disse:
— Tive hoje um sonho interessante, meu filho.
O filho estava bebendo o café, saboroso e quentíssimo.
— A senhora dormiu, mamãe?
— Quer dizer, cochilei uns dez, quinze minutos, que bastaram para o sonho. Imagine que sonhei com sua pequena.
— Com Joyce?
— Pois é.
Carlos pôs mais açúcar; e perguntou, num interesse maior:
— Sonhou o quê?
— Faça uma ideia.
— Não posso imaginar.
Ela, sem desfitá-lo, disse:
— Sonhei que Joyce ficava boa.
Fora esse, realmente, o seu sonho. E tanto que acordara quase feliz, como se descobrisse, na coincidência, uma espécie de aviso, de vaticínio. Ele abanou a cabeça:
— Infelizmente, mamãe, está tudo liquidado, tudo.
— Quem sabe?
Carlos, suspirando, pousando a xícara na mesa:
— Não há esperança, nenhuma esperança.
D. Cláudia insistiu:
— Pois olhe que eu não penso assim. Sou muito mais velha que você e a vida me ensinou muita coisa... Por exemplo: ensinou-me que os médicos se enganam, e muito. Há, meu filho, acima de tudo e de todos, Deus. E se for o destino de Joyce ficar boa, nada o impedirá.
Incrédulo, a princípio, ele passou a ouvir as palavras maternas com outra atenção:

— A senhora acha, mamãe?

— Mas claro! E eu, meu filho, se fosse você, faria, pelo menos, uma coisa.

— O quê?

— Conversaria com alguns médicos, para, enfim, ter uma ideia. Por enquanto, você sabe muito pouco ou nada. Ou por outra: sabe por ouvir dizer. Mas não tem uma impressão própria.

— A senhora talvez tenha razão, mamãe.

— Não é mesmo?

É possível que d. Cláudia, pensando no filho, na felicidade do filho, exagerasse o seu otimismo. De qualquer maneira, as suas palavras acabaram animando o rapaz e o transfigurando. Carlos jamais admitira a hipótese — a vaga, tênue, remota hipótese — de que Joyce pudesse, algum dia, voltar a enxergar. O médico não dissera que ela estava definitivamente cega? Agora, porém, passava a considerar a possibilidade, a cultivá-la. No fim de certo tempo, estava com uma verdadeira ideia fixa. Se Deus quisesse, se a Providência Divina...

Sua vontade teria sido procurar, imediatamente, no hospital, o médico. Foi d. Cláudia quem pediu, pelo amor de Deus, que ele descansasse um pouco. Acabou cedendo, mesmo porque estava esgotado e precisava de algumas horas de sono. À tarde, porém, ele estava, não no hospital, mas no próprio consultório do cirurgião. Fez perguntas sobre perguntas; e, por vezes, insistia:

— Mas o senhor tem certeza?

— Tenho, como não?

— Pergunto se é absoluta certeza!

E, ainda assim, Carlos não se despedia. No fim, o médico já estava impressionado com essa tenacidade que não se rendia diante de nenhum raciocínio e que não aceitava mesmo a evidência dos fatos. De qualquer maneira, a consulta fora útil. Ao deixar o consultório, o rapaz conhecia a verdadeira situação de Joyce depois do desastre e da operação. Dali foi a um outro médico, muito categorizado, também, na especialidade. Os dois tiveram um imenso diálogo. No fim, Carlos fez a pergunta:

— Quero que o senhor me diga, com toda a sua consciência profissional: é "absolutamente impossível" que essa menina recupere a visão? Veja bem que eu pergunto se é "absolutamente impossível".

O médico respondeu, serenamente:

— Impossível não é.

45

A CONVERSA ENTRE Carlos e o médico não estava, evidentemente, terminada. O médico ainda se levantou, numa atitude de quem encerrava o diálogo. Mas Carlos era um obstinado. Estava disposto a ir até o fundo da questão, conhecer todas as possibilidades do problema. O fato é que se deixou animar demais, e foi tão sensível e tão evidente o seu otimismo que o médico achou do seu dever advertir:

— Eu não lhe prometi nada.

— Sei, doutor.

E o outro:

— Disse-lhe, apenas, que teoricamente não é impossível a cura. Mas não dei a entender que a cura fosse provável ou fácil. Nada disso. É dificílima.

Carlos interrompeu, num apelo:

— Não me desanime, doutor.

— Não, não estou desanimando. Mas é meu dever não criar falsas esperanças. Num caso como o dessa moça há uma possibilidade em mil, de recuperação. Note bem: uma em mil.

Carlos ergueu-se; suspirou:

— Uma em mil! Ainda assim, doutor, eu agradeço profundamente sua opinião. É melhor pouco do que nada. Vim para cá pensando que não existisse nem mesmo essa única possibilidade. De qualquer maneira, estou satisfeito.

— Antes assim — foi o comentário do médico.

Vieram até a porta do consultório. Antes de se despedir, o oculista fez a pergunta:

— Essa moça pode viajar?

— Como?

— Pergunto se tem posses para fazer uma viagem. Não conheço, aqui, quem possa operá-la. Terá que ir para fora, pagar um médico estrangeiro caríssimo. E nem todos podem fazer face às despesas que serão inevitáveis.

— Quanto a isso, doutor, pode ficar descansado. A moça fará quantas viagens forem necessárias.

— Bem — concluiu o médico —, uma última advertência: não convém, em benefício de sua amiga, dar-lhe grandes esperanças. Tudo pode resultar em coisa nenhuma e a desilusão seria, naturalmente, maior.

— Compreendo.

— Então, boa tarde. Darei minha última palavra quando o senhor me trouxer a moça aqui.

Carlos saiu do consultório com outro ânimo. Sabia da existência, quanto mais não fosse, de uma possibilidade teórica. A simples hipótese de que Joyce voltasse a enxergar já era um motivo de alegria. Na rua, parou indeciso. Depois da longa conferência com o oculista — que se chamava Pascoal, dr. Pascoal, de origem italiana —, qual o primeiro passo? Resolveu falar, antes de mais nada, com Sônia. Podia ter telefonado antes, mas acabou tomando um táxi e indo diretamente para lá. Sônia o atendeu na sala e contou que Joyce estava muito inquieta, nervosíssima. Fora preciso aplicar-lhe uma injeção. Carlos contou as suas conversas com os dois médicos. Sônia o ouviu com profunda atenção. De vez em quando, perguntava:

— Será possível? Tem certeza?

E quando Carlos acabou, ela teve uma exclamação:

— Uma em mil!

— Sim, uma possibilidade em mil. Você acha pouco?

— Eu? Pelo contrário. Para quem não esperava nada, como eu, isso já é muito. Quem sabe se...?

Interrompeu-se, porque lhe ocorrera uma ideia. Carlos não sabia que, horas antes, Sônia e Joyce haviam discutido, apaixonadamente, a nova situação. E fora a ceguinha quem provocara o assunto. Num intervalo entre duas crises de desespero, Joyce a interrogou:

— Você não fez nenhum comentário sobre a minha ideia.

Sônia bem que sabia. Fingiu-se, porém, de desentendida:

— Que ideia?

— Do duplo casamento.

— Ora, Joyce!

E Joyce:

— Você, naturalmente, concorda.

Negou apaixonadamente:

— Nunca!

E subitamente doce e triste:

— Você sabe, Joyce, que isso não seria solução. É uma criancice sua.

— Juro!

— Não jure. Não jure, porque eu não acredito que você fosse capaz de se casar com alguém sem amor. E você não ama Carlos. Você sabe, tão bem como eu, que ama Paulo e...

Joyce a interrompeu:

— Vou ser franca. Talvez eu me casasse com Paulo se fosse o que não sou, se fosse uma moça normal e não uma cega. Assim, inválida, nunca. Preferia mil vezes me casar com um homem que me fosse indiferente...

— Como Carlos?

Joyce vacilou:

— Como Carlos, não. Carlos não me é, de todo, indiferente. Pelo menos me ama; eu acredito no seu amor; acredito que me queira, mesmo sem meus olhos... Ao passo que Paulo só poderia ter piedade de mim... E, além disso, ama você e só você, oh, Sônia!

Sua voz explodiu num soluço. Sônia a estreitou nos braços comovidíssima também:

— Não chore, Joyce! Você e Paulo...

A ceguinha se desprendeu, com violência:

— Não me fale em Paulo... Eu, para pensar em Paulo, seria preciso que...

Parou. Sônia a animou:

— Continue.

E ela:

— Seria preciso que Deus me desse a visão.

Ouvindo Carlos, Sônia não pôde deixar de pensar nas palavras de Joyce. Era uma coincidência que, pouco depois, viesse Carlos contar que um dos médicos admitia a possibilidade de que uma operação na Europa... Cruzando os braços como se sentisse frio — frio na carne e na alma —, Sônia fez o comentário:

— Parece um sonho.

— É preciso, porém, não dar muitas esperanças...

— Vamos falar com papai e mamãe.

Houve uma mesa-redonda da família, com a participação de Carlos. Dr. Dário, que mordia um charuto apagado, tirou-o da boca. Já andava com a pressão muito baixa e ficou branco. D. Flávia, que se deixava empolgar pelas primeiras impressões, viu, ali, uma intervenção divina:

— Deus ouviu minhas preces!

Sônia teve que chamá-la à razão:

— Calma, mamãe! Não é como a senhora está pensando. Há apenas uma só possibilidade em mil. Não vá pensando que...

Mas d. Flávia já se abandonava a um otimismo delirante. Parecia uma iluminada:

— Deus há de salvar os olhos de minha filha!

O marido, ao lado, não disse nada. Costumava zangar-se com os exageros da esposa. Naquele momento, não. E a própria Sônia, tão equilibrada e reflexiva, deixou-se tocar pela certeza fanática de d. Flávia. Foi um minuto de fé e de sonho. Pouco depois, quando subiu para combinar a ida de Joyce ao médico, não pôde deixar de fazer uma reflexão: "Se Joyce ficar boa, não terá mais nenhum escrúpulo e, então, ela e Paulo...". Parou no meio da escada; e, por um momento, de olhos fechados, fez uma espécie de prece:

— Livrai-me de maus pensamentos!

46

Foi preciso muito tato para falar com Joyce. Repetindo, por outras palavras, a opinião do dr. Pascoal, Carlos alertou Sônia:

— Não convém dar esperanças. Ou, pelo menos, muitas esperanças. Seria horrível que, neste estado, Joyce viesse a sofrer uma última desilusão.

Sônia suspirou:

— Compreendo.

Encaminhou-se para o quarto da ceguinha e, já na escada, esboçara um plano. Entrou no assunto, depois de beijar Joyce, com um máximo de habilidade. Disse que Carlos conhecia um médico, por sinal oculista. E o rapaz tivera a lembrança de levá-la ao consultório. Joyce, que estava ouvindo calada, interrompeu:

— Para quê?

— Sempre é bom, Joyce. E não custa, não é mesmo?

Joyce teve um lamento:

— Por que não me deixam em paz? Vocês não acham que eu já sofri bastante?

Sônia contemporizou:

— Bem, você não é obrigada, meu anjo. Se não quiser, ninguém, evidentemente, poderá forçá-la. Apenas eu acho que, em atenção a Carlos... Ele, coitado, está tão interessado! Ficou aí fora, esperando a resposta; e se você recusasse, creio que ele ficaria triste e...

Foi, então, que, inesperadamente, Joyce fez a pergunta que vinha calando há vários dias, com medo de saber demais:

— Você é capaz de responder a uma pergunta, Sônia?

— Evidente!

— Jura que dirá a verdade e só a verdade?

— Ora, Joyce! Até me admira que você possa duvidar de mim.

Durante alguns momentos, Joyce ficou calada. E houve, entre as duas, um silêncio tão grande e tão intenso que Sônia só ouvia as batidas do próprio coração:

— Eu sei, naturalmente, que perdi a visão. Mas há uma coisa que ainda ignoro...

Nova pausa. Sônia, a medo, perguntou:

— Que é?

Joyce agarrou, com as duas mãos, o braço da prima:

— Eu, Sônia... Eu ainda conservo meus olhos?

— Como?

— Pergunto se meus olhos foram... — baixou a voz — arrancados?

— Não! — foi a resposta apaixonada de Sônia.

E Joyce:

— Jura? Jura por Deus?

— Juro!

— Por Deus?

Sônia respondeu, num sopro de voz:

— Por Deus.

E era verdade. Quando soube que Joyce estava cega, seu cuidado e sua obsessão foi saber se os olhos da menina tinham sido, como ela dizia agora, "arrancados". A resposta do médico veio, pronta e definitiva: "Não". E isso significou um melancólico, um triste consolo para Sônia. Tinha a impressão de que a cegueira é mais irremediável, mais absoluta, quando o rosto da pessoa está vazio de olhos como certas máscaras. O médico foi além: explicou que, uma vez retirada a venda, ninguém perceberia nada. O aspecto dos olhos de Joyce seria normal.

Joyce perguntou, transfigurada:

— O médico te disse isso?

— Disse.

— Ou você está me iludindo, Sônia?

— Dou-lhe minha palavra, Joyce.

Depois de muitos dias de martírio, a menina experimentava, pela primeira vez, um sentimento parecido com a felicidade. Fez uma reflexão: "Quer dizer que meus olhos, embora eu não enxergue nada, ainda são bonitos". Crispando-se, confessou a Sônia o pavor que a vinha acompanhando, através dos dias e das noites:

— Meu medo, Sônia, era ficar com dois buracos no lugar dos olhos.

E agora que se libertara da ideia fixa, estava com a alma mais leve e uma vontade imensa de se abandonar à ternura de Sônia. Disse, subitamente, meiga e dócil:

— Diga a Carlos que eu vou, sim, Sônia?

Quando Sônia veio falar com Carlos e dizer que, enfim, Joyce concordava, ele teve um sentimento agudo de felicidade. Na sua alegria não se conteve e beijou a mão de Sônia. E ela, comovida, brincou:

— Você é uma verdadeira criança!

Ele, porém, não perdeu tempo. Dali mesmo telefonou para dr. Pascoal, marcando a hora. O médico preferiu examinar Joyce não à tarde, quando o movimento de clientes era mais absorvente, e sim pela manhã. Teria, então, tempo e calma para fazer um exame minucioso, completo. Despediu-se de Carlos, dizendo:

— Traga a menina, bem cedo.

Antes de desligar, Carlos ainda se permitiu um apelo:

— Eu lhe peço, doutor, por tudo o que há de mais sagrado: faça o possível e o impossível, doutor!

Não era a primeira vez que o dr. Pascoal recebia pedidos dessa natureza. O hábito, porém, não matara, nele, a emoção. Ainda se comovia diante da dor humana e, sobretudo, nada o emocionava mais do que um cego. Prolongou, por alguns minutos, a conversa telefônica, para contar uma breve história. Explicou que, na sua juventude, e quando cursava o segundo ano de medicina, não se definira, ainda, por nenhuma especialidade. Duvidava entre uma e outra, sem optar por nenhuma. E foi então que, por fatalidade, aconteceu uma coisa que mudou, por completo, seu destino:

— Uma irmã que eu tive, muito bonita, ficou cega, aos 18 anos. Era noiva e deveria casar-se em breve. E, para encurtar a conversa: o noivo foi esfriando e acabou fazendo uma viagem à Europa, que deveria durar, quando muito, dois meses, no máximo. De lá, escreveu, desmanchando tudo. Minha irmã ficou tão apaixonada que não resistiu. Morria meses depois... Não hesitei mais; desde então, dedico minha vida aos cegos. Você compreende agora, meu filho, por que estou tão interessado quanto você no caso de sua amiga?

Suspirou, no telefone:

— Ah, se dependesse de mim!...

Quando Carlos foi embora, ia emocionadíssimo. Dr. Pascoal parecia-lhe, mais que um médico, um santo. E, ao chegar em casa, contou tudo, detalhe por detalhe, à sua mãe. Ela fez o comentário final:

— Tenho muita fé em Deus, meu filho!

Nessa mesma noite, Paulo esteve com Sônia. Ela o achou mais belo e mais atormentado. Quis beijá-la, porém Sônia fugiu com o rosto:

— Não, Paulo! Pelo amor de Deus!...

Foi muito clara com ele. Contou que Joyce queria os dois casamentos, "no mesmo dia, na mesma igreja e no mesmo altar". E falou da possibilidade, que se esboçava, de uma cura. De qualquer maneira, ela, Sônia, não via solução para si mesma. Se Joyce continuasse nas trevas, ela não seria, nunca, rival de uma cega. E se ficasse boa...

Paulo repetiu:

— E se ficar boa?

Sônia disse, num arrepio de corpo e alma:

— Eu terei de me sacrificar, porque... É a você que ela ama, Paulo. Carlos não significa nada para Joyce...

O que, entretanto, nem ele, nem ela podiam prever é que, no dia seguinte...

47

Sônia tinha medo de conversar muito com Paulo. E se pudesse, se fosse coisa que estivesse ao seu alcance, deixaria de ter qualquer contato com o rapaz. O simples fato de vê-lo, de ouvi-lo, de estar perto dele, era, a um só tempo, um martírio e uma delícia. Às vezes, ela pensava, e não sem uma certa melancolia: "Só uma cega pode resistir a certos homens". E sempre que Paulo aparecia, e trocava com ela uma e outra palavra, sentia-se subitamente frágil, de uma fragilidade absurda. Nessas ocasiões, acusava-se a si mesma e experimentava um ardente, um intolerável sentimento de culpa.

Procurou desculpar-se:

— Bem, Paulo. Vou ter que me despedir de você...

— Por quê, Sônia?

— Joyce me espera e eu...

Ele cortou a explicação:

— Você parece que tem medo de mim!

— Eu?

Transida, mentiu:

— Medo nenhum. E por quê, ora essa?

E, na realidade, era, na verdade, o que sentia — um medo absoluto. E, sobretudo, não queria encará-lo; sem querer, desviava a vista — como se o olhar desse homem, a um só tempo ardente e macio, a transpassasse. Percebendo que ela se perturbava e virava o rosto, quis forçá-la:

— Olhe para mim!

E, pela primeira vez, Sônia retribuiu olhar com olhar, enquanto dizia a si mesma: "Como é bonito!". Talvez acabasse fraquejando, se naquele momento, não viesse, de cima, o chamado:

— Sônia! Sônia!

Era d. Flávia. Só assim os dois despertaram do seu encanto. Sônia quis aproveitar a oportunidade e despedir-se. Mas Paulo a reteve:

— Antes de ir, quero cumprimentar Joyce.

Foi, na frente, avisar Joyce. Mas encontrou uma resistência que a surpreendeu. Joyce mostrou-se irredutível:

— É possível que Paulo me queira ver. Eu, porém, não desejo vê-lo.

Era quase uma grosseria. E, por um momento, a tendência de Sônia foi tentar demovê-la. Ao mesmo tempo, pensou: "Alguém que sofre — como Joyce está sofrendo — tem sempre razão". Voltou para dizer a Paulo, com muita doçura:

— Não convém, Paulo, que você a veja, no momento. Joyce está muito nervosa.

Ele não disse nada. Ou por outra, disse uma palavra apenas:

— Adeus.

Sônia procurava não pensar na possibilidade de que Joyce recuperasse a visão. Seria um milagre e ninguém pode esperar um milagre. O fato, porém, é que, embora procurando distrair o pensamento, havia, no mais íntimo de si mesma, uma secreta e inefável esperança, que ela teria medo de confessar a si mesma. Precisou controlar o otimismo de d. Flávia e do próprio dr. Dário. Ambos estavam quase certos do milagre. Sônia teve que chamá-los à razão; e o fez de maneira categórica:

— Pelo amor de Deus, não se deixem iludir!

— Mas o médico disse...

— Disse nada! Disse o quê, mamãe? Ele admitiu uma hipótese muito mais vaga e...

Enquanto Sônia e toda a família estavam assim nessa expectativa mortal, que procuravam disfarçar, o dr. Pascoal chegava, naquele momento, em casa. Morava afastado da cidade, numa casinha simpática, quase lírica, de janelas azuis. Lá vivia com a esposa — d. Olívia — e a filha, uma mocinha, quase uma menina. O oculista vivia entre a família e os cegos; e, por vezes, tinha a impressão de que o cego, fosse qual fosse, era um parente, também. Entrou em casa; e, segundo seu hábito cotidiano, quando chegava ou quando saía, beijou a esposa e a filha. E foi esta que anunciou:

— Telefonaram agora mesmo para o senhor, papai.

— Deixaram recado?

— A pessoa disse que ligava depois. Parece que se chama Carlos.
E o médico:
— Sei quem é.
Dois nomes não lhe saíam do pensamento: Carlos e Joyce. O rapaz, no consultório, fizera uma confissão integral: "Essa menina é tudo para mim". Instantaneamente, dr. Pascoal pensara na irmã que ficara cega como Joyce e tinha um amor também...
Outro detalhe, que emocionara o médico: a idade da ceguinha, que coincidia com a de sua filha, Maria Luísa. Agora, em casa, afagando os cabelos da pequena, que adorava, ele pensava: "Podia ser você, meu anjo". E sentia que, há muitos anos, não se apaixonava tanto por um caso. Não conhecia Joyce, jamais a vira; e, no entanto, se interessava por ela e pelo seu destino, com uma ternura de pai. D. Olívia acabou notando:
— Você parece preocupado, Pascoal.
O médico suspirou:
— Estou com uma responsabilidade muito grande.
As duas quiseram, imediatamente, saber que responsabilidade era essa. Ele não teve remédio senão contar. Naquela casa, a emoção e a lágrima eram extremamente fáceis. Qualquer coisa comovia a família. E quando dr. Pascoal disse a idade da doente — 16 anos — d. Olívia fez logo o comentário:
— Tua idade, Maria Luísa!
— E ela vai ficar boa, papai, vai?
O médico, que estava comendo uma maçã, não respondeu logo:
— Só quem sabe é Deus, minha filha.
As duas, porém, não aceitaram a resposta. Acreditavam muito naquele homem, na sua ciência e na sua bondade; achavam, com a mais tranquila e irredutível das certezas, que ele faria, se quisesse, um milagre. Em vão, dr. Pascoal objetava, meio risonho e meio triste:
— Mas não depende só de mim!
— Ah, papai! Eu sei que depende só do senhor!
— Que esperança!

A garota, porém, teimou:

— Quer ver como o senhor cura a moça, num instantinho?

— Quero!

E ela, comovida, já com vontade de chorar:

— Pense que a ceguinha sou eu. E, então, o senhor descobrirá um meio de fazer qualquer milagre. Eu aposto!

O médico não disse nada. Quando, mais tarde, foi-se deitar, prometeu a si mesmo que trataria de Joyce como se realmente fosse uma filha sua, muito querida e muito infeliz.

Na casa de Carlos — já passada a meia-noite —, houve este diálogo, entre mãe e filho:

— Estou quase certo, mamãe, que Joyce ficará boa.

— Deus queira, meu filho.

Ele, que estava sentado, foi até a janela, espiou o jardim pelo vidro, e voltou. Parecia preocupado e, mais do que isso, infeliz. Acabou fazendo a confidência:

— Aliás, tenho duas certezas: uma é, como já disse, a cura de Joyce; e a outra... — parou, como se tivesse escrúpulo de ir adiante.

— Qual é a outra?

— A outra é a seguinte: se Joyce ficar boa, estou certo de que não quererá nada comigo. Acho que eu só poderei conseguir alguma coisa se ela continuar cega...

— Não é possível, meu filho!

Ele teimou:

— Estou quase certo. Ou antes: estou absolutamente certo.

— Então, se é assim, eu vou desejar que...

Ele interrompeu:

— Pelo amor de Deus, mamãe, não diga o que está pensando!

Para não magoar o filho, ela calou-se. Mas o que havia, no fundo de sua alma de mãe, era o desejo de que Joyce continuasse cega, e para sempre cega.

48

Enfim, amanheceu o dia em que os olhos de Joyce deviam ser examinados. O primeiro a acordar, nessa manhã, foi Carlos. A rigor, não dormira um único momento; ficara, sempre, no limite do sonho e da realidade. Quando viu a luz do sol, experimentou um duplo sentimento: de alegria e de tristeza. De alegria, porque alimentava, e com obstinação, a esperança de um resultado feliz. E de tristeza, porque o atormentava uma ideia fixa: perderia Joyce, se ela se curasse. Mas era tão intenso o seu desejo de vê-la salva das trevas que colocava a própria felicidade num plano secundário. Enquanto se preparava para sair, fazia uma reflexão: "Eu não existo. O que existe é Joyce". A mãe, já desperta também, veio acompanhá-lo até a porta.

E sussurrou, depois de beijá-lo:

— Seja feliz, meu filho.

Ele teve um sorriso triste.

— Não sou eu que preciso de felicidade, mamãe. É Joyce.

Era isso, esse desprendimento, que enchia o coração da pobre senhora de tristeza e de um inconfessado ressentimento contra Joyce. Procurou conter-se, mas não pôde. Gostava demais daquele filho e já considerava excessivo, quase monstruoso, o amor que o fazia esquecer-se de si mesmo:

— Só lhe digo uma coisa, meu filho: se essa menina é como você diz, e se tem bons sentimentos, acabará gostando de você.

Carlos brincou:

— A senhora é suspeita, minha mãe.

Protestou, com veemência:

— Quantas meninas, lindas e ricas, não dariam tudo para ter o seu amor? Você pensa o quê? Que Joyce fará algum favor gostando de você? Sorte será a dela!

Muito tempo depois, Carlos ainda estava com as palavras maternas ressoantes nos ouvidos. Imaginava que sua mãe exagerasse, e era natural; mas, de qualquer maneira, deixava-se tocar pela doçura daquelas palavras. É sempre bom um homem ser considerado o mais belo, o mais amoroso e o mais inteligente entre todos os homens. Ao chegar na casa de Sônia, eis a pergunta que o rapaz fez a si mesmo:

— Será que, algum dia, Joyce terá por mim um entusiasmo e um fanatismo parecidos?

Assim que soube que Carlos chegara, Joyce quis vê-lo. A própria Sônia veio chamar o rapaz. Ele subiu, com um sentimento de verdadeira gratidão; e considerou de bom presságio que o dia começasse tão bem. Encontrou a menina transfigurada. Trocaram os cumprimentos banais que, entretanto, o comoveram de maneira profunda.

Ela perguntava, mais doce do que nunca, quase alegre:

— Está bonzinho, Carlos?

— Assim, assim. E você?

Ficou um pouco pensativa, antes de responder:

— Mais ou menos.

Ele quis animá-la:

— Seu aspecto está ótimo.

Não podia haver um diálogo mais simples e, mesmo, mais prosaico. Todavia, o sentimento de Carlos era de que cada sorriso de Joyce, ou cada palavra, os aproximava mais e tornava mais doce e mais intensa a sua intimidade. Sônia, ao lado, não tirava os olhos de Carlos. Gostava de ver, sentia-se bem vendo a adoração que o mínimo gesto do moço, diante de Joyce, parecia exprimir. E, de repente, quando a conversa parecia se fixar num tom ameno, inconsequente, Joyce pareceu comovida, e disse:

— Hoje, eu sonhei, imagine...

Houve a pergunta simultânea de Carlos e de Sônia:

— Com quê?

Ela vacilou, antes de completar:

— Sonhei que ficava boa, que voltava a enxergar.

E contou que não era a primeira vez. Já tivera dois ou três sonhos parecidos. Essa constância parecia-lhe um sinal, talvez, de Deus.

Carlos não pôde deixar de pensar que todos que gostavam da pequena — os pais de criação, Sônia, ele, Paulo — não faziam outra coisa senão pensar e sonhar com a cura de Joyce. Sônia não disse nada, nem o próprio Carlos. Ambos se obstinavam no propósito de não dar nenhuma esperança que pudesse implicar uma desilusão futura.

Foi, então, que Joyce disse:

— Não sei se eu ficarei boa ou não; se os meus olhos estão ou não estão perdidos.

Sônia interveio:

— Não pense nisso, Joyce.

E a menina:

— De qualquer maneira, há uma coisa que eu quero dizer a você, Carlos: sou muito grata a você pelo seu interesse. Partiu de você a lembrança e eu...

Teve que se interromper, para não chorar. Ele respondeu simplesmente:

— Você não tem que agradecer, Joyce. Eu fiz isso e faria um milhão de vezes mais.

No automóvel, foram Joyce, Sônia e d. Flávia, atrás; Carlos, na frente. Fizeram quase toda a viagem em silêncio. D. Flávia, com o rosário na mão, rezava; Sônia pensava como seria maravilhoso se tudo corresse bem; e Joyce ia nervosíssima. Ela calava as próprias esperanças. Percebera, porém, que a visita ao médico significava uma derradeira possibilidade. Na verdade, o especialista ia dizer a última palavra. O que ela, no automóvel, perguntava a si mesma é se essa palavra seria de condenação. Depois de uns dez ou quinze minutos de viagem, Carlos disse, finalmente:

— É ali.

Joyce não se pintara; e ele pôde ver, de relance, a sua palidez. Deu a mão para que todas, uma por uma, descessem. E estava mais comovido do que nunca quando chegou a vez de Joyce. Ainda balbuciou:

— Cuidado!

Sônia quis dar o braço à prima. Mas Joyce estendeu a mão, até achar o braço de Carlos:

— Eu quero entrar com Carlos.

E explicou, em seguida:

— Estou com a impressão de que você me dará sorte, Carlos.

Formavam um belo par; e os transeuntes, que se voltavam para vê-los, não podiam imaginar que aquela menina, de olhos vendados — e de feições tão doces e lindas — talvez estivesse definitivamente cega.

Dez minutos depois entravam no consultório. Logo ao primeiro olhar, dr. Pascoal teve a maior, a mais intensa simpatia ou, mais do que isso, uma ternura instantânea por Joyce. Pouco antes, Maria Luísa telefonara para o consultório:

— Olha, papai; nós acreditamos no senhor. Nós estamos certas de que o senhor vai fazer o milagre.

E, na verdade, ele sentia que a esposa e a filha participavam, de corpo e alma, do drama de Joyce. O fato de ser uma desconhecida não importava. Maria Luísa teve uma frase inesperada que dr. Pascoal achou linda. Dissera ela: "Os desconhecidos também são filhos de Deus". E, agora, no consultório, apertando a mão de Joyce, ele sentiu que sofreria, e profundamente, se não pudesse salvar a menina das trevas.

Com um jeito alegre, foi perguntando:

— É essa a heroína?

Joyce, com os lábios brancos, quis sorrir:

— Sou eu, sim.

O médico continuou no mesmo tom:

— É um amor de pequena.

Conversou com d. Flávia, com Sônia e com Carlos. Pediu e obteve informações. Por fim, disse:

— Agora, vocês vão dar licença. Quero examinar essa menina, porém sozinho.

Ia começar o longo, interminável, minucioso exame de Joyce. Primeiro, com extrema delicadeza, ele tirou a venda. Teve uma impressão pungentíssima quando viu os olhos da moça. Parecia-lhe um pecado que olhos assim maravilhosos pudessem permanecer cegos. Não era homem muito religioso. Todavia, naquele momento, tocado pela graça serena de Joyce e pelo seu martírio, duvidou da própria técnica, da própria ciência. E, por um momento, voltou-se para Deus, pensou em Deus.

Joyce perguntou, grave e triste:
— O senhor acha que posso ficar boa, doutor?
Ele evitou a resposta:
— Primeiro, vou ver como estão seus olhos, por dentro.
Começou o exame.

49

O médico fez e repetiu todos os exames possíveis e imagináveis. Queria ter uma visão minuciosa, completa, do caso clínico. Sem nenhuma pressa, com uma paciência infinita, foi reunindo dados para fixar seus critérios. E nunca, em toda a sua vida profissional, se concentrara tanto. Todas as suas faculdades estavam mobilizadas. Durante meia hora ou quarenta minutos, a vida, o mundo, a medicina se reduziram àquela menina, que ele via pela primeira vez, e ao seu caso clínico. Com a sua experiência e a sua sensibilidade profissional, percebeu tudo, e de uma maneira, por assim dizer, imediata. Todavia insistiu, obstinou-se, disposto a ir até o fim, a esgotar, uma por uma, todas as possibilidades. Dentro dele, bem vivas, estavam as palavras da filha: "Nós esperamos o milagre". E dr. Pascoal não era, ali, apenas um médico: havia, no seu coração, além do sentimento de médico, a esperança de Deus. Na sua tensão profunda, não dizia senão as palavras estritamente necessárias; só abria a boca para comandar.

— Faça isso. Faça aquilo.

Joyce, que entrara no gabinete nervosíssima, ia, pouco a pouco, se abandonando. Sem que soubesse por quê, acreditava naquele homem, na sua bondade e na sua sabedoria. Foi dócil e meiga, deixando no médico a impressão de que devia ter um temperamento muito terno e muito brando. Como os exames se prolongassem muito, ele fez, em dado momento, uma advertência:

— Agora falta pouco.

Ela, porém, não estava impaciente. De momento a momento, a sua confiança se tornava mais doce e mais intensa. Pensava: "Se eu ficar boa, meu Deus! Se voltar a enxergar!". E, de repente, ouviu a voz do médico:

— Pronto.

— Acabou?

— Acabei.

Esperou mais alguma coisa, esperou uma palavra que tardava, uma palavra que não veio. Pensou em fazer uma pergunta direta. Teve medo, porém; permaneceu muda, nas suas trevas. Mas a serenidade não era a mesma; sua calma fundira-se; e, subitamente, ela se sentiu mais só do que nunca, mais do que condenada, num desamparo sem consolo e sem remédio. Ele a conduzia, pela mão, agora. E o que fazia um mal atroz à menina era o silêncio. "Por que ele não fala?" — era o que ela perguntava a si mesma. Durante alguns momentos, teve raiva desse homem que não dizia absolutamente nada.

Finalmente, não se conteve. Perguntou:

— Então, doutor?

A resposta não foi imediata. Ele se concentrou por um segundo, dois, três, escolhendo as palavras:

— Por enquanto, ainda não cheguei a uma conclusão.

Ele próprio, porém, sentiu que suas palavras eram bem pouco persuasivas, que não transmitiam nenhum sentimento de confiança. Odiou a si mesmo por não saber mentir e sofreu quando Joyce, querendo se saturar bem da própria amargura, o interpelou:

— Alguma esperança, doutor?

E a resposta:

— Bem... Esperança sempre há. E eu, naturalmente, farei tudo. Agora, minha filha, vamos passar para a outra sala.

D. Flávia, Carlos e Sônia estavam mudos na outra sala, cada qual fechado na sua incomunicável solidão. Cada segundo que se passava parecia aumentar o silêncio e a angústia. E o sentimento comum a todos era o de que se estava decidindo o destino de Joyce. Olhavam, apavorados, para a porta do gabinete, como se, lá dentro, a ceguinha estivesse agonizando. Haviam perdido a noção do tempo. Já não sabiam se estavam ali há dez minutos ou dez anos. Quanto a Sônia, uma coisa não lhe saía do pensamento: se tudo desse em nada, seria uma decepção tremenda para todos e uma desilusão ainda maior para Joyce.

Carlos, que estava sentado, roendo as unhas, ergueu-se, afinal:

— Não aguento mais!

E foi nesse momento que a porta se abriu. D. Flávia levantou-se, sufocada por palpitações incríveis; Sônia ergueu-se, também, e alguém que estivesse perto poderia ter visto o seu lábio superior tremendo. Dr. Pascoal vinha trazendo Joyce pela mão. Era evidente a amargura do médico.

D. Flávia, que não tinha paciência, nem senso de oportunidade, interpelou-o:

— Então, doutor?

O médico suspirou:

— Ainda não cheguei a uma conclusão definitiva.

Agora que não estava sozinho com a doente e entrava em contato com outras pessoas, readquiria, gradualmente, a posse de si mesmo. Em pouco tempo, já fazia blagues, embora evitando um pronunciamento conclusivo. Segurava no queixo de Joyce, fazia galanteios:

— Nunca vi pequena mais bonita!

Esse tom leve, por vezes humorístico, não impedia a angústia de todos, inclusive dele mesmo. Houve um momento em que, esgotadas as frases vagas e convencionais, ele se dirigiu para Sônia:

— Bem. E agora vou fazer uma receita. A senhorita quer vir aqui, um instantinho?

— Pois não.

Entraram e o médico fechou a porta. Sônia se antecipou:

— Já adivinhei, doutor.

— Como?

E ela, no seu desespero controlado:

— Sei que é um caso perdido.

A serenidade com que falava e parecia aceitar o irreparável espantou o médico. Ele pôs os óculos em cima da mesa e foi o mais claro possível:

— Já que a senhorita coloca a questão em termos tão precisos, devo dizer-lhe que não está longe da verdade. Minha impressão foi, de fato, a pior possível. E só não digo que se trata de um caso inteiramente perdido porque há uma esperança última: Deus.

Ela repetiu, e não sem espanto:

— Deus!

— Sinto muito, sinto, acredite, como se essa menina fosse uma filha minha.

Horas depois, quando chegasse em casa, o médico iria dizer, à mulher e à filha:

— Não foi possível o milagre.

A volta para casa foi tristíssima. Já não cabia nenhuma ilusão; e quando Sônia, enervada com o silêncio, quis dizer uma palavra qualquer, de conforto, de esperança, a Joyce, esta a interrompeu:

— Não, Sônia! Pelo amor de Deus! Não quero ouvir nada! E só desejo uma coisa: que ninguém, nem você nem ninguém, fale comigo!

Esse apelo era irrecusável, não admitia comentário. Ninguém mais teve coragem de abrir a boca. Todavia, quando desceram, em casa, a própria Joyce quebrou o silêncio; e pediu:

— Sônia, eu queria falar um momento com Carlos.

Entraram e Sônia a deixou, sozinha, com Carlos. O primeiro gesto do rapaz foi tomar, entre as suas, as mãos de Joyce, beijando uma e outra. Durante alguns momentos, não houve uma palavra entre eles. O que ele sentiu na ceguinha, acima de tudo, e mais do que tristeza, do que desespero — era o cansaço absoluto, de tudo e de todos, do mundo e da vida.

Joyce começou:

— Chamei você, Carlos, porque o considero a pessoa que, talvez, goste mais de mim. Deus me perdoe se faço injustiça a Sônia.

Suspirou e prosseguiu:

— Você foi um amigo, um grande amigo, que eu tive.

Ele, numa tristeza mortal, estranhou.

— Você parece que está me despedindo!

— Não, não estou despedindo ninguém. Estou "me" despedindo. Compreendeu?

— Mas Joyce!...

Ela foi doce e inflexível:

— Não se espante. É a verdade, Carlos. Sei, tenho certeza, que não viverei muito, que morrerei cedo, talvez mais cedo do que você pensa.

Ele não podia imaginar que Joyce — a partir do momento em que perdera as últimas esperanças de recuperar a visão — entregara-se, toda, a um sonho, uma paixão única: a morte. Não queria da vida senão o direito de morrer. Pensava: "É tão fácil morrer". E, naquele momento, vendo-a doce e triste, Carlos teve o sentimento de que ela pertencia muito mais ao céu do que à terra.

50

Ficaram juntos na sala, muito tempo. Agora que estava certa de morrer e que sonhava apaixonadamente com a morte — Joyce estava para sempre tranquila. Dir-se-ia que todo o sofrimento se extinguira na sua alma; e que esperava, apenas, o momento do grande sono. Vendo-a tão serena, tão desprendida de tudo e de todos, Carlos desesperou. Tentou convencê-la:

— Você ainda tem muito o que viver!

Ela negou:

— Acabei, Carlos.

Mas, pouco a pouco, ele próprio se deixaria contagiar por essa loucura prodigiosamente calma e lúcida. A morte deixou de aterrá-lo; ele próprio desejou morrer, também. Estavam em silêncio, de mãos dadas; Carlos já pensava que talvez a morte os pudesse unir. E não seria ele o primeiro homem a morrer ao lado do ser amado. Sempre ouvira dizer que de amor também se morre; havia mesmo um romance ou um drama com esse título.

Joyce procurou erguer-se. Carlos, mais do que depressa, ajudou. A menina pensou que tinha demorado bastante e que Sônia já devia estar impaciente. Disse, muito doce e muito amiga:

— Agora, vá.

— É cedo.

— É tarde.

E acrescentou:

— Os outros já devem estar reparando.

— E você?

— Eu?

Novamente, Carlos se exaltou. Disse o que era uma pura e irresistível verdade: longe dela não vivia, numa saudade, que era uma tortura e uma delícia; e agora seu sofrimento seria maior, porque a sabia desesperada. Joyce sorriu:

— Mas eu não estou desesperada!

— E sua vontade de morrer?

Calou-se. Ele não compreenderia, nunca, que ela se sentisse uma espécie de convidada da morte. Não querendo discutir, para não sofrer mais, deu uma resposta vaga:

— Deus é quem sabe.

Neste momento, bateram à porta. "Deve ser Sônia", pensou Joyce. Ia mandar entrar, quando... Carlos, que não a desfitava, viu que Joyce estendeu a mão, caminhou dois passos e pareceu cambalear. Num segundo, ele estava do seu lado e a amparou:

— Está sentindo alguma coisa?

Custou a responder:

— Não... Não estou sentindo...

De qualquer maneira, procurou, com a mão, a cadeira; e sentou-se. Batiam, de novo, na porta. Mandou entrar e não foi Sônia quem apareceu, mas a criada. Trazia um recado:

— D. Sônia mandou perguntar se a senhora precisa de alguma coisa.

Hesitou; acabou dizendo que não. E quando a criada saiu, ela falou, com uma amargura infinita:

— Sabe de que me lembrei? Que meus olhos devem ser brancos como os das estátuas. Essa ideia me faz sofrer, Carlos.

— Mas Sônia diz que não! E o próprio médico. Todos dizem que seus olhos estão perfeitos... Perfeitos como antes...

E ela, subitamente doce:

— Se eu lhe pedisse um favor, Carlos, você faria?

— Duvida de mim? Não sabe que a amo? Que você está acima de tudo e de todos?

— Acredito — suspirou Joyce. — E por isso mesmo é que tive uma ideia... Carlos, preciso saber se tiraram os meus olhos; ou se eles estão brancos. Sônia e o médico já disseram o que você sabe... Mas eu ainda duvido... E quero também a sua palavra. Você vai ver meus olhos e dirá qual é o verdadeiro estado deles. Dirá se parecem os mesmos ou se...

Estava ofegante; continuou, depois de uma pausa:

— Eu perceberei, pela sua voz, pela sua maneira de falar, se você está mentindo ou não. Peço-lhe, por tudo que há de mais sagrado, que não minta, que diga a verdade. Jura, Carlos, jura que dirá a verdade!

Ele respondeu, de todo o coração:

— Juro.

No consultório, dr. Pascoal substituíra a venda por uma outra mais leve. Advertira mesmo que a menina podia andar sem aquilo. Antes, porém, de desvendar os olhos, disse:

— Deus me proteja!

Carlos respirou, fundo, quando viu, de novo, os olhos de Joyce. Teve uma súbita explosão de alegria, uma espécie de embriaguez, de selvagem loucura:

— Oh, graças! — dizia. — Estão perfeitos, Joyce! Tão belos ou mais do que antes! Oh, Joyce!

Ninguém diria, olhando-a, que fosse uma cega. Pareciam olhos perfeitos, normais e lindos. Novamente, a menina erguia-se. Na sua euforia, Carlos não percebeu que, pouco a pouco, ela se transfigurava. Ficou muito branca, os lábios tremendo e...

NAQUELE MOMENTO, SÔNIA e Paulo estavam conversando, no jardim. E foi por isso que ela não viera em pessoa e mandara a criada. Desde que renunciara ao amor, Sônia não podia vê-la sem profundíssima tristeza. Cada uma de suas palavras, cada um dos seus gestos pareciam tornar mais ardente a melancolia de sua renúncia.

A primeira coisa que disse, quando o viu entrar, foi esta:

— Por que veio?

— Fiz mal?

— Se veio por Joyce, fez bem; se veio por mim, fez mal, muito mal...

Ele respondeu, então, simplesmente:

— Vim por Joyce.

Ela fez um esforço sobre si mesma. Não queria — e por nada deste mundo — que ele percebesse a sua angústia. Entretanto, houve um pequeno sinal, que não escapou a Paulo: o lábio superior de Sônia tremia, como sempre acontecia nos momentos em que se emocionava demais. Perguntou a si mesma: "Não era isso mesmo que eu queria?". Desejara e sonhara tanto com o romance entre Joyce e Paulo; e, no entanto, sofria de uma maneira atroz.

— Eu convencerei Joyce — prometia ele. — Sei que ela não acredita no meu amor, por enquanto. Mas gosta de mim: e a mulher que ama é fácil de ser convencida. Quando ela se convencer que o que sinto é amor, e não pena...

Parou, porque Sônia chorava. Não queria e chorava. Cerrava os lábios; mas ele pôde ver, nas duas faces, o caminho das lágrimas. Então, não pôde mais. Foi um impulso simultâneo, irreprimível. Dentro deles havia um sentimento de uma doçura mortal. Os dois — sobretudo Sônia — quiseram ser fortes, lutaram até o último momento. Todavia abraçavam-se; e jamais houve um beijo tão triste e tão doce no mundo. Foi Sônia quem se desprendeu primeiro. E o fez com uma súbita violência, uma energia selvagem, que espantou Paulo.

— Mas, Sônia!

Ela ia responder, quando ouviu o chamado:

— Sônia! Sônia!

Era Carlos. Dera dois gritos tão marcantes de angústia, que Sônia ficou fora de si. Correu como louca. E teve como que o sentimento ou a certeza de que Joyce não estava mais entre os vivos.

51

Sônia voltara do médico com a sensação de que Joyce era agora ainda mais frágil. Uma porção de imagens ocorreram-lhe, inclusive a de uma pequena chama sensível que, de um momento para outro, poderia extinguir-se. Esta chama era, justamente, a representação da vida de Joyce. Uma voz interior repetia, dentro de Sônia: "Joyce vai morrer...". Como explicar uma certeza que assim resistia e desafiava todos os raciocínios? E ao ouvir os dois gritos de Carlos não teve mais dúvidas. Joyce morrera, Joyce... Não sabia como, mas o fato é que... imaginou para a menina um colapso tão imperceptível como o de um pássaro. Ia correndo e pensando na coincidência absurda e cruel: enquanto ela beijava e se deixava beijar, enquanto se abandonava aos braços do homem que Joyce amava — a menina atravessava as fronteiras da vida e da morte. Morrera sem agonia, oh, Joyce!

Sônia corria do jardim; e, no mesmo instante, d. Flávia se precipitava pela escada; os criados se arremessavam, todos com a face atônita e o sentimento do irremediável no coração. E, na porta da sala, Sônia estacou. Por alguns momentos, nem ela, nem Paulo, nem d. Flávia e tampouco a criadagem compreenderam a cena que estava diante dos seus olhos. O espanto se antecipou à alegria. Joyce não morrera; Joyce estava, em pé, estática. O que havia no seu rosto, em toda a sua atitude, era um sereno deslumbramento. Carlos abraçara-se à ceguinha, deixara-se escorregar ao longo do seu corpo; e soluçava como uma criança. Era esta cena inesperada que a família parecia não compreender.

Sônia se adiantou primeiro:

— Que foi? Mas que foi?

Carlos mal pôde articular:

— Joyce!

E, então, sem mudar de expressão, quase sem mover os lábios, a menina disse:

— Vejo.

O coração de d. Flávia disparou. De uma palidez de morte, perguntou, num suspiro:

— O quê?

Joyce repetiu, com o olhar espantosamente fixo:

— Vejo.

Passara tanto tempo nas trevas que parecia não ter assimilado, ainda, o fato que era, na verdade, um prodígio. Só depois, quando a alegria de todos se tornou mais serena e menos exclamativa, pôde-se reconstituir o episódio. Joyce desvendara os olhos sem nenhum pressentimento do milagre — apenas para saber se ficara com os olhos brancos das estátuas. E, súbito, uma nesguinha de luz, uma pequeníssima mancha de luz, surgiu, na escuridão... Custou a realizar, em si mesma, a ideia do milagre. Pensou imediatamente numa intervenção divina. Jamais se convenceria de que fora um processo de recuperação de um órgão afetado. Sua alma prostrava-se ante um poder sobrenatural que, enfim, a libertava de uma noite que não devia ter fim. Essa mancha ínfima de luz podia parecer pouco e era, na verdade, muito. Ela acabou fechando os olhos, no medo súbito de que aquilo se extinguisse e imergisse de novo na escuridão antiga. Embora sem compreender o motivo, Carlos vira a transfiguração. Ao saber que ela "via" uma espécie de mancha luminosa e, enfim, "enxergava" alguma coisa — tomou-se de uma verdadeira loucura. Abraçou-se à menina, beijou-a nas faces, no queixo e na boca. Ela, mergulhada no seu êxtase, não teve resistência, nem retribuição; abandonava-se, numa docilidade que a tornava mais linda e tocante.

D. Flávia, chorando, numa crise que a redimia de todas as lágrimas anteriores, exclamava:

— Rezei tanto!

Sem que o dissesse, via no caso um resultado de suas preces, de suas promessas. E não pôde reprimir uma sensação de vitória pessoal. Todos se comoviam, ali, como se tivessem assistido a uma outra Ressurreição de Lázaro. Sônia beijou-a; confessou que, no mais íntimo de si mesma, alguma coisa lhe dizia que Joyce podia ficar boa. De súbito, nasceu o medo em Joyce. E se essa claridade fosse o último sinal de vida dos seus olhos? Há, entre as cegas e as monjas, uma certa semelhança de destino. Aquelas também têm seu claustro — seu estranho claustro de trevas.

A própria Joyce fez o pedido:

— Chamem o médico!

Sônia correu ao telefone, discando para dr. Pascoal.

A LINHA ESTAVA ocupada e ela esperou. Naquele momento, o médico falava com Maria Luísa e ia explicar à filha a situação clínica de Joyce.

— O senhor já acabou o exame, papai?

— Já, minha filha.

— Que tal?

O médico suspirou:

— Ah, minha filha! Acho muito difícil.

— Oh, papai! Eu e mamãe estávamos certas de que o senhor ia dar um jeito!

— Infelizmente, Maria Luísa, há certas coisas que só Deus.

E a menina, já querendo chorar:

— Quer dizer, então, que é um... caso perdido?

Ele vacilou; não quis magoar a sensibilidade da filha; acabou ficando no meio-termo:

— Não digo que seja um caso perdido. Afinal, tudo é possível, em medicina. Mas acho muito difícil. Para ser franco, acho muito difícil mesmo.

— Oh, papai!...

Na verdade, a certeza que ele não confessava é que considerava o assunto encerrado. Ao desligar, estava acabrunhadíssimo. E foi, então, que o telefone tocou, de novo. Era Sônia que, emocionadíssima, contou o fato e perguntou se não lhe era possível ir lá. Possível era, naturalmente, mas ele teve uma ideia:

— Prefiro que ela venha aqui. Um exame eficiente, só no consultório. De qualquer maneira — continuou —, estou satisfeitíssimo. É uma grande notícia. Venham já.

Depois de desligar, ele pensou em tocar para a esposa e a filha. Um escrúpulo o deteve; era mais interessante e mais seguro dar a notícia depois de um exame completo.

Q<small>UARENTA MINUTOS DEPOIS</small>, repetia-se, no consultório do dr. Pascoal, a cena da manhã. Os outros esperavam na sala ao lado.

Só que, desta vez, com um outro estado de ânimo e uma expectativa de otimismo febril. O próprio médico recebera Joyce de braços abertos; beijara-a na testa, como fazem os pais; e, naquele momento, a menina sentiu-se realmente tratada como uma filha. Muito minucioso, fez todos os exames; e houve um momento, em que não se conteve:

— Santo Deus!

Joyce não entendeu a exclamação. Seria de alegria? Ou... Perguntou:

— Que foi?

— Nada.

Ela quis saber:

— Fico boa, doutor?

Mas dr. Pascoal não respondeu. Na verdade, não ouvia nada, absorvido pelo exame. Joyce insistia:

— O senhor não respondeu, doutor!

Finalmente, ele parou:

— Você vai ficar boa, sim.

— Oh, graças!

E ele:

— Mas não vai enxergar imediatamente; e sim, pouco a pouco, devagarzinho e...

Joyce, maravilhada, já não escutava o médico. Deixava-se arrebatar num sonho muito lindo. E, súbito, pensou que a coisa que mais queria ver, no mundo, ou rever — era um rosto de homem. E esse homem...

52

E, NA VERDADE, a primeira coisa em que pensou, quando sentiu a possibilidade ou a certeza da cura — foi em Paulo. Durante todo o período em que se julgara cega, tomara-se de uma espécie de ódio de tudo e de todos, inclusive do homem que fora seu amor. Por fim, o próprio ódio estava amortecido; pensava em Paulo como num morto, ele era alguém que deixara de existir. E, de repente, quando não desejava ou sonhava senão com a morte — acontecera o absurdo. Disse, para si mesma, atônita: "Vou ficar boa... Vou enxergar outra vez... Vou ver as pessoas, os móveis, as mãos, as estrelas...". E, sobretudo, iria ver, de novo — Paulo. Conseguira excluir de sua memória a imagem muito bela; e, no entanto, ela renascia, ainda mais doce e ainda mais bela. Enquanto o médico lhe dizia "você vai ficar boa", Joyce não pensava em si mesma, nem nos próprios olhos; pensava no ser amado. Pois este amor não morrera em momento nenhum; era uma flor misteriosa e insuspeitada, uma dália secreta que levava em si mesma.

Dr. Pascoal veio, em pessoa, abrir a porta. Num gesto largo, convidou:

— Entrem, entrem!

D. Flávia veio na frente, perguntando:

— Então, doutor?

E ele, comovido como se fosse, ali, um pai:

— Graças a Deus, tudo ótimo!

Todavia, d. Flávia achou a resposta não muito clara. Queria uma certeza definitiva; interpelou-o:

— Minha filha ficará boa?

O médico riu, numa alegria de velho amigo, de parente:

— Fica, sim, fica. Está satisfeita?

— Não há dúvida?

— Bem. Eu, pelo menos, não tenho dúvida nenhuma. — As perguntas se multiplicaram. A própria d. Flávia, Sônia, Carlos e Paulo queriam saber se "já" estava boa; se custaria a enxergar; se precisaria uma operação. Dr. Pascoal pedia:

— Calma, calma.

— Parece mentira! — exclamou d. Flávia.

Tinha medo de estar sonhando. E foi preciso que dr. Pascoal improvisasse, sumariamente, uma explicação, tanto quanto possível técnica:

— O que houve foi o seguinte: a menina sofreu, no desastre, uma pancada fortíssima na cabeça. Como consequência, houve o derrame de um pequeno vaso intracraniano...

— Que complicação! — aparteou d. Flávia. O médico achou graça e continuou.

— Bem. Criou-se um hematoma que comprimiu o nervo óptico, causando a perda absoluta da visão. Graças a Deus, o hematoma foi reabsorvido e o resto vocês já sabem. Acabou tudo bem!

Riram todos. Menos uma pessoa: Sônia. E só então dr. Pascoal, que era muito sensível e sagaz, observou a atitude de Sônia. Ela que, a princípio, se transfigurara de alegria, estava agora retraída, com um ar de abstração, de ausência, quase de tristeza. Dir-se-ia que seu pensamento estava longe dali, perdido não sei em que cisma. É certo que Joyce também estava calada, mas conservava uma expressão de êxtase, de sonho bom. Ninguém duvidaria de sua felicidade. Mas como explicar a quase melancolia de Sônia num momento que devia ser de alegria delirante? Dr. Pascoal teve, então, a suspeita de um drama. Quis libertar a moça dessa melancolia que os outros acabariam estranhando.

— Está tão calada?!

Ela pareceu despertar, em sobressalto:

— Eu?

— Parece triste.

Sônia fez um esforço sobre si mesma; protestou:

— Triste eu? Oh, não! Pelo amor de Deus, doutor, não faça essa ideia de mim!

Mas o fato é que, embora não o confessasse, estava profunda e mortalmente triste. Ainda conversaram, ela e os outros, com o dr. Pascoal, sobre o que lhes parecia um milagre. O médico recomendou alguns cuidados que julgava indispensáveis; confirmou que o processo de recuperação demoraria um certo período; e, por fim, despediu-se de todos. Sônia, mais controlada, dissimulava melhor; ria, brincava, fazia projetos. Todavia, continuava triste ou, por outra, estava cada vez mais triste. Pensava em si mesma e em Joyce; e no homem que surgira entre as duas. É verdade que existia Carlos... Mas Carlos era como se não existisse. Joyce não o amava, Joyce não o amaria... Ao passo que Paulo...

Já ia se deixando dominar, outra vez, pela melancolia, quando o próprio Paulo, que acompanhou a família até em casa, fez a pergunta:

— Está feliz?

— Muito!

— Não parece.

— Oh, Paulo!

Estavam sozinhos na varanda. Sônia já entrara com Joyce, deixara a menina na sala, com d. Flávia e Carlos; e viera trazer Paulo até a porta. Ele aproveitou a ocasião para dizer:

— O destino está conosco!

Era uma frase vaga, cujo sentido Sônia não compreendeu:

— Como?

E ele:

— Joyce está curada. Agora, você não tem mais problemas.

— Tenho, Paulo.

— Mas como, Sônia? Eu podia admitir que, antes, você, por uma questão de piedade, tivesse escrúpulos... Enfim, Joyce era uma cega...

— E agora?

— Agora, não. Agora é uma pessoa normal, como qualquer um de nós... Ou, se não é, vai ser. Dr. Pascoal garante que ela vai enxergar e...

Sônia o interrompeu:

— Não continue, Paulo. Você não percebe que sua lógica é desumana? Ou você pensa que Joyce está merecendo menos o meu carinho? Não, Paulo, não! Eu não teria coragem de destruir a alma dessa menina... Você me compreende? Não posso destruí-la! Eu preferia mil vezes morrer...

Foi, então, que ele a segurou, brutalmente, pelos dois braços:

— Olhe para mim.

— Estou olhando.

— E agora responda: você me ama?
Quis evitar a resposta direta:
— Que importa um amor impossível?
— Responda!
Disse, num suspiro:
— Amo.
— E quer, ainda assim, que eu me case com Joyce?
Silêncio. Ele insistiu, embora sentindo a sua tortura:
— Quer o meu casamento com Joyce?
Com ódio de si mesma, e espantada como se ouvisse a voz de outra mulher e não a própria, respondeu:
— Não.

53

Ele esperava que ela respondesse: "Quero sim, quero que você se case com Joyce". E, no entanto, o amor fora mais forte que sua vontade de mulher. Sem querer, sem sentir, dissera:
— Não.
Antes do deslumbramento, Paulo sentiu o espanto. E, aliás, espantada também ficou Sônia, consigo mesma. Quase não se reconhecia. Empalideceu, e de uma maneira tão intensa, que, por momentos, ele pensou que a moça fosse desmaiar. Ela, porém, já estava arrependida; quis voltar atrás. No seu desespero, apertou o rosto entre as mãos; tentou falar, mas teve o medo pueril de não dominar as próprias palavras. Paulo apertou-a nos braços, sem que ela pudesse oferecer resistência.
Ele estava numa alegria de criança:
— Nunca duvidei de você! Nunca duvidei do seu amor!
Sônia tentou contê-lo:
— Mas espere... Pelo amor de Deus, Paulo!

Ele, porém, parecia incontrolável:

— Não fale; ouça, apenas.

Ainda uma vez, apesar de sua angústia, apesar do remorso que nascia das profundezas do seu ser, Sônia admirou este rosto, tão próximo do seu; adivinhou que a proximidade de bocas criaria a vontade de beijar; e, mais do que isso, pensou nesse beijo e o desejou. Por alguns segundos, excluiu de sua vida o problema de Joyce; esqueceu-a voluntariamente, entregando-se à delícia do momento presente (teria tempo, depois, para sofrer e para renegar sua fraqueza).

— Desde que a vi, pela primeira vez — continuou ele —, eu senti que você era "minha". Compreendeu? "Minha"! Não importava a nossa vontade. Tínhamos nascido um para o outro. Nada, absolutamente nada, poderia impedir que nós...

E parou. Sônia estava diante dele, de rosto erguido, os lábios entreabertos. Foi uma inconsciente sugestão de amor, um involuntário convite ao beijo. Ele sentiu, então, que, naquele momento, qualquer palavra seria inútil. Antes de beijá-la, pareceu respirar seu hálito. Em seguida, abandonaram-se. Como estavam na varanda, muito expostos e podiam ser vistos, Paulo, instintivamente, levou-a para o jardim. Iam de mãos dadas. Eram dois namorados sem idade e pareciam espantados do próprio êxtase. Não saberiam dizer se fora um beijo longo ou rápido.

Na verdade, a noção do tempo e de lugar deixou de existir. Foi um esquecimento de tudo e todos, uma morte deliciosa. Por fim, desprenderam-se. E agora se olhavam.

Sônia podia ter se calado; mas sua vontade estava quebrada. Sentiu que não basta amar. É também doce dizer que se ama. Foi o que ela fez; disse sem desfitá-lo:

— Eu te amo.

E acrescentou, baixando os olhos, numa voz que quase não se ouvia:

— Demais. Eu te amo demais.

Uma coisa a deslumbrava: a certeza de que Paulo parecia sentir a fatalidade dos seus amores. Ela fez o que não ousara nunca: teve a iniciativa de acariciá-lo. Sua ternura, porém, foi mansa, foi um carinho de menina. Passou a mão no seu rosto. Dir-se-ia uma cega, que, não tendo olhos, substitui a visão pelo tato. Que doçura pungente sentir no tato o frêmito de suas pálpebras. A ponta dos seus dedos roçava, agora, os lábios do bem-amado. Súbito, interrompeu-se:

— E Joyce?

Ele teve um rítus de descontentamento cruel. Ressentia-se vendo surgir entre eles o nome de outra mulher:

— Pensemos em nós.

Sônia, porém, atormentava-se, na sua obsessão:

— Não podemos esquecê-la, você não compreende que não podemos esquecê-la?

Completou, num arrepio:

— Seria cruel, seria uma impiedade.

E ele:

— Mas não agora. Depois, mais tarde...

Sônia ia responder, quando alguém apareceu na varanda. Era a criada.

— D. Joyce está chamando.

Despediram-se. Houve um toque de lábios, que quase não foi beijo. A última palavra que ele disse foi esta:

— Minha.

Sônia voltou, mas levava, em si, o sentimento de que não se pertencia mais; que, na verdade, era Paulo o senhor do seu destino. Ao entrar em casa, fez uma reflexão, que a amargurou: "Só a morte nos poderia separar". E, logo, houve a ideia consequente: "Será que eu preciso morrer?". Estacou, como se a ideia, apesar de cruel, fosse persuasiva, irresistível. Talvez a felicidade de Joyce ou mesmo a vida da menina exigisse, dela, o sacrifício total. Entrou na sala e encontrou Joyce nervosíssima:

— Você quase não vinha, Sônia!

Curvou-se para beijá-la:

— Paulo me reteve e...

— Paulo?
— Fiquei conversando um pouco e...
Joyce interrompeu com um lamento:
— E eu aqui, esperando?
Sônia beijou-a, de novo:
— Desculpe, meu anjo.
Foi tanta a ternura, a sua humildade, que a própria Joyce não encontrou em si mesma ânimo bastante para cultivar o ressentimento. Carlos, presente, ouvira o breve diálogo, e fazia suas deduções. Ergueu-se:
— Você precisa descansar, Joyce. Já vou.
Ninguém o procurou reter. Ele partiu, com um sentimento meio infantil de humilhação. Percebera, e melhor do que nunca, que Joyce se transfigurava só de ouvir o nome do "outro"; a presença de Paulo, a simples presença, parecia iluminá-la. Ela ficava mais bonita, e cada gesto seu, cada palavra, parecia impregnar-se de uma graça nova e inesquecível. Deixando a casa da família, Carlos pensava: "Já esqueceu os dois casamentos 'no mesmo dia, na mesma igreja, no mesmo altar'".
Estava amargurado e continuaria assim, indefinidamente, se, ao chegar em casa, não tivesse com sua mãe uma longa conversa. Precisava contar suas tristezas; confessar-se, em suma, desvendando todo o drama. A mãe o ouviu, sem o interromper uma única vez. E a verdade é que a notícia de que a menina estava boa ou ia ficar boa não a comoveu. Para seu sentimento materno, a sorte de Joyce só interessava na medida em que afetasse o destino do filho. Se, recuperando a visão, a moça esquecia o filho e o desprezava, ela... Cortou o fio do próprio pensamento, com medo de incidir no pecado da crueldade. Mas o fato é que, no fundo de si mesma, teria preferido Joyce cega e casada com o seu Carlos. Quando o rapaz acabou, ela foi a mais sincera possível:
— Você tem errado muito, meu filho.
Ele não entendeu:
— Como?

— Mas claro! Olha, Carlos, eu sou mulher e sei como são as mulheres. Ou, pelo menos, sei como é essa menina. Você adotou uma atitude de humildade, de adoração, que, francamente, não impressiona uma moça.

Ele, espantado, ainda perguntou:

— A senhora acha?

— Evidente, meu filho! Quando eu era mocinha e comecei a namorar seu pai, acabei brigando com ele e por isso mesmo. Ele me tratava como se eu fosse nem sei quê; escreveu uns versos, dizendo que era capaz de beijar, no chão, as marcas do meu sapato. Achei tanto fanatismo enjoativo; desinteressei-me; aceitei flertes com outros. Só quando ele, zangado, mudou de atitude, impôs-se, foi viril, enérgico, só então eu descobri seu pai e o amei, meu filho, como jamais uma mulher amou outro homem.

Carlos ouviu a pequena história de amor, numa espécie de fascinação. Percebeu que a mãe se comovia com a evocação; e perguntou:

— Quer dizer que a senhora acha...

E ela:

— Sim, meu filho, acho que você deve fazer o mesmo com sua Joyce. Para a mulher é muito melhor adorar do que ser adorada.

Naquele momento, em casa, Sônia e Joyce decidiam os próprios destinos...

54

Sim, Joyce e Sônia decidiam os seus destinos. Primeiro, logo depois que Carlos saiu, Joyce quis subir. Estava cansada, como, de resto, era natural. Passara por tantas emoções naquele dia que, agora, uma espécie de fadiga nervosa se apoderava de todo o seu corpo. Subiu, lentamente, de braço com Sônia. Não teve tempo, porém, de chegar lá em cima. Dr. Dário, avisado pelo telefone, chegava, de automóvel; e parecia estar, ainda, sob o impacto da notícia. Precipitou-se pela escada, subiu, de três em três degraus, com um ímpeto, uma elasticidade juvenil que só mesmo a felicidade podia permitir. Lá em cima, com os olhos marejados de lágrimas, abraçou longamente Joyce, beijou-a. Aquela foi, por certo, uma das emoções mais belas e mais perfeitas de sua vida. Houve um contraste, entre sua alegria, mais recente e mais delirante, e a alegria já serena dos demais. Quando ele soube que fora avisado por último, teve uma espécie de indignação retrospectiva. E disse, mesmo, ressentido:

— Isso não se faz!

D. Flávia balbuciou, cheia de dedos:

— Mas, Dário!...

O marido, porém, estava zangado ou quase:

— É até falta de consideração!

Foi preciso que Sônia, com o seu equilíbrio, a sua autoridade persuasiva, fizesse um apelo ao senso comum:

— Oh, papai! O senhor acha que isso é hora de ficar zangado?

E, com essa observação, fez dr. Dário cair em si, abraçar a mulher, dizendo, numa alegria de criança:

— Eu não perdi nunca as esperanças!

Enfim, Sônia e Joyce puderam ir para o quarto. Dr. Dário levou a esposa; ia falando em "milagre", em "proteção divina". A alegria era, nele, uma espécie de embriaguez. Enquanto o casal descia, Sônia ajudava Joyce a se deitar, depois de amaciar o travesseiro e de puxar os lençóis. Percebia que a menina precisava, naquele momento, de um certo sossego; e pensou, mesmo, em retirar-se, para que esse repouso fosse mais completo:

— Veja se dorme um pouco, Joyce. Enquanto isso, eu vou lá embaixo...

Não pôde completar, porque Joyce a interrompeu:

— Antes, eu queria falar com você.

Sônia estremeceu. Percebia que, mais cedo ou mais tarde, teriam que decidir um assunto que era decisivo para ambas. Mas queria protelar essa conversa, com medo de suas consequências. De qualquer maneira, não seria aquele o momento ideal para uma explicação séria. Tentou adiar:

— Tem tempo, meu anjo.

E Joyce:

— Eu preferia que fosse já.

Sônia sentou-se; ensaiou um tom alegre:

— Então, que seja feita a sua vontade.

E como Joyce se mantivesse em silêncio, Sônia fez a pergunta:

— É sobre o quê, meu anjo?

— Não adivinha?

O coração de Sônia começou a bater mais depressa. Ainda assim, fez um esforço sobre si mesma e pôde mentir:

— Não faço a mínima ideia.

Joyce foi direta ao assunto:

— É sobre Paulo, Sônia.

— Paulo?

— Exatamente.

Pausa de Joyce. E como o silêncio se prolongasse, Sônia, angustiada, disse:

— Pode começar, Joyce.

A menina, que estava deitada, sentou-se na cama. E Sônia sentiu que ia principiar o seu martírio. Joyce começou:

— Uma vez, Sônia, no hospital, eu tive uma ideia. Imaginei um duplo casamento.

Sônia, em voz baixa, repetiu, com um ar de sonâmbula:

— "No mesmo dia, na mesma igreja e no mesmo altar."

A outra pareceu espantar-se:

— Até minhas palavras você guardou!

E, realmente, guardara. Nas suas insônias, longas e atormentadas, Sônia ficava, no quarto, repetindo, para si mesma, as palavras de Joyce; elas estavam gravadas na sua carne. Jamais tivera, porém, qualquer espécie de ilusão. Uma voz secreta lhe dizia que esse casamento duplo — "diante do mesmo altar" — era impossível.

Joyce perguntava:

— Você acreditou?

— Como?

— Pergunto se você achou possível esse casamento ou se, pelo contrário...

Sônia vacilou. Diria a verdade? Diria que jamais se iludira? Contra a vontade, espantada consigo mesma, disse, num sopro de voz:

— Acreditei.

Quem parecia espantada, agora, era Joyce. Sônia percebeu que ela esperava outra resposta e que empalidecia. Durante algum tempo, Joyce se conservou silenciosa, como que incerta da atitude que deveria assumir. Quando se sentiu mais segura de si, prosseguiu:

— Acho que você fez mal, Sônia.

— Eu?

— Sim, você. Não devia ter acreditado.

— Mas, Joyce, você não disse? Afinal, eu só posso me guiar pelas palavras que as pessoas dizem.

Foi aquele um dos momentos mais penosos da vida de Sônia. Sua vontade era cair nos braços de Joyce e dizer as palavras que a outra desejaria ouvir. Mas uma espécie de crueldade involuntária a fazia insistir na sua atitude, embora sentindo que estava despedaçando a alma da outra. "Estou sendo má, ruim, perversa", repetia Sônia para si própria. Todavia, apesar de descontente consigo mesma e de atormentada pelo remorso, simulava como nunca fizera.

E foi então que Joyce, com secreta irritação, disse tudo o que vinha guardando:

— Você devia ter compreendido, Sônia, que eu estava fora de mim. Acabara de sofrer um desastre e me julgava para sempre cega.

— Se eu me enganei, desculpe.

— A situação mudou muito — prosseguiu Joyce. — Eu era uma cega e...

Sônia completou:

— Já não é mais.

— Exatamente. Já não sou mais.

Até aquele momento, embora agindo como jamais o fizera, Sônia conseguira manter a serenidade de sempre. E, súbito, esta calma se fundiu e, antes que pudesse controlar as próprias palavras, ouviu-se dizendo coisas que jamais lhe ocorreriam antes:

— Bem, Joyce; eu vou completar seu pensamento. O que você quer dizer é o seguinte: era cega e já não é mais. Como cega aceitaria talvez o amor de Carlos. Mas como se tornou uma mulher normal como eu, ou qualquer outra, quer ou exige Paulo.

Joyce ergueu o rosto, atônita. Parecia duvidar dos próprios ouvidos. Impossível que Sônia tivesse falado daquela maneira, Sônia, que era a mais doce mulher do mundo, a mais amorosa e desprendida. Já sem excitação, fria, incomovível, Sônia perguntou, num tom de voz quase áspero:

— É isso?

— Como?

— Pergunto se acertei, se era isso mesmo que você ia dizer.

Eis a resposta de Joyce:

— Você se antecipou, Sônia. Eu ia dizer isso mesmo. E, já agora, direi mais.

— O quê?

Joyce foi até o fim:

— Direi o que não teria dito nunca. Somos, apenas, duas mulheres que gostam de um homem livre. Você não o renuncia.

Baixou a voz, para concluir:

— Nem eu.

55

Pela primeira vez, elas se falavam assim. Dir-se-iam duas estranhas e, mais do que isso, duas rivais. Foi Sônia a primeira a experimentar espanto e medo. Espanto diante do perigo que vinha ameaçar o mais doce, o mais puro, o mais perfeito sentimento de suas vidas; e medo de perder uma amizade que deveria ser eterna. Pensou: "É impossível que isso aconteça. Isso não deve acontecer".

Mas procurava em si mesma um pouco de ternura, de abnegação, de indulgência. Queria ser boa e santa; renunciar em favor de Joyce. Sentia-se, porém, vazia e gelada. Desconhecia a si mesma, estranhava a própria alma. Ficou fria, perguntando: "Mas o que é que há comigo?".

Ainda assim, tentou um esforço:

— Mas, Joyce, você fala comigo como se eu...

Parou, sem saber como continuar. Faltavam-lhe as palavras e...

Joyce, controlada, imperturbável, disse:

— Continue.

Novo esforço de Sônia:

— Você, Joyce, está assumindo uma atitude, como se nós fôssemos... rivais.

— E não somos?

— Oh, Joyce!

A outra teimou; sem exaltação, porém de um modo inflexível:

— Mas claro! Você e eu gostamos do mesmo homem. A não ser que você me diga, neste momento, que eu estou enganada. Estou?

Sônia suspirou:

— Não sei.

E Joyce:

— Responda, Sônia. Isso não é brincadeira. Devemos ser sinceras uma com a outra. Eu não escondo, eu confesso: gosto de Paulo.

— E Carlos?

— Carlos? O que é que eu posso sentir por Carlos, senão uma simples amizade e nada mais? É um amiguinho e talvez nem isso. Paulo é outra coisa. Paulo é...
— Tudo!
— Sim, "tudo". Paulo é "tudo" para mim. Compreendeu?
— Compreendi.
Joyce continuou, implacável:
— Eu falei, Sônia. Usei de sinceridade. E quero que você faça o mesmo. Quero que você fale. Gosta de Paulo ou não gosta?
Vacilação de Sônia. Teve uma sensação de abismo. Cada palavra podia ser fatal, podia ferir de morte o sentimento que as unia. Ainda uma vez, antes de falar, concentrou-se; e fez uma espécie de apelo a si mesma: "Não devo magoar Joyce; não devo humilhá-la; é preciso que continuemos amigas. Joyce é como se fosse uma irmã mais moça ou, então, uma filha". Ao mesmo tempo, pensava em Paulo. Ainda existia em si, na boca, o gosto do seu beijo. Com uma tristeza mortal, fez a reflexão: "Eu não posso renunciar ao homem que me beijou e a quem beijei".
Deu, afinal, a resposta, quase sem mover os lábios, e num sopro:
— Gosto.
— Muito?
— Importa que seja pouco ou muito?
— Eu sei que é muito, Sônia. Sei que você tem adoração por ele. Mas eu...
Ela, que estava muito firme, muito segura de si mesma, pareceu comover-se, afinal. Já a sua voz tremia, quando prosseguiu:
— ...eu também gosto, Sônia. Se ficasse cega, teria em mim forças para renunciar. Mas vou ficar boa — chorava — e a verdade é que, mesmo que quisesse, eu não saberia viver sem Paulo.
Sônia, comovida também, com os olhos úmidos, tomou entre as suas as mãos de Joyce:
— Eu compreendo, Joyce.
Pouco a pouco, renascia no coração de ambas a ternura antiga. Apesar de tudo, experimentavam uma estranha, uma tristíssima

alegria, porque o ressentimento se dissolvia e elas se libertavam de qualquer despeito. Sentiam-se de novo amigas, embora infelizes.

Joyce baixou a voz:

— O pior é que nem você nem eu temos forças. Somos fracas. Eu gostaria de desistir. Mas não posso. Quero e não posso. Imagino que suceda o mesmo com você. Mesmo que você fugisse, ainda assim não conseguiria deixar de amá-lo. Ele é tão bonito, não é, Sônia?

Sônia teve um suspiro:

— Lindo!

Por um momento, o sentimento de admiração, de ternura e, numa palavra, de amor que o mesmo homem lhes inspirava teve o poder de as unir, no mesmo transporte. Mas logo caíram em si. Contemplando Joyce, Sônia compreendia que, num breve período, o sofrimento trabalhara sua alma e a transfigurara. Joyce deixara de ser a menina de antes do desastre. Convertera-se em mulher.

E, depois de um silêncio, que as atormentava, Joyce recaiu na obsessão:

— Eu queria ter um entendimento com você, porque, Sônia, não posso mais. Quer queira você ou não, há um problema entre nós.

Sônia incidiu na ingenuidade de perguntar:

— Qual?

— Paulo, ora essa! Ou não é um problema?

A outra curvou a cabeça:

— É sim. Eu sei que é.

Uma espécie de irritação dominou Joyce:

— Mas que fazer, meu Deus do céu? Desde o momento em que vi alguma coisa e tive a certeza de que ficaria boa, desde esse momento não faço senão procurar uma solução. Mas não encontro, Sônia! Juro que não vejo a menor possibilidade de solução!

Sônia hesitou, antes de dizer:

— Essa solução existe, Joyce.

Joyce, atônita, fez a pergunta:

— Existe?

— Sim. Depende de mim, só de mim. De minha vontade.

Novo desespero de Joyce:

— Não! Não depende nem de você, nem de mim! Não depende de ninguém. Nós duas fracassamos, Sônia. Você renunciou e não suportou a renúncia. Eu também renunciei e é o que você está vendo. Se eu e você renunciarmos agora, acabaremos recuando! Eu tenho certeza!

— E se eu lhe disser que...

Joyce cortou:

— Não acreditarei! Eu e você estaríamos mentindo, sem o saber. Eu só vejo uma possibilidade, uma única possibilidade. Sabe qual?

Sônia disse, a medo:

— Não. Não sei.

E a outra, soprando ao ouvido:

— A morte.

— Como?

Joyce exaltou-se, de novo:

— Se uma de nós morresse. Eu já pensei em morrer, mas não tive coragem. Porque a morte, compreende?, seria o fim do amor. As mortas não amam. E eu queria que o meu amor não acabasse nunca.

Com os lábios muito brancos, e como se falasse, para si mesma ou para Deus, Sônia repetiu:

— Quer dizer que só a morte seria uma solução? E uma de nós duas teria de morrer, para que a outra pudesse ser feliz, afinal?

— Sim. Só a morte.

Uma espécie de frio atormentou Sônia — frio de carne e de alma. Ergueu-se; entrelaçou as mãos geladas na altura do peito. Sem consciência do que fazia, caminhou lentamente e parou diante do espelho. Contemplou, e não sem ternura, a imagem refletida. Dir-se-ia que desejava reter, gravar em si mesma, sua frágil figura terrena.

Quase sem mover os lábios, repetiu, numa espécie de encanto:

— Só a morte... Só a morte...

56

Sônia ainda esteve algum tempo diante do espelho, numa ardente meditação. Joyce, por sua vez, fechou-se em silêncio, presa a um sonho qualquer que a fascinava. E foi como se, naquele momento, não houvesse mais assunto possível entre as duas. Ficaram caladas, debaixo do teto do mesmo quarto, durante quatro, cinco, seis minutos. Depois, fatigada de contemplar-se, Sônia abandonou o quarto. Joyce percebeu, auditivamente, que ela saía. Não a quis reter. Preferia estar só. Ela própria criara uma sugestão de morte, que estava no ar, impregnando as coisas do quarto. E teve uma súbita sensação de frio, idêntica à que arrepiara Sônia. Por um ou dois segundos, quis chamar alguém (contanto que não fosse Sônia); mas dominou-se, sentindo o quanto era pueril, injustificável a sua angústia. Disse, a meia-voz:

— Uma de nós duas teria que morrer, para que a outra fosse feliz. Ou eu ou... Sônia.

Desejou, com todas as forças de sua alma, que se uma das duas tivesse de morrer — que fosse ela a sobrevivente. No mesmo momento, descendo a escada, Sônia fazia uma reflexão parecida e concluía de modo diferente. Admitindo que a morte as separasse — Sônia quis ser a sacrificada. Disse a si mesma: "Seria bom para Joyce que eu morresse e...".

Imersa na sua meditação, Sônia caminhou até o jardim; viu, respirou as flores; mas era como se não tivesse consciência da hora e do lugar, como se não sentisse nem mesmo a presença das rosas e das dálias. Quem a visse com uma tristeza serena não imaginaria que ela estivesse sofrendo o momento mais triste de sua vida. No entanto, se alguém lhe perguntasse:

— Qual é a mulher mais infeliz do mundo?

Sua réplica seria uma única:

— Eu.

E, na verdade, ela se achava uma mulher para quem a vida tivesse fechado todas as portas da felicidade. E seu sofrimento vinha menos de uma renúncia possível ou inevitável do que da atitude de Joyce. A mágoa de Sônia, seu espanto, sua tristeza, seu desespero provinham da insinuação nítida da menina, da sugestão que ela fizera. Ao dizer que uma das duas precisava morrer, para a felicidade da outra, Joyce deixara claro que lhe faltava coragem para o suicídio. Por outras palavras, fazia a Sônia um convite indireto, mas claro, para a morte. Muito sensível e lúcida, Sônia percebera imediatamente tudo. Nem havia a menor dúvida possível. Diante de uma das mais bonitas dálias do jardim, ela pensou:

— Sou uma convidada da morte.

Assombrada que, depois de anos e anos de uma amizade perfeita e sempre igual, Joyce estivesse desejando a morte de alguém que fora, para ela, mais que uma irmã e tão doce e solidária quanto uma mãe. Para Sônia, a vida deixava de ter subitamente qualquer interesse. E, na verdade, não valia a pena viver uma vida e habitar um mundo que comportava sentimentos tão vis ou tão cruéis.

Interiormente, fez a promessa a Joyce:

— Eu morrerei por você, Joyce. E você poderá ser feliz, para sempre feliz, livre de mim.

Sentando-se no caramanchão, imaginou que, depois que morresse, ainda seria lembrada durante algum tempo. Mais tarde, e pouco a pouco, os vestígios de sua passagem terrena iriam se extinguindo. A própria Joyce (quem sabe?) trataria de fazer sumir as fotografias, as roupas, as chinelinhas, os perfumes, tudo, enfim, que pudesse evocar a defunta. Chegaria um momento em que desapareceria, da face da terra, até mesmo a memória do seu nome. Criando essas fantasias, como que dava às imagens um relevo quase material! Através da imaginação, via-se morta, entre flores; e via outras pessoas e cenas: Joyce e Paulo casando-se diante de um altar muito lindo e de uma igreja deslumbrante. Depois, logo que terminasse a cerimônia, os noivos, é claro, dariam um beijo breve e casto. E nem por um segundo pensariam nela, Sônia...

Aparentemente, as duas continuavam como sempre, numa amizade muito serena e muito linda que nenhum perigo poderia ameaçar. Mas a verdade é que, no mais íntimo de suas almas, alguma coisa mudara. Quando estava sozinha — Sônia caía numa tristeza sem remédio e sem consolo. Só depois de alguns dias, alguém fez a observação:

— Você está emagrecendo, não está, Sônia?

— Eu? Que eu saiba, não.

A pessoa insistia:

— Está com o rosto mais fino.

Sônia procurava rir, desfazer alegremente a suspeita:

— É impressão. Acho, até, que engordei.

— Não é possível.

Teimava:

— Sério! Esse vestido é que me faz parecer mais magra.

Mas a verdade é que estava não só mais magra, como mais abatida. No fim, já não conseguia esconder as olheiras, que eram muito intensas. E Sônia fazia tudo para se alimentar melhor e para esconder a dor que a ralava, que a consumia, como uma febre contínua. Todos os seus esforços, porém, resultavam inúteis. Em primeiro lugar, não conseguia comer; e, uma vez em desespero, insistiu; foi obrigada a deixar a mesa, e correndo, com ânsias incríveis. Não há dúvida que a família estaria mais apreensiva e mais atenta, se não fosse a alegria geral ante as melhoras de Joyce. Dia a dia, senão hora a hora, a menina enxergava melhor. Dr. Pascoal, que a examinou duas ou três vezes, não conteve sua admiração:

— Mas é incrível!

— O quê?

— As melhoras dessa menina! O processo está andando muito mais depressa do que eu pensava.

Suspirou, maravilhado:

— A juventude faz milagres!

Era a juventude, sim. E também a vontade de viver e de amar que havia em Joyce. Dir-se-ia que seu apetite vital era mais intenso do que nunca. Parecia saborear cada minuto, cada segundo da vida. Sua alegria de existir transformava-se numa espécie de embriaguez. Uma vez, na mesa, diante de Carlos e Paulo, que jantavam com a família na ocasião, d. Flávia fez o comentário:

— Você hoje está linda, Joyce! Nunca esteve tão bem! — A felicidade de Joyce foi imensa. Pois, naquela fase, havia uma coisa que a mocinha prezava acima de tudo, prezava mais do que tudo, mais do que a saúde e a felicidade: era a sua graça de mulher. Amava e queria ser bonita, linda, irresistível aos olhos do ser amado. Jamais fora de uma vaidade tão exigente e minuciosa. Passava, às vezes, toda uma manhã, pensando no vestido da tarde. Perguntava a um e outro:

— Hoje, ponho qual?
— Aquele estampado.

Joyce tinha um muxoxo:
— Aquele, não!
— É tão bonito! Cai tão bem em você!
— Mas eu usei outro dia!

Seu pavor pueril era de que Paulo notasse que repetia os vestidos com muita frequência. Outra coisa que se tornara um problema de todas as tardes: a sua maquiagem. Às quatro horas, chamava:

— Vem me pintar, Sônia.

Sônia, então, aplicava-se em embelezar Joyce. Uma tarde, porém, quando Sônia ia iniciar, justamente, a pintura dos lábios da mocinha, Joyce teve uma atitude estranha:

— Você, não.

Sônia não entendeu:
— Por quê?

E ela:
— Prefiro mamãe. Chame mamãe.

Sônia recebeu em cheio a desfeita; mas não protestou, nem disse nada. Pouco depois, vinha d. Flávia pintar a menina. E foi nessa noite, justamente, que aconteceu tudo. Paulo apareceu depois do jantar. Sônia vinha conseguindo, ao longo dos dias, impor sempre a presença de Joyce. Os dois só se falavam com a menina ao lado.

E desta vez, como nas noites anteriores, ficaram os três na sala. E, de repente, Paulo, diante de Joyce e Sônia atônitas, e dirigindo-se à primeira, disse:

— Vim pedir sua mão, Joyce...

57

Antes de prosseguir, é preciso levar em conta várias circunstâncias. Sabe-se que Sônia vinha evitando Paulo, e de uma maneira que não comportava dúvidas. Por exemplo: ele andou telefonando duas, três vezes por dia. Mas havia uma ordem: "Sônia não está nunca para voz de homem". A criada obedecia, é claro:

— Não está.

D. Flávia quis protestar:

— Por quê, Sônia?

Ela foi enigmática:

— Eu sei o que faço, mamãe.

D. Flávia não insistia, porque aprendera, ao longo dos anos, a admirar o equilíbrio e a prudência de Sônia. A moça parecia, realmente, saber o que estava fazendo. Sentindo que Sônia fugiu, Paulo não desesperou. Pelo contrário. Sua obstinação tornou-se maior. Ia sempre visitá-la. E cada dia ou noite encontrava uma Sônia fria, distante. Na mesa e na sala, embora participando das conversas, ela dava uma impressão de ausência. Fazia-se acompanhar sempre de Joyce. E nunca mais, nem por um momento fugitivo, ele a encontrou só. Sônia era bastante hábil para evitar os acasos e as pequenas fatalidades. Joyce surgia entre os dois. Por outro lado, como Sônia falava intencionalmente pouco e Joyce muito, quase não se sentia a sua presença. Todavia Paulo não estava impaciente. Ele sentia que nenhuma solução seria possível, antes que Joyce ficasse boa. Todos, naquela casa, não tinham ânimo para pensar em nada que não fosse os olhos da mocinha. O próprio Carlos, se bem que mais jovem e impulsivo, revelava bastante tato e adiava qualquer referência a assunto de amor. "Quando Joyce ficar boa, então saberei agir", era o que ele prometia a si mesmo. A paciência de Carlos era, porém, uma atitude puramente exterior. Por dentro, ele sofria de uma maneira atroz. Parecia evidente que Joyce não tomava conhecimento de sua existência. Tratava-o bem, e só. Não ia além da polidez que devemos aos nossos conhecidos. Houve um momento em que Carlos esteve para desistir e andou pensando numa viagem ao estrangeiro. Foi, então, que sucedeu o imprevisto: fez-se amigo de Paulo.

Eis o que nem Joyce, nem Sônia sabiam: Paulo e Carlos eram agora amicíssimos. Ambos estavam descontentes com as suas respectivas bem-amadas; foi isso, justamente, que os aproximou. Passaram a ter conversas diárias. Mais moço e menos controlado, Carlos inclinava-se a toda sorte de confidências. Só uma coisa o retinha: a suspeita de que Paulo pudesse cultivar um romance duplo, com Joyce e Sônia, simultaneamente. Paulo teve que fazer uma afirmação categórica, nesse sentido:

— Eu não tenho nada com Joyce!
— Será possível?

Paulo foi ainda mais peremptório:

— Dou-lhe minha palavra!

E Carlos, espantado:

— Pois eu seria capaz de pôr minha mão no fogo.

Paulo deixou de lado todas as reservas. Contou que seu único interesse era Sônia. Para ele, não existia outra mulher no mundo. Sentia, por Joyce, uma ternura fraterna e nada mais. E como percebesse em Carlos uma certa resistência, Paulo foi mais longe, e disse:

— Se Joyce fosse a única mulher no mundo, ainda assim eu não me casaria com ela. Pode ficar inteiramente descansado.

A partir desse momento, Carlos confiou absolutamente no outro. O que Paulo não dissera, por natural delicadeza, é que não se casaria com Joyce "porque a detestava". Eis a verdade que ninguém sabia: percebendo que Joyce se opunha ao seu amor e atormentava Sônia, Paulo perdera a sua primitiva ternura pela menina. Já achava que, debaixo de sua aparência muito doce e muito terna, Joyce escondia uma certa crueldade. E se havia uma coisa que o horrorizasse era a mulher sem coração.

Nas suas conversas com o novo amigo, Carlos não se cansava de dizer:

— Para que Joyce pensasse em mim, como namorado, seria preciso que se desiludisse de você, que perdesse, uma por uma, todas as esperanças em seu amor.

Um dia, Paulo teve uma ideia:

— Descobri uma solução.

— Como?

E Paulo:

— Bem. É o seguinte: não posso desiludir Joyce diretamente, porque Sônia sofreria. Mas existe um meio indireto.

— Qual?

— Eu me apresentar a Joyce e pedir a sua mão para você. Não será um pedido oficial, mas ainda assim é válido. De qualquer maneira, atingiremos nosso objetivo, que é de convencer Joyce de que não conta comigo.

Como Carlos, em silêncio, vacilasse, Paulo fez a pergunta:

— Gostou da ideia?

— E se ela recusar?

— Está claro que vai recusar, mas não importa. O que importa é que ela saiba que entre nós não pode haver nada. Compreendeu?

Carlos ainda duvidou. Pensou durante alguns minutos se valia a pena ou não. A verdade é que a ideia o fascinava. Sempre achara que só teria alguma possibilidade de interessar Joyce, se excluísse Paulo do seu caminho.

Acabou dizendo:

— Está certo.

Paulo ergueu-se:

— Bem. Amanhã eu farei isso.

No dia seguinte, Paulo dirigiu-se à casa de Sônia. E a verdade é que levava em si uma alegria quase cruel. Teria escrúpulos em outras condições. Não naquele momento, em que estava convencido, absolutamente convencido, de que Joyce precisava sofrer. Egoísta demais, colocando-se acima de tudo, pronta a sacrificar a felicidade de Sônia — merecia uma lição da vida. Além do mais, Paulo estava ressentido. Era bastante perspicaz para ver o sofrimento de Sônia. A consumpção da moça era evidente. E ele não podia estar satisfeito com uma pessoa que fazia sofrer o ser amado. Sônia e Joyce o receberam de maneira diferente. Sônia, discreta e triste; e Joyce, numa alegria que a embelezava e transfigurava. Ainda riu, brincou. Agora já fazia questão de andar sozinha. Pois a névoa que persistia diante dos seus olhos era cada vez menos densa.

A exuberância da mocinha criou, em Paulo, um descontentamento cruel. Tanto mais que a melancolia de Sônia era evidente. Sentaram-se na sala; e Joyce estava realmente linda, no frêmito dos seus 16 anos.

Foi então que ele se levantou e disse:

— Joyce, vim aqui para pedir sua mão...

Fez uma pausa intencional e má; e concluiu:

— ...para Carlos.

58

No espaço de três, quatro segundos, Joyce passou da alegria mais delirante para o desespero mais atroz. Jamais poderia imaginar —

nem ela, nem Sônia — que Paulo estava, na verdade, querendo atormentá-la. Quando ele disse "Vim pedir sua mão", a moça recebeu um impacto sem igual. De um momento para o outro, conheceu uma felicidade absoluta. Sem querer e sem sentir, ergueu-se lentamente, já transfigurada. Foi então que, depois de uma pausa teatral e realmente cruel, Paulo completou:

— ...para Carlos.

Foram dois choques sucessivos e violentíssimos. Escondia-se por detrás da atitude de Paulo uma ironia que Joyce viria a perceber. Tarde demais, porém. E como era uma menina de extrema sensibilidade, ou, mais do que isso, nervosíssima, cambaleou. Paulo chegou a se inclinar, a estender a mão, numa tentativa de ampará-la. Ela se refez, porém, instantaneamente (só Deus sabe com que esforço!). E disse, cortante:

— Não me toque!

Em seguida, porém, achou que seria humilhante dar a perceber seu profundo ressentimento. Modificou a atitude; tentou um sorriso e, de fato, conseguiu sorrir. Não fosse a pintura — o batom, o ruge, o pó —, e Sônia e Paulo teriam visto a sua palidez mortal. Sussurrou, simulando um espanto, cordial, quase alegre:

— Carlos?... Pede minha mão?

Prosseguiu a comédia, assumiu um ar de frivolidade, que seu tipo de menina facilitava:

— Mas não é possível! Não acredito!

Paulo repetia, já contrafeito:

— É verdade, sim! Ele me incumbiu dessa missão; e eu não tive outro remédio senão aceitar.

Sônia não dizia uma palavra; não tirava, porém, os olhos de Joyce. Com o velho hábito de ler no coração da menina, não teve a menor dúvida: Joyce sofria e aquele diálogo com Paulo, a despeito da aparente isenção e inocência, estava, na verdade, devastando sua alma. Sônia, porém, teve bastante tato para não intervir. Uma palavra, um gesto seu poderiam exasperar Joyce, antecipar uma crise talvez irreparável. Limitou-se a desejar, com todas as forças de sua alma, que aquela cena tivesse um fim.

E Paulo prosseguia:

— Aliás, eu recebi a incumbência porque considero Carlos um ótimo, um excelente partido. Conheço poucos homens tão nobres e tão bem-dotados para fazer a felicidade de uma mulher.

— Tudo isso está muito bem — admitiu Joyce; fez uma pausa antes de prosseguir: — Mas interessante! Por que ele não se dirigiu, diretamente, a mim? Por que usou um intermediário? Eu compreenderia um intermediário se o pedido fosse feito à família... Além disso, por que falar em casamento antes de obter a minha aquiescência?

O raciocínio de Joyce parecia muito lógico e irrespondível. Ela, porém, não podia esperar que Paulo recordasse um episódio, naquele momento, que a deixaria completamente indefesa. Eis o que ele disse, em suma:

— Se não me engano, você já aquiescera.

— Como?

E ele:

— É verdade ou não é verdade que você idealizou um duplo casamento?

Joyce ergueu o rosto, atônita:

— Eu?

Paulo insistiu:

— É verdade ou não?

Teve que reconhecer:

— Não nego que, quando eu estava cega, ou me supunha irremediavelmente cega, pensei uma coisa assim.

Paulo prosseguiu:

— Chegou até a descrever, por antecipação, a cerimônia: "na mesma igreja, no mesmo altar", você e Carlos e eu e Sônia.

Desesperada, incapaz de fingir por mais tempo, Joyce ergueu-se; teimou no seu argumento único:

— Eu estava cega, compreende?

Ele, muito sereno, senhor de si e da situação, completou:

— Mas os cegos também têm palavra!

Era demais para Joyce. A atitude que vinha mantendo, de aparente frivolidade, fundiu-se numa crise de pranto, tão irreprimível e autêntica, que o próprio Paulo achou que tinha ido longe demais. Sônia curvou-se para atender à menina:

— Vamos mudar de assunto! Esse assunto não interessa!

Tomou entre as suas as mãos de Joyce; repreendeu-a, docemente:

— Você parece criança, Joyce!

Paulo, tomado de piedade, sentou-se ao lado da mocinha:

— Que é isso, Joyce? Eu não disse nada para ofendê-la! Dou-lhe minha palavra que...

E ela, por entre lágrimas:

— Você foi bruto comigo!

Súbito, Sônia e Paulo sentiram o quanto ela era criança. Parecia realmente uma menina, na sua crise de lágrimas; e esse choro manso, magoado, enchia-os de compaixão. Ele que, nos últimos tempos, se sentia tão descontente com a menina esquecia o ressentimento, acusava-se de a ter humilhado. E o que o assustava, sobretudo, era a fragilidade extrema de Joyce. Teve, diante dessas lágrimas da menina, o sentimento de que um sofrimento mais agudo, um sopro mais ardente da vida, podia crestar sua juventude tão sensível, tão delicada. Por fim, afagada por Sônia e confortada pelo homem que, ainda há pouco, a tratara de forma tão cruel, Joyce já se aquietava e já queria sorrir.

E foi ela mesma quem voltou ao assunto:

— Eu preciso explicar a você uma coisa, Paulo.

Ele quis se opor:

— Não precisa. Explicar o quê? E por quê?

— Faço questão.

— Menina teimosa! — brincou Paulo.

— Eu, quando falei nos dois casamentos, estava completamente fora de mim. Você não imagina, Paulo, o que é a gente viver nas trevas, dia e noite nas trevas.

— Imagino.

— Nem imagina! É de enlouquecer, Paulo! Sabe o que eu queria naquele tempo? Acima de tudo? Morrer! Entendeu bem? Eu não queria mais nada da vida, senão o direito de morrer! Ora, uma pessoa assim, nessas condições, não sabe o que diz, nem o que faz. E tanto que falei sem sentir que tenho um motivo para não me casar com Carlos. É que...

Vacilou, antes de fazer a confissão. E, por fim, prosseguiu:

— Eu amo outro homem. E ou me caso com ele ou, então, lhe juro, Paulo, lhe juro que acabarei me matando!

Impressionado com o ar de paixão selvagem com que ela dissera isso, ele fez o primeiro comentário que lhe ocorreu:

— Mas que bobagem!...

E Sônia, crispando-se:

— Oh, Joyce!...

Pouco depois, Paulo se despedia. Ia mais inquieto do que nunca. Percebera que Joyce era capaz de fazer uma loucura e... Mais angustiado ficaria se ouvisse a conversa que, horas depois, tiveram Joyce e Sônia. Até a hora de dormir, elas pouco se falaram, trocando apenas as palavras indispensáveis. Só na hora de apagar a luz, quando ambas já se achavam deitadas, Joyce fez, de súbito, a pergunta:

— Você quer me responder uma coisa, Sônia?

— Claro!

— Bem, é o seguinte. Eu queria saber se você seria capaz de morrer por minha causa.

59

O coração de Sônia começou a bater mais depressa. Não era a primeira vez que Joyce, com suas atitudes, a apavorava. Todavia, parecia inteiramente serena, quando disse:

— Você sabe que, por você, eu seria capaz de tudo.

— Mesmo de morrer?

E Sônia, muito doce e muito triste:

— Eu disse que seria capaz de tudo!

Joyce não insistiu. Mas deitou-se mais tranquila e mais confiante, como se as palavras de Sônia traduzissem um compromisso definitivo. Nos dias seguintes, não tocaram mais no assunto. Foi como se as duas, por um acordo não expresso, tivessem excluído de suas conversas a palavra "morte". Por vezes, porém, Sônia sentia-se olhada por Joyce, atravessada pelo seu olhar fixo e obstinado; crispava-se, então, num arrepio intenso; no mais íntimo de si mesma, havia a suspeita de que, nessas ocasiões, a prima estaria pensando na sua morte, como o único meio de afastá-la do caminho de Paulo. E esta suspeita era tão atroz que a própria Sônia a repelia. Dizia a si mesma: "É impossível, absolutamente impossível, que Joyce seja capaz de um sentimento tão abominável, tão…". E procurava pensar noutra coisa.

Ao longo das horas e dos dias, a situação não se modificava. Paulo e Carlos vinham quase todos os dias. Ficavam na sala, às vezes com d. Flávia e dr. Dário. Os donos da casa, porém, acabavam se retirando. A própria d. Flávia não escondia:

— Velhos não se devem misturar com gente nova!…

Todos achavam graça. Sônia fazia comentário:

— Ora, mamãe!

E d. Flávia, numa alegre obstinação:

— Eu sei o que estou dizendo!

No fundo, todos ficavam satisfeitos e muito mais à vontade, quando o casal, por conta própria, excluía-se da reunião. Não acontecia nada, absolutamente nada, nesses serões. Os assuntos tratados eram os mais triviais possíveis, já que qualquer palavra ou gesto teria, necessariamente, testemunhas. Apesar disso, apesar de ser impossível uma intimidade maior e mais doce, havia um encanto profundo nas reuniões quase diárias. Os quatro jovens gostavam de estar ali, numa deliciosa convivência. Todos os assuntos eram coletivos; e só uma vez Carlos chamou Joyce:

— Vem cá um instantinho, Joyce.

Foi um convite tão inesperado que a moça não se lembrou de resistir (aliás, não teria pretexto para recusar).

Carlos encaminhou-se para a janela, depois de perguntar a Sônia e Paulo:

— Com licença, sim?

Joyce, que continuava melhorando dia a dia, pôde acompanhá-lo. Estavam, agora, diante da janela aberta para o jardim. Joyce ainda perguntou, e não sem uma certa secura:

— É segredo?

Carlos confirmou:

— Claro!

E ela, entre sardônica e espantada:

— Que graça!

Como o rapaz fizesse uma pausa, Joyce impacientou-se:

— Então?

— Bem. O que eu lhe queria dizer é simples e rápido. Quando você ficar boa...

Joyce interrompeu:

— Já estou boa.

— Digo, completamente boa.

— Já estou completamente boa.

Desta vez, ele se deixou espantar:

— Como?

Joyce ergueu, para ele, o rosto sereno:

— Eu estou muito melhor do que se pensa. Posso dizer que enxergo tão bem como antes do desastre. E sucede, apenas, que ninguém sabe porque, pensando em dar uma surpresa à família, eu pedi ao dr. Pascoal para não dizer toda a verdade.

Ele, sinceramente comovido, estendeu-lhe a mão:

— Meus parabéns, Joyce. Você não imagina como me sinto feliz, embora já soubesse que era só uma questão de tempo... E já que você está boa, eu posso falar com você como, enfim, um homem deve falar à mulher que ama.

Joyce quis detê-lo:

— Se é o que estou pensando, não continue, Carlos.

E ele:

— É o que você está pensando, sim, Joyce; mas vou continuar.

— Peço-lhe, Carlos!...

O rapaz estava muito sereno; sua determinação, porém, era bem perceptível. Nada, na sua atitude, no seu olhar, lembrava o Carlos antigo, cujo amor era cheio de humildade e de fanatismo. Algo mudara no sentimento, que continuava profundo, e parecia mais dominador. Essa diferença surpreendeu Joyce e a desarmou. Ela não pôde deixar de ouvi-lo, com uma nova atenção. Ele a fixava bem nos olhos, enquanto dizia:

— Gosto de você, Joyce. Não creio que nenhum outro homem possa gostar tanto ou mais do que eu. É claro que não estou contando uma novidade. Você sabia, naturalmente...

Joyce escolheu as palavras:

— Bem. Eu sabia, sim, mas...

— Continue.

— Infelizmente, não posso corresponder. Você também sabe que eu gosto de outro homem.

Ele protestou:

— Não sei de nada.

— Como?

— Consta-me que você gosta de Paulo. Mas não posso acreditar. Considero você uma menina nobre, digna, uma menina que tem alma, tem caráter, tem sentimento. E, sendo assim, você não pode gostar de um homem que ama e é amado por Sônia.

— Não posso?! Você diz que eu não posso?

Ela empalidecia diante dele, numa tensão de todos os nervos. Carlos disse, apenas, calcando bem as palavras e sem desfitá-la:

— Não! Ouviu bem? Mil vezes não!

Joyce, porém, não recuou. Assumiu uma atitude brava; e como Sônia e Paulo pudessem ouvi-la, teve a iniciativa de chamar Carlos para a varanda, onde poderiam conversar, livres de testemunhas.

Dir-se-ia que via, ali, mais que uma simples discussão; era como se o seu destino se fosse decidir naquele momento.

Teve uma inesperada energia, uma violência contida, quando cresceu diante de Carlos, numa atitude de desafio. Interpelou-o, rosto a rosto:

— Eu não posso gostar do homem que Sônia ama? E Sônia, diga-me?, Sônia pode gostar do homem que eu amo?

No primeiro momento, apanhado de surpresa, Carlos não achou o que responder. A menina repetiu a pergunta:

— E Sônia pode fazer o que eu não posso?

60

Quando Carlos fez o convite a Joyce, para que conversassem em particular, Paulo imaginou que iam ter um entendimento muito sério. Carlos deixara de ser a espécie de menino grande, ingênuo, irresoluto. Trabalhado pela vida, pelo sofrimento, tornara-se mais enérgico, de um caráter mais firme. E mesmo no seu amor por Joyce havia, agora, uma vontade mais viril e intensa. Paulo respirou, quando Joyce se levantou para acompanhar Carlos. Ia ficar, por uns momentos, a sós com Sônia, sem uma testemunha vigilante e implacável como Joyce. No mais íntimo de si mesmo, desejou que Carlos a retivesse tanto tempo quanto possível.

E mal a mocinha se afastou, Paulo disse para Sônia, em voz baixa:

— Tenho uma novidade para você.

— Qual?

— Amo-a!

Sônia crispou-se na poltrona. Durante alguns segundos, ficou em silêncio, incapaz de uma palavra, de um gesto. Por fim, perguntou:

— É essa a novidade?

— É. Uma velha novidade.

Ela hesitou e, depois de se certificar que Joyce e Carlos estavam muito entretidos entre si na janela, continuou num tom que era, a um só tempo, muito doce e muito triste:

— Você não sabe — perguntou —, não sabe que nada entre nós é possível?

Falavam baixo para que nenhuma palavra pudesse chegar até Carlos e Joyce. Paulo insistia, muito seguro de si mesmo e do amor que os unia, quisesse ou não Sônia:

— Entre nós tudo é possível!

— Não, Paulo, não!

E ele, mudando de tratamento:

— Eu te amo, tu me amas. Temos todo um futuro à nossa frente. Ninguém impedirá meu amor e teu amor.

Foi então que ela, fixando-o, com um olhar macio e ardente, insinuou:

— E se eu morresse?

Era tal a sua tristeza, e tão sério o seu olhar, ao formular a hipótese, que ele empalideceu. Por dois ou três segundos, contemplaram-se, em silêncio, e com certo espanto e medo nos seus corações. Paulo vacilou:

— Se tu morresses?!...

— Tu te casarias com Joyce?

A resposta veio, espontânea, imediata, irresistível:

— Não!

Sônia levou mais além sua crueldade de mulher e de amorosa:

— E se, antes de morrer, eu fizesse este pedido, este último pedido?

— Nem assim.

— Oh, Paulo!

Neste momento, Carlos e Joyce deixavam a janela, em direção da varanda. Paulo percebeu vagamente que Joyce estava exaltada. De qualquer maneira, experimentou um sentimento agudo de felicidade porque a solidão que se criara entre ele e Sônia ia se prolongar. E mal os dois deixaram a sala, Paulo teve o gesto, que vinha contendo: tomou entre as suas as mãos de Sônia. Ela, assustada, no pânico de que Joyce pudesse voltar repentinamente, suplicou:

— Pelo amor de Deus, Paulo!

Então ele, com o rosto muito próximo do seu, disse, num murmúrio:

— Se tu morresses, eu morreria também.

Sônia não disse nada. Sempre que Paulo falava de amor, ela se deixava enfeitiçar. Dir-se-ia que a fala dele era música pura para os seus ouvidos e para sua alma. Paulo, com a boca quase encostada na sua orelha pequena e perfeita, continuou:

— Escuta, nem a morte seria a separação. Se tu morresses e eu morresse, sabes o que aconteceria? O mesmo que àquele casal de noivos. Duas horas depois do casamento, eles tomaram o avião. Era a viagem de núpcias, compreendes? Pensavam na lua-de-mel que não terminaria nunca. Mas um deus, que achou aquele amor muito lindo, resolveu que o casal devia morrer, em pleno encantamento. De fato, houve o desastre de avião e eles pereceram. Só a vida os podia separar; a morte os uniu para sempre...

Sem querer, tocada por uma tristeza deliciosa, ela suspirou:

— Linda, essa história!

Mas Paulo, sentindo a fascinação que o sentimento da morte estava exercendo sobre ela, quis despertá-la:

— Dá-me um beijo?

Sobressaltou-se:

— Aqui?

Foi amoroso e persuasivo:

— Aqui, por que não?

Voltou a tratá-lo por você:

— Você está louco, Paulo?

— Um instantinho só!

Sônia, segura pelas duas mãos, estava apavorada com a possibilidade de que Joyce e Carlos reaparecessem. Foi infantil na sua atitude:

— Você parece que não tem juízo.

Ele criou o dilema:

— Ou tu me beijas ou eu te beijo!

Sua resistência, que não iludia nem a ele nem a ela mesma, escondia uma fragilidade absoluta. Sônia sentia-se cada vez mais fraca e percebeu que ia capitular:

— Então, rápido.

Ele aceitou:

— Rápido.

Gostando de não ser forte, gostando de ser fraca, ela ergueu o rosto e o beijou na boca. Foi, de fato, um beijo rápido. Quando terminou, porém, Sônia estava com uns olhos de sonho e os lábios ainda entreabertos. E, ao mesmo tempo, quis chorar.

Paulo, porém, não estava satisfeito:

— Já fui beijado. E, agora, é minha vez de beijar.

Esse beijo, o segundo, foi, nas vidas de Paulo e de Sônia, um momento de eternidade.

NA VARANDA, JOYCE, desesperada, dizia:

— O mesmo direito de Sônia, tenho eu!

Sem se alterar, com uma energia serena, que a exasperou, Carlos a condenou:

— O que você está fazendo, Joyce, não tem perdão. Você não se envergonha da própria alma?

E ela, fora de si:

— Prefiro ver Sônia morta, ouviu? Antes morta, do que casada com Paulo!

Foi isso que o fez perder a cabeça. Com uma violência contida, um ódio controlado e potente, Carlos a segurou pelos dois braços, imobilizou-a. Apertou-a, até que ela desse um gemido:

— Está me machucando!

— É para machucar mesmo!

— Solte-me!

E ele:

— Você vai pedir, agora mesmo, imediatamente, perdão a Deus, pela indignidade que disse. Peça já!

Atônita, sob o poder de uma vontade maior que a sua, ela balbuciou:

— Perdão!

E repetiu, soluçando:

— Perdão!

61

Só, então, ele a soltou. Joyce podia ter fugido, mas ficou no mesmo lugar, num duplo sentimento, de espanto e de medo. Via, diante de si, um Carlos novo, um Carlos desconhecido, que lhe infundia o pavor que a primeira mulher teria sentido pelo primeiro homem. Deixou escapar um lamento:

— Quase me quebrou o braço!

Não exagerava. Nos seus 19 anos, ele era excepcionalmente forte; criara-se com hábitos atléticos; sua figura fazia pensar em solidez e agilidade; e algumas adolescentes, que desejariam namorá-lo, pensavam, ao vê-lo, numa espécie de Tarzan. Quando Carlos apertara seu braço, com as mãos potentes, ela sentira, como nunca, a sua fragilidade. Imaginou que ele, se quisesse, poderia despedaçá-la.

Ele, porém, não estava satisfeito; quis magoá-la ainda mais:

— Por que não entra? Por que não vai embora?

Joyce, atônita, perguntou:

— Oh, Carlos! Você se esquece que eu estou na minha própria casa?

Mas Carlos já perdera a medida do castigo. Estava tão descontente com a menina e com um desprezo tão sincero por ela, que foi além de todos os limites; e a humilhou, com a mais lúcida e tranquila impiedade:

— Você diz "minha casa"? E por que não "de Sônia"? Se eu me esqueço que estou na sua casa, você esquece que a filha real é Sônia e que esta é, de fato, a casa de Sônia, e não sua? Você teve, aqui, uma generosidade que não soube merecer.

Ela continuou ouvindo, como se, de qualquer maneira, a violência e a crueldade do rapaz a fascinassem. Carlos usava um tom que, mimada, por Sônia e por toda a família, jamais experimentara. E como ele fizesse uma pausa — já saturado da própria cólera —, Joyce tentou uma ironia:

— Já acabou?

Sentiu-se provocado; um resto de irritação fê-lo continuar:

— Ainda não acabei, mas falta pouco. Sônia teve um defeito, aliás o único defeito que eu encontrei nessa moça admirável: foi doce demais com você, sempre; viveu para você, esbanjou com você um carinho que teria conquistado qualquer outra; e que não tocou sua alma. Os seus pais adotivos também são culpados. Foram tão bons com você, tão generosos, que você não sente o dever da retribuição ou do reconhecimento. Você é uma pequena serpente na vida de Sônia, na vida de toda a família. Deus pode ter pena de você, porque eu não tenho nenhuma. Adeus!

Passou por ela, entrou na sala. Podia ter ido embora, mas não quis ser indelicado com Paulo e Sônia. Os dois, que estavam muito unidos, quando ele apareceu, sobressaltaram-se. Carlos apertou a mão de um e de outro.

Sônia quis retê-lo:

— Já vai?

— Já.

— Ainda é cedo.

E ele:

— Tenho um compromisso.

Sônia, inquieta, perguntou:

— Onde está Joyce?

— Na varanda.

Depois que Carlos saiu, Paulo e Sônia entreolharam-se. Sônia fez a observação:

— Parecia zangado.

Paulo riu, esfregando as mãos, numa alegria que Sônia não compreendeu:

— Estou desconfiado de uma coisa.

— De quê?

— Que Carlos disse a Joyce as coisas que, há muito tempo, ela precisava ouvir.

— Como?

Ele, muito franco, muito positivo, revelou o que sentia:

— Olha, Sônia: estava havendo, em Joyce, uma verdadeira deformação de caráter.

— Que injustiça, Paulo!

— Injustiça? Digo-lhe mais: Joyce estava ficando má, Sônia. O excesso de carinho estava liquidando essa menina. Não vi nunca uma pequena tão egoísta!

— Oh, Paulo!

— Sim, senhora! Uma menina que só pensava em si própria!

Neste momento, Joyce apareceu. Sônia quis erguer-se, ir ao seu encontro. Ela, todavia, passou, sem olhar para ninguém. Ia muito serena, talvez serena demais. E foi essa atitude que imobilizou Sônia. Não disse uma palavra, nem fez um gesto. E Joyce pôde atravessar a sala e subir a escada.

Sônia virou-se para Paulo:

— Houve alguma coisa. E eu já não estou gostando nada.

— Que é que pode ter havido, Sônia? Com certeza, foi uma discussão e nada mais. Joyce ouviu umas verdades e deve estar aproveitando essas verdades. A não ser que não tenha consciência.

QUANDO SÔNIA ENTROU no quarto, algum tempo depois, Joyce já estava deitada. Vestira o pijama leve e gracioso e se cobrira com o lençol, da cabeça aos pés. Não era possível nenhuma dúvida: a menina estava ressentida com alguém. Fiel ao hábito de muitos anos, Sônia não podia ver a prima sofrendo, sem que sofresse também. Embora temerosa de exasperar a outra, fez a pergunta:

— O que é que há, Joyce?

Resposta curta e seca:

— Nada.

Sônia insistiu:

— Vocês brigaram?

Joyce, com a voz abafada pelo lençol, deu uma nova resposta, e malcriada.

— Quer me deixar sossegada, sim?

Outro hábito de Sônia era o de aceitar, inclusive, as explosões da menina. Não fez comentário, suspirou apenas e tratou de se preparar para dormir. Estava, porém, preocupadíssima; e tanto mais preocupada e atribulada quanto, nessa noite, deixara-se vencer pela sua imperdoável fragilidade diante de Paulo. No espelho, passando a escova nos cabelos, Sônia reconhecia: "Eu o amarei sempre". E, depois, acrescentou para si mesma: "Jamais amaria outro homem". Finalmente, veio deitar-se. Joyce não se mexera; continuava coberta, o que sugeria uma impressão extremamente desagradável e até fúnebre. Com profunda tristeza, Sônia apagou a luz e, enquanto se deitava, disse, como sempre:

— Boa noite, Joyce!

— Boa noite!

Mas, imediatamente, Sônia sentiu que Joyce se sentava na cama e, como não queria se antecipar, deixou-se ficar silenciosa e expectante. Joyce teve a iniciativa, como se a escuridão do quarto a animasse:

— Sabe o que Carlos me disse, Sônia?

— Não. Que foi?

Joyce fez uma pausa, antes de completar:

— Disse que eu era indigna de qualquer espécie de amor.

— Disse isso? Teve essa coragem?

— Teve.

E Sônia:

— Mas foi uma infâmia!

Joyce negou:

— Não, Sônia! Não foi infâmia! Foi pura e simples justiça! Carlos disse a verdade: eu sou indigna de qualquer espécie de amor!

62

SÔNIA FICOU APAVORADA com o desespero de Joyce. E desespero tanto maior quanto mais tranquilo. Não havia a menor excitação na menina. E foi essa estranha calma, que parecia ser o disfarce de uma dor muito grande, foi essa calma que assustou Sônia. Teria preferido a pura e simples exaltação.

Sentando-se na cama, Sônia protestou:

— Pelo amor de Deus, Joyce! Não diga isso nem brincando!

E ela:

— Por que não, se é verdade? Eu, até agora, fui má com você, Sônia, muito má!

Sônia, atônita, balbuciou:

— Ora essa!

— Você tem feito tudo por mim e eu não fiz nada por você.

Réplica imediata de Sônia:

— Porque não teve oportunidade!

— Tive!

— Como?

A outra teimou, agora de uma maneira mais apaixonada, como se experimentasse uma esquisita volúpia na própria humilhação:

— Houve um momento em que eu, com um simples cruzar de braços, nada mais do que isso, poderia fazê-la feliz, para sempre feliz...

Sônia, que não entendeu, quis saber:

— Que momento foi esse?

Joyce suspirou:

— Quando você começou a gostar de Paulo e ele de você. Se eu não tivesse assumido atitude nenhuma, vocês teriam continuado, e sua felicidade seria perfeita. Em vez disso, eu quis destruir o romance em meu benefício...

— Não exagere, Joyce!

— É a verdade. Como você sempre se sacrificou por mim, eu achei que devia fazer mais um sacrifício, como se eu fosse tudo e você não fosse nada. E ainda agora, antes da minha conversa com Carlos, eu estava disposta a fazer tudo, absolutamente tudo, para ficar com Paulo!...

Atormentada pelas próprias palavras, Joyce levantou-se; e, descalça, ficou andando pelo quarto, de um lado para outro, com os pés frios e nus.

Inquieta, Sônia quis acender a luz. Joyce, que percebeu o movimento, fez o apelo:

— Não, Sônia! Não acenda a luz! Prefiro que você não me veja! E, ao mesmo tempo, não quero ver você! Fiquei tanto tempo no escuro que mais alguns momentos de trevas não me farão mal.

Dentro da sombra, Sônia chorava, em silêncio. Joyce e Paulo eram as duas pessoas no mundo que tinham o dom de torná-la de uma fragilidade absurda. Diante de um e de outro, sua tendência era para tudo aceitar e tudo perdoar. Percebia o desespero de Joyce; imaginou que sua alma, já tão sofrida, pudesse ser destruída. Só não se levantou também e não foi confortá-la, com receio de provocar uma exasperação.

Joyce guardava, para o fim, a confissão pior:

— Mas isso ainda não é nada, Sônia.

— Venha se deitar, Joyce. Amanhã nós conversaremos.

— Amanhã, não. Tem que ser já.

Sônia esperou. Depois de uma pausa muito longa, Joyce começou:

— Eu quero que você saiba de tudo. Vou lhe falar, como se estivesse diante de Deus. Você sabe, Sônia, o que eu já desejei, imagine?

— Não faço a mínima ideia.

E Joyce, sentando-se na cama da outra, e bem baixo:
— Desejei a sua morte. Compreendeu? Ouviu bem? A sua morte, Sônia!

A resposta veio, num fio de voz:
— Ouvi.
— E agora? Está com horror de mim?

No escuro, e antes que Joyce pudesse esboçar um gesto, Sônia se aproximou e a estreitou nos braços. Joyce quis se desprender. Estava, porém, solidamente presa:
— Horror de você, eu? — dizia Sônia por entre lágrimas. — Mesmo que você, digamos, que você me matasse, eu nunca teria horror, nunca, juro, e Deus é testemunha! Eu quero que você saiba que eu a perdoaria sempre e que não a julgaria nunca. As mães não condenam os filhos, Joyce; e você, meu anjo, você é como se fosse minha filha...

Joyce pousara a cabeça no peito de Sônia, ouvindo as batidas do seu coração. Nos ouvidos da menina estavam ressoantes as palavras de Carlos: "Indigna, indigna...".

E agora ela falava:
— Preciso ir até o fim, faço questão de ir até o fim! — E com menos veemência, num tom quase doce, que traduzia uma tristeza mortal: — Quando eu lhe disse, naquele dia, que uma de nós precisava morrer, para que a outra pudesse ser feliz, eu queria sugestionar você. Sabe qual era minha esperança? Que você, boa como é, abnegada, gostando tanto de mim, fosse além de todas as medidas, fosse ao extremo de se matar...

Ainda uma vez, Sônia quis interromper a confissão:
— Para quê recordar essas coisas?

E Joyce:
— Não importa. Se eu não disser tudo, sou capaz de morrer, Sônia!
— Fale, então.
— Dia e noite — continuou Joyce — eu esperei que você, em meu benefício, se... Por último, insisti, de uma maneira quase direta. Foi quando perguntei se você seria capaz de morrer...

— Basta! — gritou Sônia, fora de si. — Basta! Oh, Joyce!

Joyce nem ouviu o apelo da prima. Continuou incomovível:

— Foi preciso que Carlos me dissesse o que disse, para que eu me visse, de repente, tal qual sou. Eu preciso ser castigada, Sônia! E se ninguém me castiga, então, eu...

— O quê?

E ela:

— Eu saberei me castigar a mim mesma!

Nos dias seguintes, Sônia esteve sob uma obsessão, que não a abandonou em momento nenhum: d. Senhorinha. A memória da mãe de Joyce e a memória do seu destino efêmero e infeliz não lhe saíam do pensamento. Acabou descobrindo na gaveta de uma cômoda um retrato de d. Senhorinha. Estremeceu diante da semelhança física. Eram os mesmos olhos, a mesma expressão, feições parecidíssimas. E à medida que Joyce deixava de ser menina e se fazia mulher, a semelhança era mais nítida e pungente. E, na verdade, a única coisa que diferia, nas duas imagens, era o traje de cada uma, correspondente a uma determinada época. Como em outros tempos, Sônia via na semelhança física um tristíssimo presságio. Seriam parecidas em tudo, inclusive no destino de morrer cedo, na plenitude da graça e da beleza? Atenta a tudo o que Joyce fazia ou dizia, Sônia observava a tristeza da menina, seu jeito esquivo e melancólico. Falava pouco, menos do que nunca; encerrava-se no quarto ou no gabinete do pai adotivo; não aparecia durante as visitas de Paulo. Limitava-se a perguntar, quando Sônia entrava no quarto:

— Carlos não veio?

— Não.

E ela, num meio sorriso melancólico:

— Não veio, nem virá.

Recuperara de todo a visão, mas parecia indiferente aos próprios olhos. Uma tarde, preparou-se para sair, dizendo a Sônia:

— Vou visitar Marília.

Antes de partir, abraçou e beijou Sônia, com uma veemência de carinho quase inquietante. Na porta, ainda se voltou para a prima; disse, num último olhar, uma única palavra:

— Adeus.

Ao sair levava, no mais íntimo de si mesma, a certeza de que nunca mais veria Sônia.

63

Quando Joyce disse que ia visitar Marília, Sônia quis retê-la. Criara o hábito de acompanhar a prima para todos os lugares. E se, por um motivo ou outro, era obrigada a ficar em casa, só respirava quando Joyce voltava. Muito sensível e imaginativa, Sônia estava sempre disposta a aceitar mil e uma hipóteses, e sempre as mais desagradáveis e funestas. Se fosse coisa que estivesse a seu alcance, a menina jamais sairia só. Ao mesmo tempo, reconhecia que Joyce não era mais criança. Ou por outra: tinha idade suficiente e bastante autonomia para ir à casa de uma família conhecida.

Contentou-se em fazer as recomendações habituais e pueris:

— Cuidado quando atravessar a rua. Olhe primeiro!

Joyce achou graça; e suspirou entre divertida e impaciente.

— Que ideia você faz de mim, Sônia? Pensa que eu sou alguma criança?

Vimos, no capítulo anterior, que Joyce dissera, ao sair, uma palavra única:

— Adeus.

Nada mais normal. Muitas pessoas dizem "adeus", em vez de "até logo". Todavia, como Sônia andava muito nervosa e já era por natureza impressionável — ficou preocupada. E perguntou a si mesma: "Por que disse adeus?". Se havia uma palavra de que não gostasse, era esta. Parecia traduzir qualquer coisa de irremediável, definitivo, mortal. Nas suas atividades de casa, arrumando as flores no jarro ou desenhando um bordado, Sônia não conseguia libertar-se da ideia fixa: "Devia ter dito 'até logo' e não 'adeus'". Procurou reagir, argumentando contra o medo que nascia no seu coração: "Deve ser bobagem minha. Uma palavra convencional não significa nada". Imaginou que, daí a pouco, Joyce estaria de volta; e então ela se convenceria da ingenuidade dos seus temores.

D. Flávia veio perguntar:

— Joyce saiu?

— Foi à casa de Marília.

D. Flávia saiu e voltou pouco depois. Fez um comentário:

— Não sei, mas acho que ainda é cedo para Joyce sair sozinha.

— Por quê, mamãe?

— Porque, enfim, só agora ela está enxergando bem. Passou tanto tempo sem ir à rua. Talvez estranhe.

Como Sônia, se bem que impressionada, não dissesse nada, a própria d. Flávia concluiu:

— Talvez seja bobagem minha.

Bobagem ou não, o certo é que, se Sônia já estava atribulada — ficou mais nervosa. Continuava pensando muito em d. Senhorinha e numa possível similitude entre o seu destino e o de Joyce. Cada vez mais apreensiva — embora sem motivo —, acabou se levantando. D. Flávia quis retê-la para conversar sobre assuntos triviais, mas Sônia deu uma vaga desculpa:

— Vou lá em cima um instantinho. Volto já.

Queria ver o retrato de d. Senhorinha, que escondera na gaveta da cômoda. Por que se lembrara da velha fotografia? E por que a necessidade súbita e irresistível de revê-la? Eis o que Sônia jamais pôde explicar a si mesma, senão como um sopro do destino. Subiu e foi direto à cômoda. Abriu a gaveta e... nada. Teve um choque. Disse a meia-voz, sem compreender:

— Não é possível! Eu deixei aqui!

Procurou de novo. Já agora, a sua angústia crescia. Tinha absoluta certeza; ainda na véspera, estava lá. Controlando os próprios nervos, foi até a escada e perguntou:

— Mamãe!

— Eu.

E Sônia:

— A senhora mexeu na gaveta da cômoda?

— Não.

— Tem certeza?

— Ora, Sônia!

Sônia, então, chamou a criadinha. Era moreninha, tinha 18 anos e era nova na casa. Sônia a interrogou:

— Por acaso, você abriu esta gaveta?

— Eu, não, dona Sônia.

Mas Sônia ainda não estava satisfeita:

— Nem viu uma fotografia, assim, assim?

A outra, meio confusa, pensou algum tempo, antes de responder:

— Não vi, não, senhora.

Sônia teve que se convencer:

— Está bem. Pode ir.

Sentou-se, diante do espelho, e pôs-se a pensar. Ninguém teria o menor interesse em roubar uma fotografia antiga sem o menor valor, a não ser o estimativo. Portanto, não podia existir, no fato do desaparecimento, nenhum sentido transcendente. Alguém tirara o retrato dali, e como ele não oferecia o menor interesse, a pessoa nem se lembrava mais. Olhando-se no espelho, Sônia fez a reflexão em voz alta, como se censurasse a si mesma:

— Tudo isso é bobagem minha!

Estava quase na hora de Paulo chegar. Ela, que vivia pensando em Joyce, achou que, por alguns minutos, podia pensar em si mesma. Olhou-se no espelho e com uma certa ternura para a própria imagem. Precisava se aprontar, antes que Paulo aparecesse. Desde criança, se bem que procurasse atenuar a própria vaidade, era muito caprichosa consigo mesma. Sua elegância era de uma simplicidade cheia de bom gosto. Com o lápis do batom, começou a renovar a pintura dos lábios. E olhando a própria boca, pensou que, na véspera, Paulo a beijara. Ainda sentia nos lábios o gosto daquele beijo.

Sônia enganava-se ao pensar que não havia no desaparecimento da fotografia nenhum sentido especial. O retrato não interessava a ninguém. Ou por outra: só interessava, no mundo, a uma única pessoa — Joyce. Desde menininha que Joyce não se cansava de evocar, nas suas meditações, a figura e o destino dessa mãe tão lírica e tão infeliz. D. Senhorinha a fascinava por muitos motivos, inclusive viver sob o duplo signo da beleza e da fatalidade. E nos momentos em que se sentia também infeliz, Joyce pensava, imediatamente, em d. Senhorinha; e amava mais a sua memória. Um sentimento novo já se apoderava de seu espírito sensível e frágil: de que seu destino e o de d. Senhorinha talvez fossem iguais. Raciocinava: "Mamãe, para se matar, teve um motivo; e esse motivo, só pode ter sido um amor". Fantasiava: um amor infeliz, um amor impossível. Concluía, para si mesma:

— Amor infeliz, amor impossível, é também o meu.

Horas antes de sair, ela, mexendo casualmente na gaveta da cômoda, encontrou o retrato; e se transfigurou diante dessa fotografia desbotada. Contemplou, com um sentimento de adoração, a figura materna. Sentiu o próprio olhar nos olhos de d. Senhorinha; e a mesma expressão na boca; as mesmas feições. Com os olhos cheios de lágrimas, Joyce teve a exclamação interior: "Igualzinha a mim". Apertou o retrato de encontro ao seio; jamais experimentara, em sua vida, ternura tão intensa. E o que sentiu, no mais íntimo do seu ser, foi como que um doce apelo da morte. Dir-se-ia que d. Senhorinha, infeliz na sua solidão de morta, a chamava. O raciocínio de Joyce foi este: enquanto ela fosse viva, estariam separadas. Só a morte as poderia unir, e para sempre. Todas as suas dúvidas dissolveram-se no seu espírito. Sabia agora o que fazer: preparou-se para sair, cheia de uma certeza terrível. Pretextou uma visita a Marília, porque, na hora, não lhe ocorreu outra ideia. Passara por Sônia dizendo:

— Adeus.

E era, de fato, um "adeus" para sempre. Queria despertar no dia seguinte entre os mortos. Sentia-se uma convidada da morte.

64

Paulo chegou mais cedo e, justamente, quando Sônia, diante do espelho, retocava a pintura dos lábios. A criadinha veio chamá-la:

— D. Sônia, ele já chegou!

Como se tornara um hábito a visita diária de Paulo, tanto a empregada como a própria d. Flávia dispensavam-se de dizer o nome. E, como é evidente, Sônia não fazia nenhuma pergunta sobre a identidade do recém-chegado. Dizia, simplesmente:

— Já vou.

Não se fazia esperar. Mesmo quando impunha a si mesma e a Paulo a presença de Joyce, não conseguia destruir a alegria de vê-la e ouvi-la. Era uma emoção que se renovava todos os dias, cada vez mais doce e mais pungente. Por vezes, dizia a si mesma: "Tenho medo, meu Deus, medo de amar demais!". Naquela tarde, o encontro dos dois foi mais terno do que nunca. Enquanto ele estivesse presente, não pensaria em nada, senão no amor, que era seu destino. Conseguiu, até, esquecer Joyce.

Ele a esperava na sala. E como ela estendesse a mão, Paulo fez a pergunta:

— E o meu beijo?

— Não, Paulo.

— Por quê?

Ela quis explicar e não pôde. Na verdade, não saberia achar um motivo. Fugiu com o rosto quando ele procurou seus lábios, numa resistência que não saberia explicar a si própria:

— Não devo ser beijada.

Mas, sentindo que o atormentava, capitulou: entreabriu os lábios. Como de outras vezes, Sônia não saberia dizer se fora um beijo rápido ou longo. Em todo o seu ser houve apenas silêncio e um esquecimento de tudo e de todos. Depois, ainda com os olhos velados pelo êxtase, ela estreitou entre as mãos aquele rosto de jovem deus.

Disse quase sem voz, numa gravidade triste:

— Eu te amo.

Quando, pouco depois, ele saiu, ela teria vontade de repetir, como se Paulo, mesmo ausente, pudesse ouvi-la: "Eu te amo, te amo, te amo". Sua meditação de mulher nostálgica do ser amado foi, porém, interrompida. Tocava o telefone; não tardou que a criadinha aparecesse na sala:

— É para a senhora, dona Sônia.

Atendeu e logo reconheceu a voz: era Marília. Sônia teve uma observação convencional:

— Há quanto tempo, hein, Marília?

E a outra:

— É verdade. Mas ando tão ocupada, Sônia, que não tenho podido aparecer. Talvez amanhã eu vá fazer uma visitinha a você e a Joyce. E como vai ela?

A princípio, Sônia não compreendeu:

— Não ouvi direito.

— Joyce vai bem?

— Ela não está aí?

O espanto era recíproco. Marília perguntou:

— Aqui em casa? Não, não está.

— Nem esteve?

— Nem esteve!

O coração de Sônia disparou. Procurou raciocinar. Acabou dizendo:

— Mas não é possível, Marília! Você está brincando comigo!

— Juro, Sônia!

— Joyce saiu daqui há mais de duas horas, para visitar você. Não chegou aí? Então, sucedeu alguma coisa! Que terá sido, meu Deus?

Desligou o telefone, já presa de uma angústia mortal. Durante alguns segundos, sentiu-se incapaz de uma iniciativa. Chamar d. Flávia era criar um alarme inútil dentro de casa. Sua mãe perdia a cabeça nessas ocasiões. Pensou numa série de hipóteses que pudessem explicar o fato; todas, porém, desagradáveis e algumas trágicas. Com o coração apertado, lembrou-se que, em casos assim, a ideia que primeiro ocorre é telefonar para a polícia, para a Assistência ou coisa pior. Sônia, porém, não faria isso, nunca. Ou por outra: faria, mas só em absoluto desespero de causa. Ligou o telefone para Paulo.

Uma voz desconhecida atendeu. E ela:

— Queria falar com Paulo.

— Não está — foi a resposta.

Paulo era a pessoa que mais lhe podia valer naquela circunstância. O fato de não encontrá-lo a desorientou por completo. Então, na sua angústia, voltou-se contra si mesma. Acusou-se de se ter entregue à própria felicidade e ao próprio amor, esquecendo o destino tão frágil de Joyce. Repetiu, para si mesma: "Eu a abandonei! Eu a abandonei!". Continuou: "Sou uma egoísta!". De repente, ocorreu-lhe uma reflexão que a gelou: o desaparecimento do retrato podia estar ligado ao desaparecimento inexplicável de Joyce. Subitamente, Sônia compreendeu tudo:

— Joyce achou a fotografia!

Era o destino de d. Senhorinha que se repetia na filha. Com uma lucidez terrível, compreendia que Joyce, infeliz no amor como o fora d. Senhorinha, procurava o mesmo caminho. Sônia não pôde mais lutar com a certeza que estava no seu coração:

— Joyce foi se matar!

PERTO DA CASA, havia um lago, e tão sereno, que mais parecia um sonho de águas. Desde criança, Joyce sentia-se atraída por ele. Era uma espécie de encanto, macio, quase irresistível. E quando essa fascinação se tornava mais intensa, a menina perguntava a si mesma se não acabaria arrastada e se... Ao descobrir o retrato de d. Senhorinha, a primeira coisa em que pensou, de uma maneira apaixonada, foi:

— O lago!

Criara-se ouvindo, de muitas bocas, a história de uma noiva que se afogara ali. E o pior é que se matara sem motivo ou, pelo menos, sem motivo conhecido. Estava de casamento marcado, julgava-se felicíssima e, todavia, desapareceu. Pensou-se em tudo, menos no lago. E, uma tarde, apareceu o corpo boiando. Uns afirmam que o corpo, as feições da moça, suas mãos, seus braços estavam intactos, perfeitos. E, na verdade, só uma diferença se notava: a morte assentara na suicida e a embelezara. Outros, porém, sustentavam que, pelo contrário, a noiva estava inteiramente deformada; seus traços se desfaziam; e pequenos peixes, ativos, devoradores, haviam mutilado seus lábios...

Caminhando para o lago, como quem atende a um convite da morte, Joyce pedia a Deus que a deixasse morrer bonita. Certos afogados são hediondos e ela queria que as águas não fizessem mal à sua graça de mulher e de menina.

Do alto, contemplou o lago. Teve uma breve tristeza ao pensar que sua agonia e sua morte não teriam nenhuma testemunha, ninguém saberia, ninguém fecharia seus olhos. Ouvira falar, não sabia onde, nem quando, que, no momento da morte, os olhos choram duas lágrimas, últimas e perfeitas. A pessoa já estava morta e as lágrimas continuavam vivas...

Diante do lago, fustigada pelo vento da tarde, Joyce pensava:

— Eu não terei as duas lágrimas!

Na sua meditação diante do lago, imaginou que, mais tarde, os que passassem diriam: "Aqui morreu uma moça". Essa moça seria ela, Joyce, uma menina de 16 anos, que levava para o seio da morte um amor imortal. Mas já era tarde e Joyce tinha pressa de morrer.

65

Enquanto Joyce parecia namorar a morte — olhando do alto a água profunda —, apareceu a primeira estrela da tarde. Outras viriam, sem que ela, absorta, as sentisse. E teve, então, um sentimento novo e intenso: uma espécie de nostalgia da vida e, ao mesmo tempo, uma ardente piedade de si mesma, da própria juventude. A ideia de que, dentro de meia hora talvez, não estaria mais entre os vivos, de que seria uma morta possuída pelas águas — fez nascer o medo. Naquele momento, poderia ter pensado em Sônia, ou em Paulo, ou nos pais adotivos. Todavia o único que roçou o seu espírito foi Carlos. Por que pensar nele e não em Paulo, se este era o seu amor?

Só, diante do lago, disse, a meia-voz:

— Carlos me insultou!

Ao longo dos anos, só conhecera os mimos de Sônia e dos pais. E mesmo Sônia a resguardava de tudo e de todos, numa proteção de cada minuto. As lágrimas de Joyce passavam sem deixar vestígios; eram esquecidas; e ela podia dizer que, até o aparecimento de Paulo, sua vida fora uma delícia infinita. Paulo a fez chorar a sua primeira lágrima de mulher. Sempre encontrara quem fizesse as suas vontades, sempre. E como se não bastasse a sua desilusão de amor, acontecera o desastre; mergulhara, por um período que parecera eterno, no mundo dos cegos. De qualquer maneira, porém, jamais ouvira palavras tão duras como as de Carlos.

Na verdade, ele a humilhara. Acostumara-se a ver, em Carlos, um rapaz cheio de humildade e de adoração, que se prostrava diante de sua imagem. De repente, descobre um Carlos diferente, uma face nova, um homem vingativo e brutal, que poderia parti-la em duas. E, numa palavra, um homem capaz de não sei que paixões sombrias e cruéis. Para a menina mimada que fora ela, a palavra "indigna" soara como uma bofetada. Sentira-se atingida fisicamente. Ainda agora, ao recordar a cena, teve uma sensação de frio; fez para si mesma o comentário: "Então, os homens são assim?", ou pelo menos: "Então, os homens podem ser assim?".

Mas a morte a esperava e, no seu monólogo interior, ela estava se demorando. Doía-lhe morrer, levando um insulto para a outra vida, um insulto não resgatado, que parecia marcá-la materialmente. Alguém a julgava "indigna de qualquer espécie de amor". Entretanto ela conhecia a própria alma, poderia dizer que "não, mil vezes não", poderia gritar, para que todos a ouvissem:

— Eu não sou assim!

E repetiria:

— Deus sabe que não sou assim!

Pouco a pouco, deixava-se possuir pela ideia de ter ainda um encontro com Carlos, um encontro que seria, sem que ele soubesse, o último. Então, procuraria fazer com que ele renegasse o insulto e que deixasse de julgá-la "indigna". Sem ter consciência do próprio ato, veio caminhando. Retardaria o encontro com a morte por dez, quinze minutos; talvez, meia hora. Mas que seria isso ante a eternidade? Queria falar ainda uma vez com Carlos, pelo telefone, uma única vez; e, então, poderia morrer com o coração mais tranquilo e a doçura das que morrem por vontade e por destino.

Viu um pequeno bar no caminho. Na cabine telefônica fez a ligação. Antes que atendessem do outro lado da linha, pensou na hipótese, tão normal, de que ele não estivesse em casa. Sobressaltou-se, porque não teria meios de descobri-lo em outro lugar. E não queria morrer da vida sem se purificar de um insulto que julgava imerecido. Crispou-se quando atenderam e reconheceu a voz:

— Carlos?

— Eu.

Ela não se conteve:

— Oh, graças!

— O quê?

— Nada. Vai bem, Carlos?

Logo sentiu que ele estava frio, deliberadamente frio, seco. Sofreu, porque uma mulher, mesmo quando não ama, gosta de ser amada. Ouviu, quando Carlos respondeu:

— Vou bem.

E nem perguntou "e você?". Queria dar a impressão, inclusive, de que tinha o maior desinteresse pela conversa.

Tratava-a grosseiramente; só faltava dizer: "Tenho mais o que fazer". Ela, cada vez mais doce, apesar de maltratada ou por isso:

— Eu queria que você me perdoasse, Carlos.

E ele, admirado:

— Perdoar por quê? Você não me fez nada!

— De qualquer maneira, Carlos...

O rapaz a interrompeu:

— Olha, Joyce: se você deve pedir perdão a alguém, esse alguém é Sônia.

Suspirou:

— Está certo, Carlos: e eu não quero tomar mais o seu tempo. Vou me despedir, já. Antes, porém, queria lhe perguntar uma coisa.

— Pois não.

Joyce fez uma pausa, antes de chegar à pergunta:

— Você continua me achando "aquilo"?

— Não entendi.

— Você não disse que me achava "indigna de qualquer espécie de amor"?

Ele hesitou. Com esforço, admitiu:

— Sim.

— Continua com a mesma opinião?

O rapaz vacilou ainda uma vez; quis evitar a resposta:

— Você não acha esse assunto muito desagradável?

Ela teimou:

— Responda, Carlos.

— Recuso-me, Joyce.

E a menina num desespero que crescia:

— Carlos, daqui a pouco vou fazer uma coisa e, antes, preciso de sua resposta. Preciso, ouviu?

Ele percebeu a angústia da moça; teve um mau pressentimento:

— Mas vai fazer o quê?

— Não importa, Carlos. Responda. Quero sua resposta. Ou, então, será tarde demais. E quando meu corpo aparecer boiando...

Gritou, do outro lado:

— Joyce! Joyce!

Mas ela, com um súbito desinteresse, uma espécie de vertigem de vontade, desligava o telefone. No limite da vida e da morte, sentia-se mais do céu que da terra. Para quem vai morrer importa muito menos o juízo dos homens. Ele se arrependia de tê-la insultado. E se achassem seu corpo, iria visitar seu túmulo, enfeitá-lo de flores; e, como era religioso, pediria pela sua alma.

Ela caminhava, de novo, pelo caminho do lago. De repente, ocorreu-lhe a reflexão:

— Eu não penso em Paulo. Só em Carlos. E não em Paulo.

Imaginou que Carlos, diante do telefone, teria percebido tudo; e estaria feito louco, procurando-a por toda parte. Mas não teria meios de encontrá-la, ela poderia morrer em paz e, antes de procurar o seio misterioso e tranquilo das águas, teria tempo de uma última meditação, ter seu último sonho de mulher. Estava, de novo, debruçada.

Disse, a meia-voz, para si mesma:

— É tarde, muito tarde. E...

66

Súbito, aconteceu o milagre.

Certa de que ninguém viria — ela se deixara ficar, na pedra solitária — quanto tempo? Na verdade, não saberia responder. Perdera a noção dos minutos e das horas. Se lhe dissessem que estava debruçada sobre o abismo há muitos dias — teria talvez acreditado. Uma sensação de sonho absoluto a dominava. O medo extinguira-se no seu coração. Queria a morte e mesmo desaparecera, em sua alma, a saudade da vida. Ergueu-se. Deu um passo; mais outro; o terceiro seria a queda e...

Veio alguém por trás e a segurou, imobilizando-a. Quis se debater, fugir; já agora era mais intenso e ardente o apelo da morte. Uma voz, que não identificou imediatamente, dizia-lhe ao ouvido:

— Não.

Estava tão desprendida das coisas terrenas que custou a identificar. Balbuciou, por fim:

— Carlos!

Era ele, de fato, que surgira, dramaticamente, no momento justo, que a arrebatava nos braços, como num rapto. E, de fato, Carlos a raptava da morte. Joyce mal escutava o que ele estava dizendo:

— Quero que você viva para mim!

Acrescentava:

— Para o nosso amor...

Joyce fez um esforço de compreensão. Parecia-lhe prodigioso, incrível, que ele a descobrisse numa imensa cidade, como se um instinto certo, uma luz interior o guiasse. "Ele não sabia, ele não podia saber..." Entretanto, estava ali e a estreitava nos braços como se a quisesse triturar. Como descobrira? Como?

Q<small>UANDO</small> J<small>OYCE DESLIGOU</small> o telefone, Carlos não teve nenhuma dúvida e a própria Joyce fora bem clara. Atônito, pousou o fone no gancho:

— Vai matar-se — foi o que disse a si mesmo.

Fora de si, correu pela casa, incapaz de uma ideia, de uma iniciativa, numa inibição tremenda. A voz interior repetia: "É preciso salvar Joyce! É preciso salvar Joyce!". Estacava, porém, diante de uma muralha de dificuldades ou, por outra, de impossibilidades. Para salvar Joyce precisava, antes de mais nada, da proximidade física. Ela teria que estar ao alcance de sua proteção. Mas como descobrir a menina no meio de uma cidade enorme, entre milhões de pessoas, através de bairros, ruas, avenidas sem fim? Por outro lado, havia o problema do tempo: disporia, no máximo, de uma meia dúzia de minutos para achar a solução. Se, nesse espaço de tempo, não descobrisse Joyce, seria, então, tarde demais. E a perderia para sempre.

Pela primeira vez, teve a noção do que seria "perdê-la" irremediavelmente. Compreendeu que era impossível, para ele, "viver sem Joyce". Um mundo sem o ser amado, vazio de sua presença e de sua graça de mulher, seria o pior dos desertos.

Sua mãe veio encontrá-lo em pleno desespero.

— Que foi, meu filho?

Ele deu a notícia:

— Joyce vai morrer!

Ficou mortalmente pálida:

— Como?

E ele:

— Telefonou dizendo que...

Contou tudo. O telefonema misterioso de Joyce; a insinuação final da morte... A mãe o interrompeu:

— Meu filho, corra, meu filho!

— Para onde?

Ela estacou diante da mesma impossibilidade. Sem localizar Joyce, como salvá-la? Perguntou:

— Não deu nenhuma indicação? Nada?

— Nada!

— Tem certeza?

— Tenho.

— Pense bem, meu filho, veja se ela não disse uma palavra que...

Ele a interrompeu:

— Espere!

Fechou os olhos, num esforço de memória. Procurou lembrar-se de cada palavra. Já desanimava de encontrar um indício, quando lhe ocorreu uma lembrança: "... quando meu corpo aparecer boiando...". Era um detalhe, um ínfimo, imperceptível detalhe, que, todavia, podia iluminar o mistério. A meia-voz, repetiu, para si mesmo:

— ...corpo boiando...

A primeira ideia que lhe ocorreu foi de mar. Joyce estaria numa praia. Joyce ia se afogar no mar. Gritou:

— Adeus, mãe!

Só no automóvel é que, na realidade, teve intuição de tudo. Foi uma espécie de clarão:

— O lago!

Pensou no lago que ficava próximo da casa de Joyce. Por que iria ela procurar uma praia distante, quando o lago estava tão próximo? Não teve dúvidas: seguiu o caminho que julgava certo. Diga-se que a fatalidade o ajudou, pois viu imediatamente Joyce, na grande pedra solitária. Ou por outra: não a identificou, porque havia uma distância bem grande. Todavia, como era um vulto feminino, correu na certeza de que seria ela. E não foi sem tempo. Joyce ia atirar-se, quando ele a alcançou. Houve entre os dois uma luta breve e instintiva; depois ela se abandonou, numa súbita docilidade.

Ele dizia, ao seu ouvido:

— Quieta!

Joyce não se debateu mais. A presença de Carlos, seu peito largo, a sensação de força que ele transmitia — tudo isso agiu sobre ela como uma espécie de sedativo. Por alguns momentos, esqueceu-se da vida e da morte. Sentia-se vazia de vontade, incapaz de qualquer ação; dir-se-ia que estava morta por dentro.

Vieram caminhando, a passo lento. E, de repente, Joyce estacou. Teve um lamento de menina:

— Você me chamou de indigna?!

Foi doce, persuasivo:

— Não pense nisso!

Ela, porém, na sua obsessão, insistia:

— Disse que eu era "indigna de qualquer espécie de amor"!

Era a mágoa, a tristeza, a humilhação, que estavam bem vivas no seu coração de pássaro. Caíra a noite sobre eles e sobre o caminho. Vinha do lago uma aragem bem fresca, quase fria; Joyce arrepiou-se. Foi então que ele teve um gesto másculo e inesperado que a encantou: carregou-a nos braços, numa espécie de ostentação de força e de posse. Sentiu que a menina era tão leve, tão frágil, de um peso tão doce e macio — que lhe escapou uma exclamação:

— Minha!

Joyce se aninhava nos braços dele. Não compreendia que, sem amá-lo, pudesse ser tão passiva, tão abandonada. Carlos perguntou:

— É minha? Não é minha?

Joyce não respondeu. E, no alto, foi mais clara e mais ardente a luz das estrelas...

67

Até o último momento, Sônia procurou não dizer nada aos pais. Sabia, de longa data, que tanto d. Flávia como dr. Dário eram imprestáveis nessas ocasiões. Emotivos demais, com os nervos à flor da pele, com um senso prático muito relativo ou nulo — perdiam a cabeça, o controle, e atrapalhavam em vez de ajudar. Na impossibilidade de contar com a própria família, Sônia teria que recorrer a alguém. Está claro que esse alguém só poderia ser Paulo. Telefonou outra vez para ele:

— Venha, e depressa.

— Alguma novidade?

E ela:

— Pelo amor de Deus, não faça perguntas. Corra!

Minutos depois, ele chegava, no carro. Vinha em pânico, pensando mil e uma coisas e cada qual mais funesta e dramática. Sônia foi sucinta:

— Joyce desapareceu, Paulo!

Ele não entendeu, a princípio:

— Desapareceu, como?

— Ora, Paulo! Desapareceu, pronto! Disse que ia para a casa de Marília e não apareceu lá.

Ele não compreendia o pavor de Sônia. Joyce não fora à casa de Marília, é certo, mas podia ter mudado de opinião, encontrado um coleguinha no meio da rua e, numa palavra, era possível e até provável que, por qualquer motivo, tivesse mudado de itinerário. Acontece, tantas vezes, que a gente escolha, já na rua, outro programa! E Paulo foi sincero:

— Não vejo, Sônia, francamente não vejo, nenhum motivo de alarme.

— Oh, Paulo!

— É a minha opinião, Sônia!

A moça, já com lágrimas nos olhos, exprobrou-lhe a falta de imaginação:

— Será, meu Deus, que você não percebe? Joyce está fora de si, num estado de desespero absoluto. É um perigo deixar essa menina sozinha!

— Desespero, por quê? Uma menina que recupera a visão, quando parecia irremediavelmente cega... não pode estar desesperada!

Sônia encarou-o:

— Ah, Paulo! Então você se esqueceu que Joyce acha o amor mais importante que a luz dos olhos?

— O amor?!

— Claro, o amor, sim! E como se sente infeliz no amor, a vida deixa de ter qualquer interesse para ela. Compreendeu?

Acabaram percebendo que aquele debate era inútil. O importante era descobrir Joyce, fosse onde fosse. Sem que Sônia dissesse nada, os dois embarcaram no carro de Paulo e foi uma corrida desesperada e infrutífera pela cidade. De vez em quando, lembravam-se de uma coleguinha de Joyce; batiam para lá. E o mais desagradável é que tinham de disfarçar, dissimular, tanto quanto possível, a própria angústia. Já na certeza de uma catástrofe — Sônia teve um lamento:

— Nosso amor é maldito, Paulo!

E ele:

— Mas que loucura, Sônia!

— Como, loucura? Você não está vendo? Sempre que nós teimamos, acontece alguma coisa! Não podemos, Paulo. E é isso que eu quero que você compreenda. O destino está contra nós. Eu amo você, não nego, amo, mas não tenho o direito de sacrificar Joyce!

Ele teve a réplica imediata:

— E deve sacrificar a mim? Por que devo ser eu o sacrificado? Por quê?

Sônia chorava:

— Já não sei mais de nada!

Ele, no mesmo tom apaixonado, desenvolvia um raciocínio que ia, pouco a pouco, dominando Sônia:

— Se eu amo e sou amado, não devo sofrer. Se você ama e é amada, também não deve, nem pode sofrer.

— E Joyce?

— E nós? Ela é uma; e eu e você somos dois!

Sônia, porém, teimou, numa obstinação sem lógica, que era quase insânia:

— Nosso amor é impossível! Nosso amor é maldito!

Já haviam percorrido muitas casas de conhecidos; e em vão. Ninguém vira Joyce; a menina não aparecia há muito tempo. Sônia tinha que adotar um ar amável e frívolo, que não desse margem a nenhuma conjectura; dizia:

— Adeuzinho.

Por fim, desesperados, voltaram para casa. Sônia decidira:

— Vou dizer a papai e mamãe.

Paulo, já contagiado do terror de Sônia, admitiu:

— É a melhor solução.

Mas, quando o automóvel dobrou a rua de Sônia, Paulo, que vinha imprimindo grande velocidade ao carro, dando derrapagens violentas nas curvas, teve a exclamação:

— Joyce!

Freou, e de uma maneira tão inesperada e espetacular, que o carro podia ter capotado. Sônia gritava, também:

— Joyce!

Era, com efeito, a mocinha. Vinha caminhando com Carlos, sem pressa, pela calçada. Quem os visse, jovens e belos, num passo lento de namorados, não teria a menor dúvida e seria capaz, até, de pensar que fossem noivos. Joyce ia tão absorvida pela conversa que não ouviu senão o rumor da derrapagem. Já o automóvel parara e Sônia vinha ao seu encontro, correndo, de braços abertos. Foi uma cena de ternura recíproca. Por entre beijos, Sônia dizia:

— Que susto, Joyce!

E repetia, na emoção de revê-la:

— Você não devia ter feito isso!

— Mas eu não fiz nada!

Como, porém, Paulo e Carlos ouviam tudo, Sônia controlou melhor as próprias expansões; procurou disfarçar:

— Vamos embora, que mamãe deve estar muito preocupada.

No caminho de casa, Sônia ia procurando observar, tão discretamente quanto possível, a fisionomia da irmã. Joyce, porém, parecia tranquila e quase feliz. O máximo que se podia perceber era uma certa melancolia nos olhos e no sorriso; muito leve, porém. A crise de pouco antes, o desespero, a vontade de aniquilamento, tudo se extinguira na sua alma de menina e de mulher. Sônia, porém, queria estar a sós com Joyce. Pensava: "Temos muito o que conversar".

Paulo e Carlos jantaram com as duas moças. Depois, conversaram os quatro uma meia hora ou quarenta minutos. Quando dr. Dário chegou, de uma conferência importante, despediram-se;

e Sônia e Joyce puderam subir. Joyce estava silenciosa e parecia cansada; Sônia queria conversar, mas não sabia como criar o assunto. Foi Joyce, já no pijama muito leve e gracioso, quem teve a iniciativa. Fez a pergunta:

— Que é que você acha de Carlos, Sônia?

— Acha, como?

— Pergunto se o considera um bom rapaz ou se...

Sônia foi a mais entusiástica possível:

— Considero-o um rapaz de primeiríssima ordem, de ótimos sentimentos, simpático. Enfim, a minha opinião é a melhor possível!

— Interessante!

— O quê?

E Joyce, diante do espelho, limando as unhas:

— Você tem, de Carlos, uma opinião de namorada!

— Ora, Joyce! Estou dizendo a verdade, a pura e simples verdade!

Durante alguns momentos, Joyce permaneceu calada; por fim, virando-se para Sônia, fixando-a bem no fundo dos olhos, disse, lenta e grave:

— Eu posso me casar com Carlos e você com Paulo, "no mesmo dia, na mesma igreja e no mesmo altar"!

68

A princípio, Sônia não acreditou. Admitiu que fosse um impulso, uma ideia efêmera de Joyce, e que não tardaria a passar, a extinguir-se, sem deixar vestígios. A moça, porém, percebendo a dúvida de Sônia, foi a mais positiva possível:

— Eu sei o que você está pensando.

Espanto e atrapalhação de Sônia:

— Sabe?

Joyce, como se, de fato, lesse no pensamento da outra, continuou:

— Você acha que eu estou falando assim agora, como já fiz uma vez. E que, depois, como já aconteceu, eu mudarei de opinião etc., etc. É isso?

— Não.

E Joyce:

— É, Sônia, é. Confesse.

Sônia vacilou ainda; acabou admitindo:

— Bem, Joyce, eu, realmente, fico assim, como você deve compreender. Mas esse assunto, aliás, não interessa.

— Interessa e eu faço questão de uma coisa, sobretudo: que você se convença, de todo o coração, que eu quero isso e que não mudarei de opinião, em hipótese nenhuma. Compreendeu bem o que eu disse? Em hipótese nenhuma, voltarei atrás.

Sônia tinha uma pergunta que quis guardar e acabou fazendo:

— Mas... e Carlos, Joyce?

— O que é que tem Carlos?

— Eu queria saber se você está gostando dele, se, enfim, tem amor por esse rapaz...

Joyce não respondeu imediatamente. Ficou em silêncio alguns instantes, como se fizesse um exame de consciência. Por fim, limitou-se a uma pergunta:

— Isso interessa?

— Mas claro! Isso, minha filha, é o principal!

Joyce sorriu diante da veemência da prima; fez nova pergunta, e não sem ironia:

— Você acha, Sônia, que só há casamento de amor?

— Bem, não digo que todos. Mas se há quem case sem amor, está errado...

— Quem sabe?...

— Oh, Joyce!...

A outra, porém, bocejava, de uma maneira tão ostensiva, e mesmo exagerada, que parecia evidente seu propósito de cortar a conversação. Sônia não teve jeito de prosseguir. Estava, porém, preocupadíssima.

Ouviu a voz de Joyce:

— Vamos dormir, Sônia?

— Vamos. Boa noite, Joyce.

Teria sido ilusão de Sônia ou, realmente, havia uma secreta ironia na voz de Joyce quando disse:

— Boa noite, Sônia.

No dia seguinte, a própria Joyce, logo depois do almoço, telefonou para Carlos. Cansado das emoções da véspera, ele acordara tarde; pensava em Joyce, quando o telefone tocou.

— Você, Joyce?

— Eu, Carlos.

— Dormiu bem?

— Assim, assim. Sonhei muito; sonhei demais.

Ele riu:

— Eu, idem.

Ela foi, então, direto ao assunto:

— Quer se encontrar comigo, Carlos?

— Mas evidente!

— Preciso ter uma conversa muito séria com você. E não queria passar de hoje.

— A que horas?

Marcaram local e hora. Muito antes, ele já estava no lugar. Imaginava mil coisas. Sua mãe dissera: "Meu filho, a mulher é capaz de coisas incríveis". Estas palavras gravaram-se no seu espírito e pareciam bem aplicáveis a seu caso. Na sua convivência com Joyce, aprendera a julgar a moça um temperamento excepcional. Ela assumia atitudes, revelava ideias e sentimentos que considerava raros, sendo que alguns extravagantes. Mas isso, longe de prejudicar o encanto de Joyce, parecia torná-lo mais intenso, mais irresistível.

Quando ela apareceu, com um pequeno atraso, ele a sentiu mais linda e mais doce do que nunca. Uma imagem leve, ágil, inesquecível. Ela foi logo perguntando:

— Está espantado?
— Por quê?
— Eu própria me senti tão esquisita!
Carlos teve um breve comentário lírico:
— A única coisa que sempre me espanta em você é a beleza.
— Obrigada.
E Carlos:
— Você é sempre mais bonita que na véspera.
Estavam num jardim; sentaram-se num banco; e Joyce, sem transição, repetiu a pergunta que, na noite anterior, fizera a Sônia:
— Você acha que amor é indispensável num casamento?
Pareceu titubear, foi vago:
— Depende.
— Como?
— Digo que depende, pelo seguinte: uma pessoa pode se casar com o ser amado, mesmo sem retribuição.
Joyce decidiu-se:
— Responda, com absoluta sinceridade...
— Pois não.
— ...você se casaria comigo, embora sabendo que eu não o amo?
Foi definitivo:
— Eu seria capaz de me casar com você, imediatamente, mesmo sabendo que você não me ama.
— Outra pergunta.
— Quantas quiser.
Joyce pensou um pouco, como se escolhesse as palavras. Afinal, olhou-o bem nos olhos:
— Não teria medo?
— De quê?
— É o seguinte: uma esposa que não ama o seu marido talvez não mereça, do próprio, a necessária confiança. Segundo me parece, a maior garantia da fidelidade é mesmo o amor.
Carlos riu:
— O homem não precisa confiar na esposa.

— Não?

— Ou por outra: precisa, acima de tudo, confiar em si mesmo. Eu confiaria em mim; teria absoluta certeza de que me faria amar pela esposa e de que ela seria fiel, para sempre fiel.

Encarou-a, baixou a voz, sem desfitá-la:

— Fiel na vida e na morte.

Houve um silêncio entre os dois. A verdade é que a energia contida de Carlos, o sentimento de força tranquila que ele transmitia, a ternura viril do seu olhar — impressionavam Joyce. Ela baixou os olhos, quando disse:

— Se você ainda quer casar comigo, eu...

69

Os dois combinaram tudo. Como Joyce o advertira de que não o amava ainda, não houve arrebatamento. Só no fim, quando Carlos se despediu, teve o gesto que apanhou a moça de surpresa. Com naturalidade, inclinou-se e deu-lhe um beijo rápido, na boca:

— Adeus, Joyce.

— Adeus, Carlos.

Ele já saíra, já desaparecera, e ela continuava em pé, atônita. A verdade é que não esperava pelo beijo do rapaz. Em vão dizia a si mesma: "Ele é quase o meu noivo; vamo-nos casar; portanto, nada mais natural que...". Não havia dúvida; era naturalíssimo. Todavia, com ou sem razão, Joyce espantara-se, ilogicamente, com um beijo leve e rápido. Voltou para casa, pensativa. Conversou com Sônia; fez um resumo do que ela e Carlos haviam decidido.

Sônia ouviu tudo, atentamente. Quando a primeira terminou, fez a pergunta:

— Você já pensou bem, Joyce?

— Ora, Sônia.

E Sônia, grave e triste:

— Porque o casamento, Joyce, é uma coisa muito séria, uma coisa seríssima. Ninguém se casa por um dia, mas para toda a vida.

Joyce foi muito positiva:

— Eu sei, claro. Ou você pensa que eu sou alguma criança?

Na verdade, era criança, embora a vida, nos últimos tempos, tivesse sido bem dura para com ela. Podia dizer que experimentara sofrimentos que muita mulher feita, de 40 anos, não conhecera ainda. Sônia, sempre preocupada, quis saber:

— E você, Joyce, como se sente?

— Eu?

— Pergunto se é feliz.

Breve e indecifrável sorriso de Joyce:

— Sou felicíssima!

A verdade é que Sônia estava descontente com o desenvolvimento da situação. O fato de ter Joyce se decidido por Carlos dava liberdade a Sônia de se abandonar ao amor, que era o mais doce bem de sua vida. E ela devia sentir-se felicíssima, agora que já não se erguiam, como antes, muralhas de dificuldades. Mas havia em Sônia, no mais íntimo de si mesma, uma dúvida ou, mais do que isso, um medo, uma espécie de presságio. Imaginava que, mesmo casando com Paulo, essa dúvida ou esse medo a acompanhariam até o altar. Por vezes revoltava-se contra si mesma: "Eu preciso ser feliz, devo ser feliz; e mereço a felicidade". Que fizera na vida, senão cuidar de Joyce, da família e, em suma, dos outros, num esquecimento total de si mesma? Agora, chegara a sua vez de provar a doçura da existência.

De noite, Paulo veio vê-la. Conversaram e Sônia quis saber:

— Você acha que Joyce faz bem?

— Quem sabe?

E ela, mais assustada:

— Você não tem, a respeito, uma opinião?

Paulo vacilou, quis evitar a resposta:

— Por que pensar na vida dos outros?

Tomou entre as suas as mãos de Sônia; beijou uma e outra; ela, numa tristíssima felicidade, fez a confissão:

— Tenho medo, Paulo.

— De quê, meu anjo?

A rigor, ela não saberia responder. Sentia o medo, como alguma coisa obscura, indefinida. Repetiu para si mesma, sem lhe achar resposta: "Medo de quê ou de quem?". Depois, levantou os olhos para Paulo. Como era muito amorosa e precisava dar e receber carinho, afagou-o nos cabelos; acabou dizendo, sem desfitá-lo:

— Medo de te perder, querido!

— Por quê?

— Não sei, nem imagino. Os homens são tão volúveis e a própria vida é tão ingrata! Hoje, você está ao meu lado e amanhã, quem sabe?

— Você não tem confiança em mim?

Vacilou, antes de concluir:

— Você é bonito demais para inspirar confiança.

— E meu amor?

E ela, numa melancolia que não conseguia vencer:

— Será eterno?

— Duvida?

— Posso responder pelo meu. Tenho certeza de que o amarei sempre, sempre.

— Até seu último dia de vida?

Confirmou, com vontade de beijar aqueles lábios que estavam tão próximos e eram tão doces:

— Até meu último dia.

Um e outro sentiram, então, que estavam vivendo alguns dos momentos mais belos, mais perfeitos de suas vidas. Tudo o que Sônia dizia ou fazia, cada palavra, cada gesto, era de uma graça plena e inesquecível. E, pela primeira vez, Paulo teve ciúmes dessa mulher muito adorável, que ele descobrira e escolhera entre tantas. Quis olhar o seu passado, que, até então, desconhecia.

Começou:

— Se eu perguntar uma coisa, você responde?
— Duas.

E ele, depois de uma breve vacilação:
— Você teve muitos namorados?
— Nenhum.
— Mentira!
— Juro!
— Não é possível, Sônia, não acredito! Antes de mim, você deve ter conhecido muitos rapazes...

Sentindo os ciúmes de Paulo, ela experimentou uma alegria profunda, numa vaidade secreta e deliciosa. Foi veemente:
— Antes de ti, meu amor, eu não vivia. Acho que te esperava, sem te conhecer!

Minucioso, implacável, ele foi além, na sua curiosidade:
— Mas flerte você teve, às dúzias, não teve?

Deliciada, disse a pura e simples verdade:
— Nunca!
— Mas, Sônia!...
— Eu não flertaria senão com você. E sabe o que me espanta, o que me assombra?
— O quê?

Ela, brincando, mas comovida e enamoradíssima, prosseguiu:
— É que as outras mulheres possam amar os outros homens! Será que elas não percebem, meu amor, que só você, entre milhões, só você é digno de ser amado?

Suas bocas estavam muito próximas; ele sentiu que amava Sônia como jamais homem nenhum amara outra mulher. Balbuciou, no seu encantamento:
— Querida!

Foi, então, que ela experimentou um arrepio, na carne e na alma. Caiu um silêncio entre os dois; ela teve o presságio ou, mais do que isso, uma certeza terrível, que a gelou. Transfigurou-se na sua angústia:
— Eu sei que não nos casaremos! Sei que morrerei antes, oh, Paulo!

70

Ela falara com uma tristeza tão intensa e, ao mesmo tempo, uma certeza tão profunda, que Paulo empalideceu.

Perguntou:

— Mas o que é que há, Sônia?

Baixou a cabeça, sem coragem de fitá-lo.

— Nada, Paulo, não há nada.

E ele:

— Não compreendo sua atitude. Toda a situação está resolvida, já não existem dúvidas quanto ao nosso casamento. E, em vez de estar alegre, você faz esse ar de mártir.

E ela procurou disfarçar.

— São os meus nervos, Paulo. Ando muito nervosa. Mas isso passa.

Para tranquilizá-lo, riu de si mesma, das próprias angústias sem motivo, brincou, e foi deliciosa na sua ternura e na sua solicitude. Antes de sair, Paulo teve uma última curiosidade:

— Você me ama?

— Já não disse e repeti tantas vezes?

— Então, diga mais uma vez. Ama?

— Adoro.

— Existe alguém, no mundo, mais feliz do que nós dois?

— Ninguém.

Eram coisas pueris, já ditas, mas que tinham para eles o maior dos encantos. Quando ele partiu, Sônia voltou, lentamente, para o interior da casa. Encontrou d. Flávia animadíssima. Assim que a viu, veio ao seu encontro. Parecia radiante:

— Então, você, hein, dona Sônia? Não me dizia nada?...

Quando a mãe a chamava de d. Sônia, ela já sabia: acontecera algo de bom e a santa senhora estava na melhor das disposições. Sônia vinha tão ensimesmada que, de momento, não soube deduzir:

— Não dizia o quê, mamãe?

D. Flávia sentou-se e fê-la sentar:

— Ora, Sônia! Joyce esteve me contando tudo, tudinho.

— Joyce?

— Disse que vocês estão resolvidas ao duplo casamento. Imaginem! Eu, a mãe, sou a última a saber!

Sônia, atônita, calou-se. D. Flávia, abanando-se com um jornal, fez a mais cordial das críticas:

— No meu tempo, filha não piava! Hoje, não! Hoje decidem tudo e não dão a menor confiança aos pais!

Sônia sorriu, e não sem melancolia:

— A única coisa que existe, mamãe, são projetos, nada mais!

A outra, risonhamente, duvidou:

— Pois sim! E eu não estou contra, não, minha filha. Gosto de ambos os pretendentes. Acho-os simpaticíssimos. Não tenho nada que dizer. Aliás, só quero que vocês não voltem atrás, não mudem de opinião, porque é muito feio...

Fez, então, diante de Sônia, silenciosa e grave, a sua confissão:

— O casamento no mesmo dia, eu já tinha pensado. Sempre achei que Paulo era ótimo para você e Carlos muito bom para Joyce. Meu medo, Sônia, sabe qual era?

Baixou a voz:

— É que Paulo acabasse se decidindo por Joyce. Você estava com tanto escrúpulo e, além disso, tem um gênio tão esquisito! Eu confesso que...

— Oh, mamãe!

D. Flávia fez pé firme:

— Ah, não, Sônia! O que tenho que dizer, digo mesmo! Eu teria desgosto se Paulo se casasse com Joyce!

Era este, com efeito, o sentimento de d. Flávia em face do namoro das duas moças. Dela e do dr. Dário. Embora gostassem muito de Joyce, prefeririam secretamente a filha legítima. Um e outro haviam percebido a possibilidade de dois romances. Tanto Paulo como Carlos eram excepcionalmente bem-dotados para inspirar a ternura de qualquer moça. O pavor de d. Flávia e de dr. Dário era que pudessem coincidir nas suas preferências. Imaginem se viessem a gostar do mesmo homem? Sem intervir nunca, d. Flávia acompanhara as alternativas da história de amor que as primas estavam vivendo. Houve um momento em que jurou que Joyce amava Paulo e não renunciaria a ele. Sabia, também, que Sônia se inclinava para Paulo. Temia que as duas acabassem se odiando. Felizmente, Joyce acabava de esclarecer tudo. Ela, feliz, suspirava:

— Foi ótimo assim! Foi muito bom!

Nem Joyce nem a própria Sônia podiam imaginar que Paulo e Carlos eram agora unidos e solidários como dois irmãos. Para um e outro o grande assunto era a felicidade próxima. Passavam, às vezes, horas e horas, numa conversa interminável, cada qual exaltando a própria amada. Paulo dizia: "Sônia é isso! Sônia é aquilo!". E Carlos: "Ah, Joyce, é muito boa menina, muito!". O outro concordava; enfim, tornavam-se cada vez mais amigos.

E uma noite os dois se encontraram. Paulo parecia preocupado; acabou fazendo a pergunta:

— Como vai Joyce?

— Bem.

Paulo vacilou; escolheu palavras:

— Você me permite, Carlos, uma observação?

— Claro!

— Eu considero Joyce uma pequena e tanto. E só tem, a meu ver, um pequeno senão.

— Qual?

— Foi criada debaixo de muito mimo, com todas as suas vontades e caprichos satisfeitos. Ora, isso prejudica.

Surpreso, Carlos quis saber:

— Você, para dizer isso, Paulo, deve ter um motivo. Eu não acredito que fale assim gratuitamente. Deve ter acontecido alguma coisa.

— Posso ser franco?

— Mas evidente!

— Bem. Sinto que Sônia não é feliz.

— E Joyce tem culpa?

— Tem, Carlos. Até onde eu posso enxergar, tem. Ela tortura Sônia; ela faz mal a Sônia.

— Mas que foi que houve? Ela fez alguma coisa de concreto? Alguma coisa que eu ignore e que tenha magoado Sônia?

Só então que, Paulo, caindo em si, percebeu que não dispunha de nenhuma base concreta para assumir uma atitude de quase acusação. Tinha certeza, ou quase, de que Joyce fazia Sônia sofrer. Era, porém, uma certeza baseada em conjecturas, em intuições. Em consequência, Carlos pedia-lhe um fato objetivo e Paulo, desconcertado, era obrigado a admitir:

— Não sei de nada. Desculpe, Carlos. Mas como a felicidade de Sônia me preocupa muito eu...

E completou com uma frase de absoluta insinceridade:

— Joyce é um anjo!

S̲ô̲n̲i̲a̲ ̲n̲ã̲o̲ ̲a̲s̲s̲u̲m̲i̲a̲ nenhuma atitude, não tinha uma iniciativa. Abandonava-se passivamente diante dos acontecimentos. Foi Joyce quem, de repente, teve a ideia:

— Precisamos marcar a data!

Sônia sobressaltou-se:

— Que data?

— Do casamento.

— Ah, sim! Isso é com você, Joyce.

Joyce encarou a prima; baixou a voz:

— E se este casamento, Sônia, não se realizasse nunca? Tantos casamentos fracassam! Tantos amores nascem e morrem, não é mesmo, Sônia?

71

Durante alguns momentos, olharam-se apenas, sem uma palavra. Foi um silêncio que atormentou Sônia e quase a fez perder a cabeça. Ela perguntou a si mesma: "Estará brincando?". Joyce falara com uma expressão, de olhos, de boca e um tom de voz que a outra não saberia definir.

Por fim, Sônia rompeu o silêncio:

— Que brincadeira, Joyce!

E Joyce, com um rosto inescrutável como uma máscara:

— Tem certeza que é brincadeira?

— E não é?

Resposta ambígua:

— Quem sabe?

Sônia ia dizer qualquer coisa, mas emudeceu. No mais íntimo de si mesma, o que havia era um sentimento de espanto. Convivera tantos anos com aquela menina; gabava-se de a conhecer como as palmas de suas mãos; nada mais límpido, mais transparente, ao seu olhar, do que a alma de Joyce; e a amava como a uma filha muito querida. Entretanto, ela a surpreendia e desorientava, dando por vezes a impressão de que era uma estranha, uma desconhecida. Olhando-a, agora, Sônia dizia a si mesma: "Parece outra pessoa e não Joyce!". Ou ainda: "O corpo, a face, a voz, tudo é de Joyce; menos a alma". E o que não compreendia era essa espécie de prazer, de satisfação que Joyce parecia sentir em torturá-la. De vez em quando, assumia atitudes e dizia coisas que a feriam profundamente.

Acabou não se contendo; e disse:

— Quer saber de uma coisa, Joyce?

— O quê?

Sônia venceu uma breve vacilação:

— Às vezes, eu acho você diferente.

— Eu?

— Você, sim.

— Ora essa!
Evitando o olhar muito perspicaz da prima, prosseguiu:
— Você não era assim. Você era diferente.
— Como?
E Sônia:
— Era tão meiga, Joyce, e não assumia certas atitudes, não dizia certas coisas.
— Você está sonhando, Sônia!
A outra, porém, tinha avançado demais para recuar:
— É a verdade, a pura verdade. Por exemplo: agora, neste momento. Você me olha como se não fosse minha amiga, como se não gostasse de mim. Não sinto em você a ternura que sempre houve entre nós duas...
Ironia quase imperceptível de Joyce:
— Quanta imaginação!
Sônia ia protestar, ia dizer que não, que absolutamente, mas... O fato é que, muito mais moça, quase uma criança, Joyce passara a intimidá-la. Estavam invertidas as posições: antes, era Sônia que, embora com muito tato e doçura, exercia uma intensa autoridade sobre a prima; agora, era esta que parecia dominar Sônia. Embora não ousando confessar a si mesma, o fato é que Sônia chegava a ter medo de Joyce. Medo de quê e por quê? Que perigo, que ameaça poderia representar a menina, com seus 16 anos muito líricos? Sônia não saberia responder. Por vezes julgava-se uma doente de imaginação, pois via, ou supunha ver, por detrás de cada palavra ou de cada gesto da outra, uma intenção qualquer, um desígnio misterioso e cruel.
Joyce estava dizendo:
— Eu sou a mesma, Sônia! Jamais deixei de ser a mesma. Agora sou eu que digo: você parece criança!
Admitiu, numa súbita vergonha de tantos temores sem motivo:
— Talvez — e repetiu: — Talvez.
Deixou que Joyce continuasse:
— Enquanto você perde seu tempo com cismas bobas, os dias estão se passando e...

Sônia a interrompeu:

— Por favor, Joyce. Antes de mudar de assunto, uma pergunta, que eu talvez não devesse fazer. Diga-me...

Hesitou; baixou a voz:

— Foi brincadeira o que você disse?

— Que foi que eu disse?

— Você ainda agora deu a entender que o meu casamento...

— O nosso.

Sônia suspirou:

— Seja, que o "nosso" casamento talvez não se realizasse. Em resumo, eu queria saber se você está brincando ou se, realmente, tem alguma dúvida a respeito.

Ao mesmo tempo que, diante do rosto indecifrável de Joyce, ia formulando o problema, Sônia tinha o sentimento da ingenuidade irremediável das próprias palavras e da própria atitude. Quando acabou, Joyce ria gostosamente. Parecia outra; e não havia, em seu rosto, o menor vestígio do semissorriso sardônico de pouco antes. Estava naturalíssima; tomou entre as suas as duas mãos de Sônia:

— Você é que mudou, Sônia!

— Por quê, ora essa?

E Joyce, no mesmo tom:

— Porque, antes, você era menos criança.

— E agora?

— Já não se pode mais brincar com você. Acredita em tudo que se diz. Uma perfeita criança.

— Ora, Joyce!

— Claro que eu estava brincando. Por que duvidar do nosso casamento, se nós queremos e se eles também querem? Não é mesmo?

Sônia não respondeu imediatamente. Durante alguns momentos, olhou para Joyce como se quisesse ler o seu pensamento e ainda temerosa de uma ironia. Como Joyce sustentasse o seu olhar, ela acabou se rendendo. Deu a mesma explicação que a Paulo:

— Ando muito nervosa, Joyce.

E brincou, com um bom humor mesclado de tristeza:

— Acabo maluca.

Finalmente, houve o pedido conjunto. E, pela primeira vez, as famílias de Paulo e de Carlos conheceram a de Sônia e Joyce. Houve uma cerimônia sóbria e tocante. O pai de Paulo e a mãe de Carlos fizeram o pedido. D. Flávia, como não podia deixar de acontecer, chorou e foi beijar uma e outra filha.

Dr. Dário, com os olhos úmidos também, simulou admiração:
— Chorando, por quê?

E d. Flávia ainda mais comovida:
— São minhas filhas, Dário!

Ele teimou:
— Por isso mesmo! Chorar por que suas filhas vão ser felizes?
— Quem sabe?

Instintivamente, dr. Dário bateu na madeira:
— Isola!

O pai de Paulo, dr. Ismael, um belo senhor, veio beijar a testa de Sônia. Disse uma coisa simples, que a comoveu profundamente:
— Deus a abençoe.

Em seguida, chegou a vez de Joyce. A mãe de Carlos veio abraçá-la e beijá-la. Trêmula, e já querendo chorar, disse:
— A felicidade do meu filho está em suas mãos...

Seria ilusão de Sônia, que não perdia Joyce de vista, ou esta, realmente, teve um breve, quase imperceptível, sorriso sardônico?

72

Sônia vivia dizendo a si mesma: "Eu não tenho o menor motivo de estar triste! Por que triste, se tudo está bem, tão bem, talvez bem demais?". Suas dúvidas sobre o sentimento de Joyce deixaram de existir. A menina parecia interessada, cada vez mais interessada, no seu próprio romance. Ao lado de Carlos, dava uma ideia de felicidade serena e perfeita. Os dois riam muito, brincavam entre si e, por vezes, davam a impressão de duas crianças. Observando seus gestos, suas palavras, Sônia fazia o comentário interior: "São felizes". Precisava acreditar nessa felicidade, precisava estar certa de que eram felicíssimos.

Havia coisas, porém, que escapavam à sua atenção e que só a própria Joyce e Carlos conheciam. Por exemplo: ninguém soube jamais do diálogo que Carlos e Joyce tiveram, dias após o noivado. Não anoitecera ainda. Todavia, a estrela da tarde já brilhava no céu. Carlos e Joyce desceram ao jardim, pois Joyce, como ela própria disse, queria "visitar" suas dálias.

Foi, então, que Carlos disse, com um bom humor aparente, dissimulando uma melancolia secreta:

— Nós somos dois namorados estranhíssimos.

Ela, que parara diante de uma dália, perguntou:

— Por quê?

Carlos sorriu:

— Você já reparou em como existe entre nós uma cerimônia, uma grande cerimônia?

— Há mal nisso?

Vacilou:

— Não sei se há mal, propriamente. De qualquer maneira, vamos e venhamos: nem todos são assim. Por exemplo: até hoje, embora exista entre nós um compromisso formal, eu não beijei você.

— Ótimo!

— Você acha?

Joyce riu:

— Se todos os namorados e namoradas tivessem a mesma cerimônia, e se beijassem menos ou não se beijassem nunca, os amores durariam mais, muito mais...

Esse raciocínio, expresso em linguagem alegre, petulante, o surpreendeu. Teve uma exclamação:

— Que teoria!

— É lógico, Carlos!

E ele:

— Você pensa e fala como uma mulher sem amor.

— Bem. Eu creio que não existe, a esse respeito, nenhuma dúvida. Eu avisei a você que, embora o admirando e gostando de você, como um amigo, não o amava. Fui, portanto, clara, leal, e não creio que ninguém possa censurar a minha sinceridade.

— Evidente!

— Não é mesmo?

Sentaram-se no banco do jardim. Carlos esteve silencioso alguns momentos. Joyce olhou a primeira estrela da noite. Foi ele quem, novamente, rompeu o silêncio:

— Sabe qual é a coisa mais fácil do mundo, para mim?

— Não.

— Beijar você. Se eu, de fato, quisesse, nada me impediria, nem você mesma. Tenho todos os direitos, inclusive os de noivo oficial. Só uma coisa me impede. Imagine o quê?

Ela, que estava quieta com o rumo da conversa, confessou:

— Não faço a mínima ideia.

— Eu explico, Joyce: não me interessaria beijar uma mulher que ainda não me ama, embora seja a minha futura esposa. Compreendeu?

— Compreendi.

Carlos continuou, muito sereno, muito seguro de si mesmo e das próprias palavras:

— O que eu penso e desejo é conquistar você. Imagine que situação absurda? Um noivo que se dispõe a conquistar a própria noiva!

Ela fez uma pergunta, que implicava uma espécie de desafio:

— Então, por que não me conquista?

— Você será conquistada.

— Tem tanta certeza?

Ele a fixou bem nos olhos; disse, sem desfitá-la:

— Absoluta.

— E se eu não quiser?

— Sua vontade não importa. Ou importa menos. Ninguém gosta ou desgosta por vontade. Há coisas mais fortes que a vontade de uma mulher...

— E admitamos uma hipótese: se eu não vier a gostar de você nunca, nem mesmo depois do casamento?

Por um segundo, dois, três, Carlos esteve calado. Decidiu-se, por fim:

— Então, seremos sempre bons amigos e nada mais.

— Mesmo depois de casados?

E ele:

— Mesmo depois de casados.

No mais íntimo de si mesma, ela duvidou. Embora muito jovem, sem experiência da vida, achou absurda, romanesca demais, a situação que ele pretendia. "Diz isso agora", pensava Joyce, "mas acabará perdendo a paciência..." Por outro lado, sentia-se tentada a admitir a hipótese inversa; ou seja, que ele, dominando a própria paixão, conseguisse cumprir a palavra. Sem querer, sem sentir, fez uma reflexão em voz alta:

— A esposa que não foi beijada.

Carlos riu:

— Parece título de romance e de romance muito bobo, para mocinha desocupada.

Nesse momento, Paulo, que estava com Sônia na sala, despediu-se:

— Já vou, meu amor.

Sempre que ele partia, Sônia experimentava um sentimento agudo de saudade. Com a alma cheia de presságios, de tristezas sem motivo — ela só se sentia tranquila e feliz ao lado do ser amado. A impossibilidade de retê-lo era, na sua vida, uma mágoa de todos os dias.

Queixou-se:

— Ah, se eu pudesse, Paulo!

— Que é que você faria?

— Eu?

Hesitou, com medo de ser pueril demais. Ele fez a pergunta:

— Está com medo de falar?

Negou:

— Não, não. O que eu queria dizer é que, se pudesse, você passaria, ao meu lado, as 24 horas do dia. E mais, se fosse possível.

Ele adorava em Sônia certas coisas deliciosas que ela sabia dizer, no momento justo. Sorriu, entre dois beijos:

— O que você disse foi quase um galanteio.

Despediram-se e Sônia já vinha acompanhá-lo até o portão, quando ouviu a voz de d. Flávia, chamando-a. Ela foi atender, depois de pedir:

— Você me espera, que eu volto, já.

Paulo veio até a varanda. Joyce o viu aparecer. E não teve dúvida: fez o que nunca fizera. Seu gesto surpreendeu e desorientou Carlos. Rápida, antes que o rapaz pudesse prever, curvou-se e o beijou na boca. Espantado, Carlos perguntou:

— Por que fez isso?

Nesse momento, viu Paulo. Então compreendeu tudo...

73

Joyce respondeu, ousadamente:

— Um beijo não precisa de explicações.

Sorria para ele, petulante, com uma graça nova que, apesar de tudo, o impressionou. Ele ia fazer um comentário, talvez ríspido. Todavia não disse nada. Paulo, de longe, os cumprimentava. Carlos e Joyce retribuíram:

— Já vai? — perguntou Carlos.

E Paulo:

— Estou esperando Sônia!

Pouco depois, ela aparecia na varanda. Os dois caminharam, juntos, até o portão; e lá o rapaz se despedia. Sônia esperou que ele dobrasse a esquina; e voltou, lentamente, na sua felicidade de mulher que ama e é amada. Joyce e Carlos, em silêncio, viram a moça percorrer toda a alameda e entrar em casa.

Carlos rompeu, então, o silêncio:

— Eles se amam muito.

Joyce sobressaltou-se, como quem desperta:

— Quem?

— Paulo e Sônia.

E Joyce:

— Talvez.

— Você duvida?

Joyce:

— Essas coisas, nunca se sabe. Não estamos no coração dos outros.

Carlos ergueu-se; seu rosto refletia um descontentamento cruel. Entretanto, quando falou, parecia muito calmo e a moça julgou perceber nas suas palavras uma ironia leve, mas perceptível:

— Pois eu não tenho a mínima dúvida. Se existem duas pessoas que se amam, no mundo, são os dois. Eu os invejo, juro que invejo.

Espanto de Joyce:

— Ora essa! E por quê, meu Deus do céu?

— Porque é uma felicidade amar assim. E creio mesmo que poucos homens têm a sorte de Paulo. Ele ama e é amado por uma mulher que é uma santa e que tem, enfim, todas as virtudes.

Joyce não conteve o protesto:

— Você afinal, Carlos, não está sendo nada amável comigo.

— Eu?

— Você, sim. Onde já se viu, na minha frente, elogiar tanto outra mulher?

Ele cortou:

— Não chame Sônia de "outra mulher"!

— Ah, não?

E Carlos, veemente:

— Não! — Mudou de tom, para acrescentar: — Ninguém mais nobre, ninguém mais digno de respeito do que Sônia. Se há, no mundo, uma mulher digna da felicidade, essa mulher é Sônia!

Cada palavra de Carlos era um sofrimento para Joyce. Ela percebia, ou julgava perceber, no rapaz, a intenção de diminuí-la, desfeiteá-la. Acabou perdendo a paciência; interrompendo-o:

— Vamos mudar de assunto, vamos?

Foi então que, inesperadamente, ele fez a pergunta:

— Por que me beijou?

— Ora, Carlos!

Ele, porém, estava muito ressentido; foi obstinado:

— Isso não é resposta. Quero uma explicação.

— Que graça! Imagine se as noivas fossem "explicar" cada beijo que dessem nos seus noivos. Você não desconfia de nada, meu caro?

— Se você fosse uma noiva normal, eu não diria nada. Mas o nosso caso não se parece com nenhum outro. E se não inspirei o seu amor, quero e exijo o seu respeito. Você me desrespeitou, Joyce.

Ela, sardônica, perguntou:

— Por que o beijei?

— Sim. Porque me beijou por despeito e para fazer acinte a outra pessoa.

Joyce ergueu-se:

— Você não está regulando bem.

O que doía, na menina, era que Carlos tivesse percebido esse despeito e a verdadeira intenção de seu gesto. Irritou-se; estava humilhada e, naquele momento, seria capaz de todos os excessos. Seu impulso foi virar as costas e ir embora. Ele, porém, foi mais rápido. Segurou-a pelos dois braços, como já o fizera uma vez. Estavam, agora, face a face.

Ele perguntava, novamente calmo, senhor de si mesmo e dos próprios nervos:

— Por que me desafia?

— Solte-me! — pediu Joyce.

E Carlos:

— Apesar de tudo, eu a amo, compreendeu?

Joyce quis intimidá-lo com uma ameaça absurdamente infantil, uma ameaça de menina:

— Eu grito!

— Então, grite!

Como ela ficasse muda, tanto ele a dominava com sua violência contida, Carlos insistiu:

— Por que não grita?

— Pelo amor de Deus, Carlos!...

— Eu tenho que me vingar, Joyce. E não da maneira que você pensa. Você me deu o mais falso de todos os beijos. Em troca, eu lhe darei um beijo de amor. É esta a vingança, compreende?

Nele não havia nenhum ódio, ou por outra, só havia amor, nada mais que amor, desesperado, sofrido amor. Não teve pressa; e parecia experimentar uma certa satisfação, um prazer nervoso, em prolongar sua resistência. Joyce recebeu o beijo. A princípio, fugiu com a boca, num vão desespero. Ele, porém, muito mais forte, com a mão por trás da cabeça da menina, imobilizou seu rosto. E quando, por fim, ele a largou, Joyce já não sabia se tinha sido apenas beijada ou se beijara também.

Ele parecia expulsá-la:

— Agora vá!

Apontava o caminho. Joyce sentiu-se corrida. Experimentava, de novo, a mesma sensação de medo. Como da outra vez, Carlos surgia, diante dela, como uma outra pessoa, capaz das mais sombrias violências. Nada, na sua atitude, lembrava o antigo Carlos, jovial, esportivo e inconsequente como uma criança grande.

Repetiu:

— Pode ir!

Ela voltou para casa, correndo. E, na realidade, fugia, não sabia bem de quê ou de quem. Ao atravessar a varanda, cambaleou, como uma mulher que leva um secreto deslumbramento.

74

De qualquer maneira, os fatos iam acontecendo. Todos os dias, Sônia acordava com um sentimento de espanto: a despeito de todos os seus temores, aproximava-se, cada vez mais, o dia do casamento. Perguntava a si mesma: "Chegará esse dia?". Procurava desviar o pensamento, pois era uma tortura, para o seu coração, imaginar que talvez... Interrompia as próprias reflexões, com medo de penetrar demais um assunto que poderia levá-la, sem que ela mesma soubesse por quê, às maiores decepções. E, sobretudo, continuava triste. Por mais que lutasse contra si mesma, a verdade é que, no fundo de seu ser, estava uma melancolia, ilógica, inexplicável.

D. Flávia acabou notando. Chamou-a:

— Vem cá, minha filha.

— Que é, mamãe?

Como estava uma tarde quente, procuraram a varanda, refrescada pela aragem do jardim. D. Flávia tinha uma certa cerimônia com Sônia. Embora adorando a filha, não conseguira, ao longo dos anos, criar uma certa intimidade com ela. Havia, em Sônia, uma permanente atitude de recato, de discrição, que parecia estabelecer um limite. Naquele dia, porém, d. Flávia estava preocupada. Vinha observando a moça há vários dias; não se controlou mais.

Fez uma pergunta:

— Alguma novidade, Sônia?

— Não, mamãe. Por quê?

E d. Flávia:

— Estou achando você meio triste.

— Eu?

— Sim, você, minha filha.

— Ora, mamãe!

D. Flávia teimou:

— Não negue, minha filha! Há, com você, uma coisa qualquer!

— Impressão sua!

— Há, Sônia! Quer ver como há?

Sônia teve que admitir:

— Quero.

— Você já começou a preparar o seu enxoval?

Sônia vacilou. Esperava por tudo, menos por uma pergunta assim precisa. Suspirou:

— Não, não comecei.

D. Flávia teve uma exclamação de triunfo:

— Não disse?!

— E que tem isso?

— Tem muita coisa! Onde já se viu, Sônia? Responda! Como se explica que uma noiva pense em tudo, menos no seu enxoval?

A moça quis defender-se:

— Em compensação, mamãe, eu estou cuidando do enxoval de Joyce.

D. Flávia perdeu a paciência:

— Oh, Sônia! Será possível? Então, você quer dizer a mim, quer me convencer que é a mesma coisa? Você é Joyce, é? Ah, tenha santa paciência! Mas eu não concordo, absolutamente não concordo. E sabe o que está parecendo?

— O quê?

— Está parecendo que você acredita no casamento de Joyce e não no próprio. Por que isso, minha filha? Por quê? Não vejo o menor motivo, nem encontro a menor explicação.

— E não há, mamãe.

D. Flávia a encarou, já com vontade de chorar. Antes, tinha impressão, mas apenas a impressão, de que a filha estava triste. Agora, já não era somente uma impressão, porém uma certeza absoluta. A máscara de Sônia caíra. Estava diante de d. Flávia com uma melancolia que não conseguia dissimular. E mais do que isso: Sônia chorava. Atônita, d. Flávia fez a pergunta:

— Você gosta de Paulo?

— Oh, mamãe!

— Responda, Sônia! Uma simples exclamação não é resposta. Gosta?

— Gosto.

— Você diz gosto com tão pouco entusiasmo!

Sônia foi, então, mais positiva:

— Nenhuma mulher, minha mãe, pode gostar mais de um homem.

— Então, não compreendo, juro que não compreendo. Será que?...

Baixou a voz:

— Joyce?...

A resposta veio pronta demais e assustada:

— Não!

— Jura?

Vacilou, antes de responder:

— Juro.

O diálogo, porém, chegara a um ponto que não admitia nenhuma resposta imprecisa. Além do mais, d. Flávia precisava adquirir uma certeza. Foi precisa na sua pergunta:

— Você jura pela minha vida?

Sônia empalideceu. Ia dizer qualquer coisa, mas em tempo se arrependeu. D. Flávia teimava:

— Jura?

E ela:

— Já não jurei?

— Pela minha vida?

Refugiou-se numa desculpa desesperada:

— Não juro pela vida de ninguém e muito menos pela vida da senhora.

D. Flávia, desesperada, a segurou pelos dois braços:

— Não sei o que há, Sônia, porque você não quer usar de sinceridade comigo. Só sei de uma coisa: que você não acredita no próprio casamento. E tanto assim que, até o momento, não moveu uma palha pelo seu próprio enxoval, embora se ocupe com o de Joyce. Isso em uma noiva é muito. E eu hei de saber o que há, Sônia, haja o que houver!

No limiar do desespero, ela repetiu:

— Mas não há nada! E quer me fazer um favor, mamãe? Não queira descobrir coisas que não existem! É um favor que eu lhe peço!

Mas esta conversa com d. Flávia fez Sônia cair em si. A despeito de todos os seus presságios, não era justo, não era lógico que não tomasse nenhuma iniciativa relativa ao seu enxoval. Precisava mudar de atitude. Joyce não falava em outra coisa; vivia escolhendo modelos; folheando revistas de modas. Destacara dois figurinos para o vestido de noiva.

Marília, numa visita que fez às duas primas, sugeriu:

— Por que vocês não se casam com um vestido de noiva igual?

Sônia ia responder que achava ótima a ideia, mas Joyce se antecipou:

— Deus me livre!

Houve espanto, em redor; ninguém entendeu essa oposição apaixonada à ideia. Marília quis saber:

— Você discorda, Joyce?

— Mas evidente!

— Por quê, ora essa?

Joyce vacilou; acabou dizendo:

— Porque o mesmo vestido daria a ideia de uma noiva só, de uma mesma noiva. E não creio que desse sorte.

— Que bobagem!

— Eu penso assim e pronto!

Marília virou-se para Sônia:

— E você?

Sônia, de olhos baixos, disse apenas:

— Penso como Joyce.

Nesse momento, veio a criadinha trazer uma carta para Sônia. Esta abriu, mecanicamente; e começou a ler. Empalideceu. Eram duas linhas, apenas: "Joyce encontra-se, todas as tardes, com Paulo". Não trazia assinatura.

75

Sônia leu uma vez, duas, três, a carta anônima. Mas não precisaria reler, pois todo o seu ser estava ressoante daquelas palavras: "Joyce encontra-se, todas as tardes, com Paulo". Vivesse cem anos e o aviso estaria guardado na sua carne e na sua alma. A voz interior repetia: "Joyce encontra-se...". Recolocou o papel no envelope e, só então, ergueu os olhos para Joyce. Durante dois ou três segundos fixou a menina, procurando um sinal, um sintoma, uma expressão suspeita de Joyce. Esta, porém, jamais se mostrara tão normal, de uma naturalidade tão perfeita. Conversava alegremente com Marília, e Sônia, que, grave e atenta, prestou atenção às suas palavras, ouviu que combinavam um passeio.

Marília voltou-se para Sônia:

— Você também vai, não vai?

Sônia, que não escutara o princípio da conversa, perguntou:

— Onde?

E Marília:

— Eu e Joyce estamos combinando um passeio no lago.

Sônia suspirou:

— Não posso ir.

— Oh, Sônia! Mas por quê?

Muito serena, muito segura de si mesma, Sônia deu a explicação:

— Vou andar agora muito ocupada. Tenho que cuidar do enxoval.

A outra insistiu, enquanto Joyce, sem uma palavra, cravava em Sônia seu olhar intenso, como se quisesse ler na sua alma. Segundo Marília, nada impediria que ela, Sônia, perdesse uma manhã ou uma tarde de domingo num passeio tão lindo. Mas Sônia foi irredutível:

— Vocês duas podem fazer o passeio. E eu ficarei, em casa, trabalhando. O tempo voa, Marília.

Marília ainda comentou:

— Ih, Sônia! Você não era assim!

Pouco depois, a amiga saiu; e Sônia e Joyce ficaram sós. Durante alguns momentos, nenhuma palavra entre as duas. Dir-se-ia que cada uma esperava que a outra falasse primeiro. E alguém que chegasse, ali, de repente, perceberia entre as duas um ambiente de angústia, de tensão.

Foi Joyce quem, com um máximo de naturalidade, quis saber:

— Que foi aquilo que você recebeu?

Sônia sustentou o olhar da menina:

— Uma carta.

— Isso eu sei. Mas carta... de quem?

Sônia teve um meio sorriso que Joyce não saberia definir:

— De uma pessoa que você não conhece.

— Ora, Sônia! Não gosto dessa mania que você tem de fazer mistério! Custa dizer o nome da pessoa, custa?

— Custa.

Espanto de Joyce:

— Mas como?

Sônia pôs um ponto final:

— Falemos de outro assunto, sim?

Joyce tinha temperamento para insistir. Mas sentiu em Sônia uma disposição que não era comum numa natureza tão doce, tão conciliadora, como a sua. Por outro lado, Sônia usara um tom duro e intransigente, que, apesar de tudo, a intimidou. Acabou murmurando:

— Seja feita a sua vontade.

Sônia continuou na sala de costura. Joyce acabou saindo, como se a simples presença da outra a perturbasse. E Sônia deu graças de ficar só. Precisava pôr em ordem suas ideias e sentimentos; queria, sobretudo, através de uma meditação prolongada, chegar a uma conclusão. Pela primeira vez, em sua vida, recebera uma carta anônima. Ouvia falar nelas, cartas anônimas, mas não as conhecia por experiência própria. Acabara com a convicção de que só existiam em romances. E agora estava colocada diante de uma situação inédita. Alguém, que a odiava, alguém que queria destruir sua felicidade, escrevera aquela infâmia. Ela já fizera seu julgamento: de qualquer maneira, fosse verdade ou fosse mentira, aquilo era uma infâmia absoluta. Disse, duas vezes, a meia-voz, o nome que adoçava a sua boca:

— Paulo... Paulo...

Abriu, de novo, a carta, embora suas palavras estivessem ressoantes e vivas: "Joyce encontra-se, todas as tardes, com Paulo". Não devia acreditar; devia repelir a mais remota dúvida, a mais tênue suspeita... Entretanto, admitia a hipótese: "E se for verdade?". Não devia ser, mas se fosse? Apertou entre as duas mãos a cabeça, como se tivesse medo de enlouquecer.

Quanto tempo passou, naquela sala, sob a obsessão da carta anônima? Não saberia dizê-lo, tanto era verdade que perdera a noção de tempo e de lugar. Podia ter absoluta confiança em Paulo? Não, não podia. Repetiu, para si mesma, que nenhum homem inspira esta confiança absoluta. E, então, pensou em Joyce. Era realmente linda. Como não admirar sua imagem de graça frágil e intensa, de adolescente encanto? E Sônia, que quase nunca pensava em si mesma, e na sua graça de mulher, fez uma reflexão que a encheu de tristeza:

— Joyce é mais bonita do que eu!

Foi a criadinha que veio arrancá-la de sua meditação. Bateu na porta:

— Doutor Paulo já chegou!

Ela, então, veio, lentamente, ao seu encontro. Deixou-se beijar sem retribuir. Paulo fez espanto:

— Não me beija?

— Agora, não.

Na verdade, estava num tal estado de mágoa, de tristeza, de amargura, que não saberia acariciá-lo, e era leal demais para uma simulação. Paulo, impressionado, perguntou:

— Agora não, por quê?

Em vez de responder, ela o interrogou:

— Há, no mundo, um homem que seja absolutamente fiel?

Foi uma pergunta tão inesperada e ilógica que, a princípio, não entendeu. Ela repetiu. E o rapaz pôde responder:

— Conheço um.

— Você?

— Eu.

Sônia hesitou, antes de estender a carta anônima. Ele fez o que Sônia fizera: leu várias vezes, como se duvidasse do seu conteúdo. E perguntou:

— Você acreditou?

Silêncio. Repetiu:

— Acreditou? Responda, Sônia! Acreditou?

Como responder, se ela própria já não sabia mais de nada? Disse, por fim:

— Ignoro se acreditei ou não. Sei, apenas, que essa carta envenenou minha alma.

E ele:

— Mas você não vê, não percebe que é uma infâmia?

— Infâmia ou não, já não acredito mais em nada, já não acredito em ninguém.

E, no fundo, era este o seu sentimento. Subitamente, passara a achar que a vida não valia a pena ser vivida e que as coisas mais vis eram possíveis. Desesperado de vê-la sofrendo, estreitou-a nos seus braços. A princípio, Sônia quis resistir; mas sentiu-se frágil demais diante do homem que era todo o seu amor. Disse, entre dois beijos:

— Acredito em ti, meu anjo! Sei que não me trairias nunca!

Baixou a voz, para uma confidência:

— Se me traísses, eu morreria!

Ele brincou, então. Afirmou que só havia no universo uma única mulher: e era ela mesma. As outras jamais existiram; Sônia ria, entre lágrimas:

— Eu acreditaria em tudo que dissesses, mesmo nos maiores absurdos.

E, súbito, ficou séria, para dizer:

— Mas há uma pessoa entre nós dois; uma pessoa que me odeia, que odeia nosso amor e quer me destruir a alma. Essa pessoa escreveu a carta anônima. Escreverá outras, até que eu enlouqueça.

Fez uma pausa, antes de concluir:

— Essa pessoa precisa ser castigada.

76

Depois que Paulo se despediu, Sônia sentiu-se prodigiosamente calma. Vivia o instante mais dramático de sua vida, o instante que talvez decidisse o seu destino. E, no entanto, parecia tranquila como nunca. Era esta uma calma intensa, uma calma apaixonada, que escondia uma profunda tensão. Libertara-se, afinal, de todas as dúvidas; estava certa do que lhe cumpria fazer; e repetia para si mesma: "A pessoa que fez isso precisa ser castigada!". Embora não encontrasse, no pequeno papel anônimo e datilografado, nenhum indício, nenhum vestígio revelador, soube, desde a primeira leitura, a procedência do bilhete infame. Não disse nada a ninguém, nem mesmo a Paulo. Conversou normalmente, depois do jantar; ouviu, na vitrola, alguns discos; e, por fim, chegou o momento em que ela e Joyce deviam se recolher. Joyce ergueu-se, bocejando; e disse:

— Bem, já vou.

Dr. Dário e d. Flávia já se haviam retirado. Estavam as duas sozinhas, na sala. E foi então que Sônia, vendo a prima encaminhar-se para o corredor, fez a observação:

— Um momento, Joyce.

A outra estacou. Sônia prosseguiu.

— Quer se sentar um instantinho?

E Joyce, com novo bocejo:

— É algum assunto importante, Sônia? Estou com tanto sono!

— Importantíssimo — foi a resposta.

Joyce sentou-se. Mas era evidente que estava preocupada; seu olhar tornou-se mais intenso e sombrio. Com as duas mãos pousadas sobre os joelhos, esperou que Sônia começasse. Esta foi direta ao assunto:

— Recebi uma carta anônima, Joyce.

A outra assumiu uma atitude convencional:

— Ah, sim? E que dizia a carta?

— O que dizia não importa. Importa mais a pessoa que mandou.

— Você desconfia de alguém?
— Desconfiar, não desconfio. Tenho certeza.
— Quem foi?
E Sônia sem desfitá-la:
— Você.
Caiu um silêncio entre as duas. Durante um momento, olharam-se apenas, espreitaram-se. Por fim, veio o protesto de Joyce:
— Você está louca! Está com mania de perseguição! Eu, por quê, ora essa?
— Por quê?
E Sônia disse tudo:
— Porque, na sua alma, Joyce, só há maldade, só há despeito, não existe amor. Porque você é tão fria e tão má que não reconhece tudo o que eu fiz por você, todo o meu carinho. Durante minha vida inteira não fiz nada mais senão cuidar de você. Eu daria por você minha vida e meu sangue.
Joyce quis interrompê-la:
— Já acabou?
Mas Sônia não se deixou vencer como das outras vezes. Precisava ser implacável, precisava ir até o fim; e continuou, na sua cólera contida:
— Olha, Joyce: Carlos disse que você era indigna de qualquer espécie de amor. Eu vou mais longe: eu digo que você é indigna, até, de uma simples amizade, indigna de...
— Oh, basta!
Foi um verdadeiro grito. Por dois ou três segundos, Sônia calou-se temerosa de que os pais pudessem ouvir. Joyce estava inteiramente transfigurada e Sônia não sabia se por efeito da cólera, da vergonha, do arrependimento.
Sônia foi inflexível:
— Confessa?
— O quê?
— Confessa que foi você a autora da carta anônima? Confessa?
— Não! Mil vezes não!

E Sônia, já cansada daquele diálogo terrível, que quase destruíra sua alma:

— É inútil continuar. Quero apenas dizer uma coisa, uma coisa só e nada mais: ou você confessa e se arrepende, ou eu...

Fez uma pausa; num sopro de voz, Joyce fez a pergunta:

— Você fará o quê?

A resistência de Sônia já estava no fim. Ficou sem ter o que dizer; sentia-se vazia de vontade, de sentimento, de alma. Sua vontade era fugir para bem longe, para um lugar em que não existissem cartas anônimas, nem pessoas para escrevê-las. Joyce, então, vendo que a prima não se decidia, perguntou:

— Você se esquece de uma coisa, Sônia.

— De quê?

Joyce aproximou-se. Estavam face a face. E disse:

— Sônia, você tem certeza que a carta anônima é mentirosa?

Espanto de Sônia. Gaguejou:

— Tenho.

— Absoluta?

— Absoluta.

— E se eu lhe disser que é verdade? Se eu lhe disser que, de fato, eu, Joyce, me encontro com Paulo todas as tardes?

— Mentira! Sua mentirosa!

Joyce ia continuar, quando, de súbito, houve o inconcebível. Sem consciência do próprio gesto, Sônia a esbofeteou. Joyce balbuciou, levando a mão ao rosto:

— Oh, Sônia!

Mas já Sônia recuava, com horror de si mesma e do próprio ato. Cobriu o rosto com as duas mãos e teve a crise de lágrimas, violenta, incontrolável, que dissolveu toda a sua angústia. Soluçava tão alto, que a própria Joyce, instintivamente, fechou a porta da sala, para abafar o som. Quanto tempo ficaram assim, na sala, sozinhas, longe de tudo e de todos, Sônia chorando e Joyce rígida e o rosto transformado numa máscara inescrutável? A verdade é que Sônia, no mais íntimo de si mesma, já se arrependia da própria violência.

Virou-se para Joyce:

— Perdão, meu anjo. Eu nunca, ouviu?, nunca poderia ter feito o que fiz. Você é como se fosse uma filha minha. E eu não julgaria, nem condenaria uma filha.

Joyce ergueu o rosto:

— Agora, eu compreendo tudo.

— Como?

— Compreendo por que Paulo preferiu você e não a mim.

— Oh, Joyce!

Ela continuou:

— Só uma coisa me admira: é que Carlos, conhecendo nós duas, continuasse me querendo, e não visse que você é quem merece amor, e não eu.

Disse, num absoluto ódio de si mesma:

— Você é tão nobre, Sônia, e eu sou tão vil!

77

Por várias vezes, Joyce experimentara um arrependimento profundo de sua conduta diante de Sônia. Passado, porém, o impacto emocional, reincidia sempre. Aconteceria o mesmo desta vez? Eis o que Sônia perguntava a si mesma. O episódio da bofetada marcou profundamente a vida das duas. E foi interessante a atitude de uma e de outra: Sônia teve remorsos de uma violência, que era um caso único na sua vida; e Joyce sentia-se culpada de ter arrastado Sônia a esse extremo. Houve entre as duas uma cena de ternura. Uma pediu perdão à outra.

E Joyce prometeu:

— Nunca mais! Nunca mais!

Dias depois, Joyce foi visitar o túmulo de d. Senhorinha, levando uma braçada de rosas brancas. Ajoelhou-se e rezou com um fervor profundo. Pediu a Deus que a inspirasse e só permitisse, na sua vida, os sentimentos bons e puros.

A sepultura de d. Senhorinha tinha uma alegoria que, na época, a própria d. Flávia sugerira: um anjo trespassado, que parecia agonizante. Antes de sair, Joyce acariciou o anjo ferido. Sua alma estava mais leve e mais tranquila. Depois de tantas agonias, conhecia a alegria da paz interior. E jamais fora tão doce com a prima. Procurava fazer todas as suas vontades. Por vezes, queria saber:

— Não tem raiva de mim?

E Sônia escandalizada:

— Que bobagem, Joyce!

— Tem?

— Claro que não! Tenho adoração!

E, uma tarde, Joyce esperou Paulo, na varanda. Quando o rapaz apareceu, ela barrou-lhe os passos. Queria dizer apenas uma frase:

— Sônia é uma santa!

Paulo, atônito, não soube o que dizer. E Joyce correu, numa felicidade deliciosa. Sentia-se criança. Dir-se-ia, porém, que o sentimento da própria infantilidade a encantava. Paulo esperou Sônia; quando ela apareceu, repetiu, sem motivo aparente:

— Você é uma santa!

Sônia ainda brincou:

— Do pau oco!

A atitude de Joyce diante de Carlos também mudou muito. De vez em quando, tinha certas iniciativas que o surpreendiam. E uma vez foi mais longe: curvou-se, de repente, e beijou a mão de Carlos. Ele ficou de tal modo surpreso, desconcertado, que balbuciou:

— Joyce!

Ela, numa malícia muito feminina, perguntou:

— Não gostou?

E ele:

— É que...

Joyce o interrompeu, alegremente:

— Não quis ofendê-lo.

A sensação de Carlos foi de absoluto deslumbramento. Amava Joyce "demais", mas tinha a impressão de que ela mal o tolerava. Achava, mesmo, que a moça o aceitava por uma questão pura e simples de despeito. E o máximo que concedia a si mesmo era a possibilidade de, no futuro, conquistá-la. O que nunca podia imaginar, mesmo nos sonhos mais ousados, era que fosse capaz de uma atitude assim, de feminilidade adorável e perfeita. Por alguns segundos, os dois se olharam. Joyce leu, nos olhos de Carlos, o desejo de beijá-la. Antes que o fizesse, disse:

— Preciso fazer uma confissão.

E ele, impaciente:

— Agora, não. Depois.

— Agora, sim, Carlos. Tem que ser agora. Faço absoluta questão. É uma coisa que eu preciso fazer.

Contou, então, todo o episódio da carta anônima e da bofetada. Era a confissão integral que correspondia a uma profunda necessidade de humilhação. Quando terminou, teve a ideia de que sua atitude a purificara. Ele estava grave e triste.

Por fim, ela perguntou:

— Agora que sabe de tudo, quero saber se ainda me ama!

Ele tomou entre as suas as mãos de Joyce, beijando uma e outra:

— Amo-a.

— Apesar de tudo?

— Agora mais do que nunca.

— Por quê?

— Porque sei que nunca mais você fará isso.

— Acredita, então, em mim?

E ele:

— Depois da confissão, acredito.

Foi toda uma tarde encantada que passaram juntos. Adorável, no seu abandono, Joyce contou que, a partir do último atrito, compreendera todo o valor de Sônia, tudo o que ela representava na sua vida; e, ao mesmo tempo, começara a pensar em Carlos e a olhá-lo de uma maneira diferente, com um princípio de ternura que era, já, um presságio de amor. Compreendeu, por outro lado, que seu interesse por Paulo era mais um sentimento de menina do que de mulher.

Disse, fixando os olhos nos de Carlos:

— E compreendi, também, o que vale o seu amor.

Sentia-se frágil diante dele, pequenina; Carlos transmitia-lhe uma sensação de força estável, tranquila; ao seu lado, sentia-se protegida contra tudo e contra todos. E outra certeza, que levava em si: deixara de ser menina, era agora mulher.

Sorriu para ele:

— Sinto que gostarei de você cada dia mais.

Passava os dias, trabalhando no enxoval. E não só ela: Sônia também. Duvidavam as duas sobre o figurino do vestido de noiva, quando Joyce revelou a ideia que estava protelando:

— Vamos fazer o mesmo modelo, não é, Sônia?

Espanto de todos:

— Você mudou de opinião?

Ela confirmou:

— Mudei.

Sônia não fez nenhum comentário, mesmo porque Joyce estava vermelhíssima. Deixou passar algum tempo; e, depois, veio beijá-la:

— Você é um amor, Joyce.

Pouco a pouco, iam desaparecendo os antigos temores de Sônia. Sentindo que Joyce estava cada vez mais amiga e mais leal, ela adquiria uma confiança maior no destino. De quando em quando, porém, renascia a angústia de outros tempos.

Dizia para o ser amado:

— Tenho medo, Paulo!

— De quê, meu anjo?

Ela, com os seus olhos de sonho, confessava:

— Medo de tanta felicidade.

— Parece criança!

Na verdade, ela se sentia feliz "demais". Em tempo algum a vida fora tão doce e macia. E ela parecia mais bonita, como se a alegria de todos os instantes a embelezasse. As próprias criadas, às vezes, observavam:

— A senhora, hoje, está linda, dona Sônia!
Ria:
— Mentira!
— Palavra de honra!
Mas era verdade. E a própria Sônia se sentia, a um só tempo, humana e divina.

78

Durante seis meses, trabalharam nos preparativos do duplo casamento. De longe, vieram primas, tias, passar tempos com a família e ajudar no enxoval. Como a casa era grande, havia cômodos para todos. A fase de inquietação, de angústia, passara sem deixar vestígios. Só uma vez por outra, Joyce se lembrava que já fora cega. Corria, então, ao espelho, para ver os próprios olhos e sentir que eles estavam vivos. E era feliz, de uma felicidade profunda e perfeita. Sônia ia, pouco a pouco, se desprendendo dos seus temores antigos. Convencia-se, afinal, de que seu destino terreno era amar e ser amada. Joyce já não a assustava. Era, agora, uma moça serena e reflexiva, sem a volubilidade da fase de transição da meninice para a adolescência. Uma das velhas parentas fez, um dia, a observação:
— Aposto que vocês jamais brigaram!
Joyce, mais do que depressa, confirmou:
— Nunca!
Quanto aos preparativos do casamento, dr. Dário vendeu dois ou três prédios. Queria que as filhas se casassem em meio de uma pompa de conto de fadas ou, como ele próprio disse, num esplendor de "mil e uma noites". Queria sugerir, com a evocação das mil e uma noites, a ideia de um luxo oriental. O modelo único do vestido de noiva foi considerado, unanimemente, uma maravilha. As duas perguntavam:

— Será que eu vou ficar bonita no vestido?

Confirmação absoluta:

— Linda!

— E eu?

— Você também, claro!

D. Flávia não cabia em si de felicidade. Dir-se-ia que era uma das noivas. Remoçou; ria por tudo; ou, então, chorava de alegria. Muito sentimental, não se fartava de dizer que agora podia morrer sossegada.

— Por quê, ora essa?

E ela:

— Casando minhas filhas, estou quites. Já não farei mais falta.

— Uma mãe sempre faz falta.

Alguém lembrou a ocasião do parto. Então, d. Flávia admitiu que, com efeito, uma mãe é sempre útil nessas ocasiões. Dr. Dário, acendendo um vasto charuto, aduziu:

— Você cumpriu seu dever de mãe. Mas não cumpriu um outro, também muito importante.

— Qual?

— O dever de avó. Será que você se esquece dos seus netos?

D. Flávia suspirou, deleitada: tinha vontade de chorar só de pensar nos netos hipotéticos. Enfim, sentia-se numa felicidade completa. E contava os dias, achando que o tempo estava custando muito a passar. Uma semana antes do casamento, Carlos telefonou para Paulo. Precisava conversar sobre um assunto urgente e propunha um encontro imediato. Paulo, que já ia sair, passou pela casa do outro. Carlos foi logo dizendo:

— Estou preocupado.

— Alguma novidade?

Carlos foi direto ao assunto:

— Imagine você que acabo de receber o convite para representar uma grande firma, e sabe onde?

— Não.

E Carlos:

— Em Paris!

— Que pena!

— Não é mesmo? As condições são formidáveis. Nunca tive, na minha vida, uma oportunidade assim. Seria a independência.

Paulo pensou algum tempo e, por fim, indagou:

— Você já decidiu?

— Ainda não. Mas a resposta tem que ser já. E sabe que eu estou com muita pena de recusar?

— Por que não aceita?

— Aceitar como? Você acha que eu posso sair do Brasil? Morar no estrangeiro?

Vacilação de Paulo:

— Mas não é uma grande oportunidade?

— É.

— Então vale o sacrifício.

— E Joyce?

— Você conversa com ela. Mas creio que Joyce compreenderá. Posso estar enganado, porém é esta a minha opinião.

Nessa mesma noite, houve uma reunião de família na casa de Joyce. Perante d. Flávia, dr. Dário, Paulo, Sônia e demais parentes, Carlos expôs a situação. Recebera uma proposta assim, assim. Quando terminou, houve um silêncio. E Carlos sublinhou:

— Precisaríamos sair do Rio, imediatamente depois do casamento.

Dr. Dário e d. Flávia iam dizer qualquer coisa e, na certa, protestar, quando Paulo, muito seguro de si mesmo, tomou a palavra e argumentou. Seu objetivo foi demonstrar que Carlos não podia, em absoluto, perder aquela oportunidade. Era todo o futuro do casal que, do ponto de vista econômico, se decidiria.

— Mas Joyce vai ficar longe de mim! — gemeu d. Flávia.

Paulo falou que, nas férias, Joyce passaria 15 dias ou um mês com a família. E, além do mais, alegou que a vida era assim mesmo e que cabia aos pais a aceitação dessas contingências. O casamento importava, nos casos normais, na separação. D. Flávia chorou, mas dr. Dário, se bem que comovido, interveio:

— Paulo tem razão! Infelizmente a vida é assim mesmo...

Virou-se para a esposa:

— Deus é grande! Deus é grande!

Sônia não disse nada, embora não perdesse uma palavra. Na verdade, enquanto durou o debate, teve a fraqueza de desejar que Carlos aceitasse o convite e o casal partisse para Paris depois do casamento e lá vivesse. As antigas suspeitas, as dúvidas, os temores não existiam no seu coração. De qualquer maneira, porém, preferia que a vida criasse entre ela e Joyce uma distância bem grande. Censurou-se por ter um sentimento que ela própria reputava inferior. Mas não pôde evitar uma alegria muito doce e muito secreta, quando, graças à intervenção do dr. Dário, ficou decidido que Carlos aceitaria. Momentos depois, a sós com a bem-amada, Paulo fez o comentário:

— Foi bom assim, não foi?

— Não sei.

Ele ainda brincou:

— Sua hipócrita! Você está feliz! Satisfeitíssima!

E, na verdade, estava, embora esta satisfação lhe parecesse um verdadeiro pecado. Teria saudades de Joyce, muitíssimas saudades. Então, Paulo fez um acinte de vaidade:

— Saudades de Joyce?

— Pois claro!

— Pois eu afirmo o seguinte: você não terá saudades de ninguém.

— Oh, Paulo!

Ele repetiu:

— Comigo você não se lembrará de ninguém...

E ela cada vez mais enamorada:

— Convencido!

Sentia, porém, que ele estava dizendo a verdade. Amava-o tanto, tinha tal loucura por ele, que já não pensava em ninguém e o tempo era pouco para sonhar com um amor que julgava imortal. À medida que se aproximava o dia do casamento, ela se fazia mais e mais amiga dos espelhos. Gostava de ver sua imagem refletida; perguntava, não sem uma certa melancolia: "Serei bonita?". E, por vezes, vinha-lhe o desejo pueril, o desejo absurdo, de ser a única mulher do mundo. Afinal, chegou o tão almejado dia do casamento. Sônia acordou muito cedo e...

79

Sônia acordou antes de Joyce. Correu para a janela, olhou o dia e nunca, aos seus olhos, o azul do céu foi mais doce e mais profundo. Não havia uma nuvem. Dir-se-ia que era um dia feito, de propósito, quase sob medida, para o casamento de duas noivas enamoradíssimas. Durante alguns momentos, ela se deixou ficar assim, na contemplação encantada da paisagem. A estrela da manhã, muito bonita e solitária, brilhava há pouco e acabava de desaparecer. E, súbito, Sônia crispou-se na janela. Joyce gritava. Ela, em sobressalto, correu:

— Que foi, Joyce?

E a menina:

— Um pesadelo!

Tinha, nos olhos, o vestígio do medo. Sônia abraçou-se a ela. Joyce suspirou, feliz de ter despertado.

— Que coisa horrível, Sônia!

— Você sonhou com quê?

Joyce disfarçou:

— Nada. Bobagem!

Na verdade, não podia contar o pesadelo que, afinal, não era bem isso. Sonhara que, no altar, já diante do padre, descobrira subitamente que o homem ajoelhado ao seu lado era Paulo e não Carlos. Unida a Sônia, Joyce fechou os olhos e pensou: "Eu precisava mesmo sair daqui. Foi ótimo que Carlos tivesse arranjado esse lugar, em Paris". Felizmente, d. Flávia não tardou a bater na porta. Veio beijar uma e outra, com a exclamação:

— Como vão essas noivinhas?

Ambas responderam.

— Vão bem. Vão otimamente.

Mais tarde, não saberiam reconstituir esse dia prodigioso. Pois andavam de um lado para o outro, riam, conversavam, com uma sensação de sonho. Tudo aquilo parecia ser prodigioso e irreal. E, por vezes, tinham medo de acordar, de repente. Cada uma das noivas vestiu-se, na mesma hora, mas em quartos diferentes. Quando, enfim, apareceram no alto da escada, com o mesmo vestido, a mesma grinalda, houve uma exclamação. Dir-se-ia a mesma imagem duplicada e inesquecível. Por dois, três ou quatro segundos, ficaram mudas e estáticas, para que todos, ali, gravassem aquele momento.

D. Flávia, embaixo, com chapéu de penas, vestido de lantejoulas, exclamou apenas:

— Meu Deus!

E logo várias senhoras disseram:

— Cuidado com a cauda!

Qual das duas mais bonita? Ninguém saberia dizê-lo. Cada uma era incomparável na sua graça própria, no seu encanto particular e indefinível. Uma senhora desquitada fez a seguinte reflexão: "Impossível que noivas tão bonitas sejam infelizes!". Sônia foi num automóvel e Joyce em outro; por contingência de tráfego, os automóveis paravam, os transeuntes experimentavam um breve deslumbramento. Por fim, desceram na igreja. A sensação de sonho tornou-se mais intensa em Sônia. Teve a ideia de que a cúpula da igreja estava resplandecente de anjos por toda parte, a chama dos círios e o altar as esperavam, ao longe. Já a marcha nupcial rompia. Veio, de braço com o padrinho, no passo ritmado, por entre os lírios. Diante das exclamações abafadas dos convidados, teve o sentimento da própria beleza. Não vira Paulo, ou, por outra, vira-o instantaneamente. Teve orgulho desse noivo muito belo, belo demais para um mortal.

Alguém dizia:

— Ah, que amor!

Seria para ela? Seria para Joyce? Pena é que esse minuto encantado tivesse de passar. Se pudesse, seria sempre uma noiva a caminho do altar e viveria em meio ao esplendor dos lírios. Tocavam a marcha nupcial. E ela, no seu encantamento, imaginava que, lá fora, tocassem todos os sinos. Estava ajoelhada, agora; a seu lado, Paulo. Mais além, Joyce e Carlos. Disse a si mesma que seria esposa para toda a vida. Desejou que seu amor continuasse além da morte.

Quando pôde levantar-se, fez a constatação: "Estou casada. Eu sou sua esposa, ele é meu marido". Recebeu o primeiro beijo de esposa. Sorriu por entre lágrimas. Veio o pai e, depois, d. Flávia; ambos a beijaram. Depois, as duas noivas abraçaram-se e beijaram-se. Terminara a cerimônia. Houve o desfile de parentes, amigos e conhecidos. Uma velha chorava; disse ao seu ouvido:

— Foi a noiva mais bonita que já vi!

Voltaram para casa. No caminho, o mesmo espanto dos transeuntes, quando o automóvel parava. Estava ao lado de Paulo. Os dois se olhavam, numa espécie de surpresa, de espanto, como se descobrissem, naquele momento exato, que eram humanos e divinos. Ele queria dizer uma coisa, articular uma frase. E teve, apenas, uma exclamação:

— Querida!

Mas Joyce e Carlos não tinham tempo a perder. Partiam naquela noite mesmo. E Paulo e Sônia precisavam levá-los ao aeroporto. Antes de se despojar do vestido de noiva, Sônia teve um olhar intenso e longo para a própria imagem. E já experimentava uma espécie de saudade da noiva que deixara de ser. Quando chegaram ao aeroporto, Sônia fez as últimas recomendações a Carlos:

— Adore sua esposa, que ela merece!

Ele riu, sonoramente.

— Não há perigo.

Quando chegou a vez de Joyce, Sônia não pôde evitar as lágrimas:

— Escreva sempre!

— E você também!

De parte a parte, a exclamação:

— Felicidades!

— Felicidades!

Não sabiam se riam ou se choravam. Depois que o avião, quadrimotor, decolou, ganhou altura e desapareceu, Sônia teve um sentimento novo. A saudade de Joyce, a própria Joyce, tudo desapareceu instantaneamente. Dir-se-ia que ela e Paulo estavam sozinhos no mundo. Não se lembravam de nada, nem de ninguém. Pareciam espantados diante da própria felicidade. Uma senhora cochichou para o marido:

— São recém-casados.

E o marido, azedo:

— Sou contra esses espetáculos no meio da rua.

Sem noção de que havia no local outras pessoas e de que estavam sendo olhados, Paulo dava em Sônia beijos curtos e rápidos. Depois, correram para o carro que os esperava, adiante. Pareciam fugir. Naquele momento, o que Sônia desejava era uma ilha deserta, onde ele fosse um Robinson Crusoé bem acompanhado.

Estavam juntinhos dentro do automóvel. Sem que percebessem, a noite caíra. Uma clara estrela parecia acompanhar o carro. Riam como crianças.

Ele pediu:

— Quer me dar um beijo?

E ela:

— Tem tempo!

Veio a ameaça:

— Se você não der, eu dou!

O chofer, na frente, estava empolgado; não perdia uma palavra. Então, antes do beijo, Sônia sentiu a necessidade de repetir o que já dissera mil vezes:

— Eu te amo, tanto, tanto!

Apertava entre as mãos o rosto do bem-amado. E ele:

— Minha!

Houve, então, o beijo. Perderam a noção do tempo. Quando o chofer, espantado do silêncio, virou-se rapidamente, ainda se beijavam. No céu, foi mais doce o brilho da estrela solitária.

FIM

Lições do abismo

Henrique Buarque de Gusmão

> "(...) somos sem cultura, mais ainda, estamos estragados para a vida, (...) e não temos até agora nem mesmo o fundamento de uma cultura, porque não estamos convencidos de termos uma verdadeira vida entre nós."
>
> Friedrich Nietzsche
> *Segunda consideração intempestiva*, 1874

Os primeiros capítulos de O *homem proibido* já provocam no leitor iniciado no universo rodrigueano uma inevitável sensação de intimidade. Tudo lá parece já ter sido visto: a valsa inatual que abre o romance, a morte por amor, as meninas inseparáveis, as duas mulheres que querem se casar com seus noivos numa mesma cerimônia e morar juntas após o matrimônio, os nomes dos personagens que já tinham sido ou ainda seriam repetidos nas peças de Nelson Rodrigues (D. Senhorinha, Joyce, Sônia, Paulo, D. Flávia), o acidente que faz com que uma moça fique num estado de consciência fragmentado, as irmãs que amam o mesmo homem. Esse último tema, que estrutura a trama deste livro, assombrava, de fato, a imaginação do escritor: ele é central no enredo da peça *Vestido de noiva*, de 1943. E aparece reformulado neste romance de 1951 que o leitor tem em mãos, em que primas que se tratam como irmãs estão apaixonadas pelo mesmo homem; ainda ressurge no seu último texto teatral, *A serpente*, de 1978; e pode ser encontrado também de modo tangencial em outros tantos escritos seus.

De fato, Nelson não escondia suas obsessões, determinantes para seu processo de criação. Ao longo das tantas décadas em que escreveu, lançava mão de alguns dispositivos em que investia para retratar, como ninguém, o mundo da casa, o mesmo em que se passa *O homem proibido*. É no núcleo da dinâmica familiar que se desenvolvem suas histórias, ambientadas majoritariamente nos tantos espaços da vida privada (o quarto, a sala de jantar, o jardim) em que os personagens seguem ritos distintos das práticas públicas e impessoais, as quais são normalmente muito distantes de seus textos.

Essas tantas marcas particulares se impõem de modo tão contundente que parecem diluir, em sua obra, as fronteiras entre gêneros evidentemente distintos, como o romance e o teatro. O estilo do escritor faz com que as cenas romanescas ganhem um irresistível ar teatral e leva tantos jogos narrativos consagrados pelo romance para o palco. Neste e em diversos outros romances de Nelson Rodrigues, é evidente o domínio do diálogo: é sempre nas conversas que a trama avança, que os eventos principais são revelados, o que não cria a exigência de longas falas. Pequenos diálogos já revelam tudo, técnica que vemos avançar ao longo de suas dezessete peças. Por outro lado, é no romance que Nelson consegue desenvolver com maior precisão a representação do mundo subjetivo dos personagens, o que era transportado por ele para o palco desde suas primeiras peças, em que são usados recursos cênicos inovadores para revelar ao público a voz interior dos personagens atormentados.

Se, por um lado, as assumidas obsessões do autor levavam à constante repetição de temas e formas narrativas, por outro, o diferente arranjo das mesmas peças acabava provocando algum momento de surpresa e espanto nos seus leitores ou espectadores, o que cria uma marca própria para cada um de seus textos. *O homem proibido*, de fato, mesmo operando com tantos traços comuns da obra rodrigueana, apresenta uma particularidade que merece comentário mais detido: os constantes encontros de diferentes personagens com uma dimensão mais profunda da vida, tão bem representada por Nelson na imagem do abismo. Sônia, quando recebe uma notícia ruim sobre Joyce, tem "uma brusca sensação de abismo". Em outro momento, Joyce, ao caminhar para se encontrar com o belo médico Paulo, "teve a sensação física do abismo". Sônia, por sua vez, também ao se dirigir para um encontro com o mesmo Paulo, "teve a ideia de que um abismo a esperava". Novamente, quando as primas brigam, Sônia experimenta "uma sensação de abismo". Por fim, ao receber um diagnóstico médico muito ruim, Joyce tem vontade de "correr muito, correr sempre, não parar nunca, até cair em algum abismo bem negro e sem fim".

Ao descer ao abismo, os personagens de *O homem proibido* chegam em um lugar onde a vida se processa com potente intensidade: as felicidades experimentadas são as maiores do mundo, o medo e a culpa são sentidos no limite do seu exagero, a piedade e o temor extremos fazem com que se sinta um "arrepio na carne e na alma". Muitas vezes eles se apresentam exaustos em função de uma experiência sentimental, na qual o acúmulo de acontecimentos e sensações leva a fortes contradições, leva à "tristíssima alegria" experimentada por Joyce, por exemplo. Esse ambiente, que coloca os personagens no limite da loucura, acaba fazendo com que eles percam as noções de tempo e espaço, arrastando-os para tentativas de suicídio ou para momentos de delírio em que o nome do ser amado é evocado do fundo de uma consciência em estado de grande perturbação.

É pela lógica do abismo que também são regidas as tantas mudanças bruscas de posição dos personagens, que seguidamente revelam guinadas surpreendentes. No jogo de uma dinâmica vertiginosa do desejo, eles chegam a perder a noção de quem são, como indica o narrador num momento mais intenso de uma personagem feminina: "Desconhecia a si mesma, estranhava a própria alma". O ambiente abismal, dessa forma, promove um tipo de devir ágil e louco que faz com que nem o próprio indivíduo se reconheça, o que se explicita mais claramente na situação da menina que repentinamente se vê mulher – mais uma obsessão de Nelson Rodrigues.

Forma-se, assim, o cenário propício para a estrutura do folhetim, que necessita de grandes revelações para manter a curiosidade do público até a próxima edição do jornal. Os capítulos deste livro, de fato, foram publicados como folhetins no início dos anos 1950, no jornal *Última hora*, num formato que exige a agilidade e a articulação frenética de acontecimentos. A fórmula funcionava tão bem que, anos depois, no início dos anos 1980, a trama foi levada para a televisão, gerando uma novela de sucesso e lembrada até os dias de hoje. Nelson Rodrigues dominava como poucos a articulação entre um formato de trama acelerado e os intervalos poéticos precisos, como aquele em que Sônia, num passeio de automóvel com seu amado Paulo, encanta-se com o céu e imagina uma "noite infinita".

Entretanto, a lógica folhetinesca não é a única explicação para a criação de constantes situações de reviravoltas e de revelações. No interior de um projeto dramático rodrigueano, encontra-se uma concepção de natureza humana que se opõe ao racionalismo e à frieza do mundo moderno. Especialmente nas crônicas jornalísticas publicadas em algumas das colunas assinadas por ele, o escritor deixa clara sua crítica aos rumos da modernidade, que cada vez mais afastava o homem de sua verdadeira natureza, necessariamente afetada por vivências emocionais arrebatadoras num mundo repleto de perigos e de contradições.

Mais do que uma simples adesão à linguagem melodramática, as escolhas estéticas de Nelson Rodrigues amparam-se numa concepção de homem e de mundo complexa, num diálogo tácito, jamais travado, com intelectuais católicos do seu tempo, como Gilberto Freyre, Gustavo Corção, Jacques Maritain e Gilbert Chesterton, todos defensores da ideia de que o avanço de uma modernidade regida pelas máquinas produzia tédio e desinteresse, ou seja, desumanização.

O universo católico, de fato, é evocado ao longo de toda a trama de *O homem proibido*: o romance traz um momento de "transfiguração", situações associadas à ressureição de Lázaro, uma mulher sente-se "a um só tempo, humana e divina" e, numa outra cena repetidamente criada por Nelson Rodrigues, um personagem cai de joelhos aos pés de outro num momento de alta dramaticidade. Eis aí, nesse último caso, uma referência a outro crítico da modernidade, defensor de uma ideia de homem e de cristianismo pouco racional, e escritor preferido de Rodrigues: Fiódor Dostoiévski. Tendo nele uma referência incontornável, Nelson acaba chegando no problema do mal, a grande questão que mobiliza o romancista russo. Evidentemente, o passeio dos personagens de O homem proibido por espaços subterrâneos, onde encontram facetas desconhecidas de si mesmos, acaba por revelar uma série de sentimentos perversos, como o desejo pela morte da prima, o ódio pela rival, a vontade de vingança (que pode se realizar com o envio de cartas anônimas). E, por fim, mais uma vez no rastro da obra dostoievskiana, de maneira geral, e de *Crime e castigo*, em particular, Nelson promove a maior das viradas de seu romance: a purificação, efeito que dizia querer provocar em todos aqueles que entrassem em contato com sua obra.

Hoje, percorrido quase um quarto do século XXI, os termos em que estas questões eram colocadas nos anos 1950 podem parecer anacrônicos e esvaziados de sentido. Entretanto, como os leitores puderam constatar, a ficção resultante desse conjunto de questões continua a nos fascinar. De alguma forma, sobrevive a obstinada tentativa de investigar aquilo que o homem é e o sentido de sua travessia num mundo como o nosso.

Num tempo de celebração das classificações identitárias como o nosso – chamado de "vitoriano" por Michel Foucault –, os personagens de *O homem proibido* nos lembram o lugar profundo onde o desejo está sujeito a forças e a contraforças, onde as contradições operam, onde as identidades fixas não fazem sentido diante do fluxo forte de tormentas. É desse lugar, aliás, que emerge toda a obra de Nelson Rodrigues, criando a irresistível marca de um artista que guardou sua celebração para a potência e a complexidade da vida em seu devir mais incontrolado.

Henrique Buarque de Gusmão
Professor da UFRJ e da UNIRIO
Bolsista Faperj (Jovem Cientista do Nosso Estado)

Este livro foi impresso pela Vozes, em
2024, para a HarperCollins Brasil. A fonte do miolo é
Minion Pro. O papel do miolo é pólen natural 70g/m²
e o da capa é cartão 250g/m².